U0165844

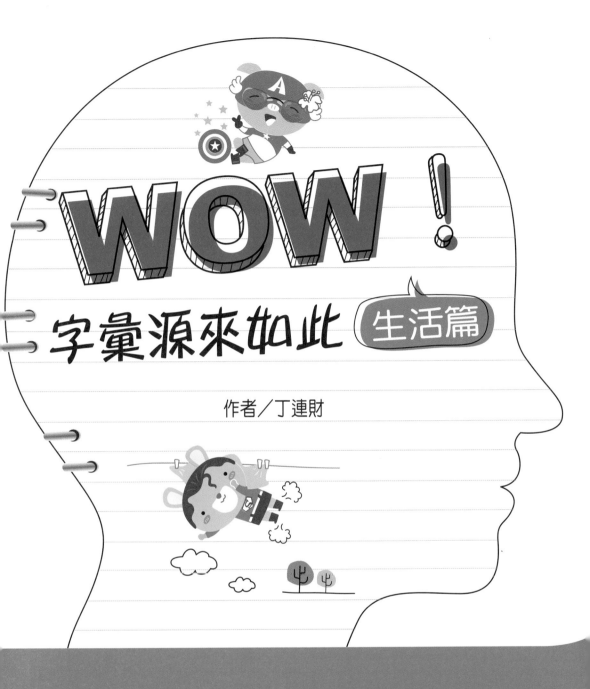

WOW！

字彙源來如此 生活篇

作者／丁連財

書泉出版社 印行

目錄

基本概念

01. 中國已經崛起壯大，會漢語與中文就好，何必辛苦學英語文？

中國在1979年經濟改革開放之後，吸引各國前往投下巨額資金，國勢崛起壯大。不少人想像或認定：不用學英語文，只靠漢語與中文就可以打天下。

然而，漢語不管是普通話(國語、通同語、共通語、標準語)(National Language, Standard Language)或方言、土語(Vernacular Language)，雖然在世界上有華人聚集處就會有人使用，卻不是優勢的國際或族際通用語(Lingua Franca)。跨際通用語又稱作業語(working language)、程序語(procedural language)、交流語、銜接語(bridge language)、載具語、工具語(vehicular language)，指兩地多地或兩族多族或兩國多國之間無法直接溝通，但又覺得學習彼此對方語言有困難時(原因可能是國族尊嚴、語法差異等)，優先選擇使用與學習的第三種語言。中文的文言文曾於一段時期，在包括中、韓、日、越在內的漢語文化圈，承擔「書寫通用語」(Literary Lingua Franca)的功能，現在的漢語普通話則擔任了中國各地各族之間通用語的功能，但要突破中國國境而成為國際的通用語，還面臨相當的困難。

自1920年代起迄今，英語一直是國際間最風行的通用語，在國際事務中廣泛使用。今日在上海、北京、東京、香港、新加坡、曼谷、孟買、杜拜、伊斯坦堡、約翰尼斯堡、墨西哥城、聖保羅、日內瓦、蘇黎世、法蘭克福、斯德哥爾摩等世界大都會，都擁有相當高比例的國際機構，聘用來自五湖四海各國的優秀人才；不論是金融投資公司、建築師事務所、會計師事務所、智庫、政治組織、經濟組織、科技組織、衛生組織，都是以英語為通用語。比利時首都布魯塞爾是歐盟(European Union, EU)總部，成員國

派駐的工作人員很多，彼此操持互難溝通的語言，結果就是英語又成為其通用語。

世界語言(World Language)指的是國際通行而且有「相當數量人數」當成第二語言在學習使用的語言，聯合國所指定的世界語言分別是英語、法語、俄語、西班牙語、阿拉伯語、漢語。目前有比以前多出很多的外國人在學習漢語或中文，但是由於語系差異太大、語法概念隔閡，而致學習過程極為艱辛。我們希望漢語能夠像英語那樣風行，恐怕極為困難；不少外國學習者放棄繪圖式的方塊文字，而改採拉丁字母的「漢語拼音」，就是一項證據。1960-80年代日本當紅時，很多人熱中學日語，以為在「日本第一」的趨勢下，日語會成為國際通行語，結果並非如此。

在可預見的未來，國際通行的網路資訊語言、商業語言、學術語言、外交與政治語言，依然是英語。法語曾於十九世紀全期和二十世紀初期在國際外交語言中稱霸，後來還是被英語取代；德文曾是國際學術語文翹楚，後來也被英文取代。臺灣學子在全球化與國際化的時代，若要具備走向世界的競爭力，一定要大幅提升英語文程度，而字彙只是其中一個基本的環節。即使要在中國北京與上海等一線城市的大型公司與企業謀職，除了專業知識與能力必須達標準之外，英語文程度若不具備多益930分以上，或雅思7.5分以上，或托福105分以上，根本沒有應徵的資格，因為中國的大企業也在走向世界。

02. 何必記那麼多字彙？要記多少才足夠？

臺灣高中畢業生的字彙量約是6,000-7,000之間，英美等英語系國家則在50,000-60,000之間。臺灣的大學生閱讀原文教科書，或碩博士班研究生閱讀學術期刊論文，基本的障礙就是字彙量嚴重不足，必須頻頻查字典而

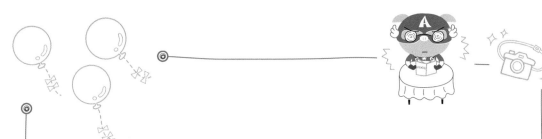

中斷，嚴重影響閱讀的理解與速度。當然，除了字彙量貧乏，仍有其他問題，即使每個生字都查閱了，但整句還是看不懂；原因是文法與句型破解概念不足，或是常識與知識的廣度與深度不夠，而無法閱讀較長、結構複雜、承載意涵豐富的句子、段落、文章。

由於聽覺神經的記憶期限較短，而且在溝通時需要即時反應，聽與說這兩種語言功能所需要的句型結構比較簡易，而且所用的字彙量較低。然而，到底需要多少字彙仍然視情況而定。出國當臺傭或臺勞(以臺灣經濟發展趨勢而言非常有可能)、生活溝通、出國旅遊、遊學留學、在國際旅客較多的大飯店或精品店任職、擔任航空公司的地勤或空服人員、辦公室溝通與作業、國際業務拓展、知曉第一手政經社會新聞時事、進行文化與學術交流、參與國際會議研討、專研國際期刊閱讀與撰述、從事跨國跨學科研究，所需要的字彙量與知識領域都不同。聽與說是曝露在語言環境中可以自然學取的(小孩子就是最好例子)，若缺乏自然聽與說的英語環境，可以借助電視、網路、影片、交友來補強，但是閱讀與寫作卻必須經過艱辛訓練，而且寫作的養成訓練更加困難。閱讀與寫作所需要的句型結構比較複雜，所需要的字彙量比較大、質比較高。

評斷臺灣的英語义程度好或壞，可以用國際性的英語文測驗當成　項指標：臺灣在TOEFL、GRE、TOEIC、IELTS等測驗的平均分數，即使在亞洲都屬於後段班，寫作分數尤其低劣。如果不談論國民或大學生或碩博士生的平均程度，則可用一個國家菁英分子的程度來評比，因為這些領導人士藉英語文吸收理解並進而思考趨勢與大局的能力攸關重大，他們見識與思維的廣度、密度、深度、精度和速度大大影響國家社會的發展；若不具備這種實力與能力，要帶領一個市場狹小而產業淺碟化的小島國社會在面對全球化的激烈競爭時，恐怕力有未逮。

03. 背字彙的祕訣是什麼？什麼是白痴字彙？

英語文與很多歐洲語文一樣，都是拼音語文，字形的呈現與發音具有密切關係。不論學習者是透過DJ(Daniel Jones)或KK(John Samuel Kenyon and Thomas A. Knott)或IPA(the International Phonetic Alphabet)音標，或是經由自然發音(Phonics)搞清楚英文形與音之間的關係，務必達到「記得聲音就寫得出，而且寫得出就會發音」的基本功。形音結合後，再加上義，就是字彙的基本記憶法。這種方法在應付組成字母較少(形)、音節在兩個以下(音)、意義層次較單純(義)的字彙上，尚可適用，譬如：desk書桌、辦公桌，book書、冊，train火車、行列，window窗戶，kitchen廚房。這都屬於英美幼稚園層級或臺灣國小國中層級的字彙。

然而，若是遇到unprecedented、conspicuous、verisimilitude、carnivorous、gastroscopy、aquaculture、pedophilia、xenophobe、insomniac、jurisdiction、mastocarcinoma、neuropsychopharmacology這一類組成字母較多(形)、音節在兩個以上(音)、意義層次較複雜(義)，屬於英語系國家的國中到高中乃至大學層級的字彙，還想用前述那種基本功法來記憶，就完全行不通。如果耗時、無效、記不多、記不住，卻還是要死記硬背(rote learning)，就是「白痴字彙」。

04. 什麼是聰明字彙？

英語文字彙一直在擴增，而且隨著科技發展、國際文化交流與生活模式豐富多樣與變遷，很多的新字不斷被創造出來。英美本地的優秀學生是如何把字彙量由高中的50,000-60,000和大學的100,000-120,000，一路擴張到碩博士班的150,000-200,000呢？

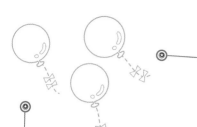

很多出國留學者曾為了考TOEFL或GRE而補習，其中一門課是「字首字根字尾」，那就是聰明字彙的基礎。然而，在英語系國家，是從小學高年級或國中就以較具資質者為對象，進行這種課程與知識的訓練，使其可以把很多的字首字根字尾活用，進行排列組合，達到舉一反三或反十或反二十、觸類旁通、左右逢源的地步。這是一種知識底蘊的紮實演練和塑造，若只是像臺灣一樣把這門功課當成救急的短期惡補或臨時抱佛腳，效果就大大降低。

使白痴字彙轉而成為「聰明字彙」的祕訣，以03列舉的單字為例說明：

uprecedented = un(不、非、無) + pre(先、前) + ced(行、走) + ent(名詞字尾：動作者、行為者、人、者、物) + ed(形容詞字尾：具某種性質的、有某種特徵) = 先前無人走過的、沒有先行者的、史無前例的、前所未有的衍生字：
precede居先、占前，precedent先例、前例、判例，precedented有前例的，preceding在先的、前面的；predict先說話、預言、預測，precast預鑄、提前鑄造，precook預先煮好，precool預先冷藏，prefer優先取走、偏愛

president = pre + sid(坐下) + ent = 先坐下的人、主席、董事長、社長、校長、總統
dissident = dis(分開) + sid + ent = 分開坐的人、意見不合者、異議人士
incumbent = in(內、裡面) + cumb(躺、臥) + ent = 躺臥在裡面的人、在位者
unsighted未被看見的，unsigned沒有簽名的，unsealed沒有密封的，un-skilled無技能的，unseeded未播種的，untouched未被觸及的，untrained未受訓練的，unweaned未斷奶的，untrimmed未經修剪的。

conspicuous = con(一起、共同、完全) + spic(看、視、瞧、觀、察) +

uous(形容詞字尾：具有某種傾向的、富含某種特質的) = 大家都看到的、引人注目的、顯眼的、炫耀的

衍生字：

conspicuous consumption炫耀型消費(例：豪宅、頂級房車或跑車、名牌服飾、美嫩小三、隨伺購物的穿制服女傭)；

conspicuity = con + spic + uity(名詞字尾：性質、特質、程度) = 顯眼性、炫耀性

conspicuousness = conspicuous + ness(名詞字尾：性質、狀態、程度) = 顯眼、顯著

conspectus = con + spect(看、觀) + us(名詞字尾：物品) = 放在一起看的東西、概覽、總覽、大綱、摘要

inspection = in + spect + ion(名詞字尾：行為、舉動、行為過程、行為結果) = 看裡面、檢查；

introspect = intro(由外而內、進入) + spect = 看內心深處、內省、反省

retrospect = retro(由前向後、轉回頭) + spect = 回顧、追溯

concentrate = con + centr(中心、中央) + ate(動詞字尾：進行、從事) = 一起放到中央、集中

conceive = con + ceive(抓住、擷取) = 精卵抓在一起、受孕，文句觀念與思維抓在一起、構思

conclusion = con + clus(關閉) + ion = 完全關起來、總結、結論、結束

condense = con + dense(濃、厚) = 濃濃厚厚在一起、壓縮、凝結、聚集、濃縮

conformist = con + form(形式、規範、儀禮) + ist(名詞字尾：從事者、行為人) = 遵奉共同規範者、行禮如儀者

confuse = con + fuse(傾倒) = 把不同東西傾倒在一起、攪亂、搞混、困惑

construct = con + struct (堆疊) = 堆疊在一起、建設、營造

continuous = con + tin(抓住、握住) + unou = 一起抓住的、相連的、連續

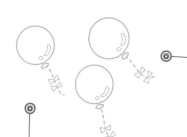

的、連綿不絕的；

virtuous = virt(男子漢、大丈夫) + uous = 有品德的、堂堂正正的

sensuous = sens(感官、感覺) + uous = 適合眼耳鼻舌的、賞心悅目的

ambiguous = ambi(兩邊) + ig(行動、進行、從事) + uous = 遊走兩邊的、反反覆覆的、含糊不清的、有歧義解釋的

verisimilitude = veri(真實、真相) + simili(模擬、彷彿、類似) + tude(名詞字尾：狀態、程度、情形) = 逼真度、類似真實度

carnivorous = carni(肉) + vor(食、吃) + ous(形容詞字尾：具某種性質的、有某種特徵的) = 肉食的、吃肉的、吃葷的

gastroscopy = gastro(胃) + scop(觀察、檢查、以管鏡窺視) + y(名詞字尾：做法、作為、技術、制度) = 胃部鏡檢

aquaculture = aqua(水) + cult(栽培、照料、墾殖) + ure(名詞字尾：行為、行為的結果) = 水產養殖

pedophilia = pedo(兒童、小孩) + phil(愛、喜歡) + ia(名詞字尾：狀況、病症) = 戀童癖

xenophobe = xeno(外來、陌生) + phob(害怕、畏懼、嫌惡) + e(名詞字尾：人、者、物) = 排外者、恐懼外來者的人

insomniac = in(不、非、無) + somn(睡覺、睡眠) + iac (名詞字尾：有某種狀況者、有某種病症者) = 失眠者、罹患失眠症的人

jurisdiction = juris(法律) + dict(說話) + ion(名詞字尾：行為、舉動、行為過程、行為結果) = 司法管轄權、管轄區、審判權

mastocarcinoma = masto(乳房) + carcin(癌) + oma(名詞字尾：瘤、腫瘤) = 乳房癌細胞腫瘤、乳癌

neuropsychopharmacology = neuro(神經) + psycho(精神、心靈) + pharmaco(藥物、藥劑) + logy(名詞字尾：研究、學問、論述) = 神經精神藥理學

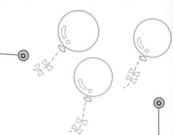

05. 聰明字彙記憶法增加字彙的速度有多快？

白痴字彙是背一個算一個，極端沒有效率，曠日廢時、事倍功半；聰明字彙充分掌握英文的造字原則，有技巧有策略地讓大家把相關的字彙群組統合記憶。經過一段養成訓練之後，熟悉原則與方法，透過排列組合，就可以增加十倍、二十倍、三十倍，甚至五十倍或百倍的字彙量。以下就是例子：

-culture：墾殖、種植、養殖、栽培、培育
agriculture田地墾殖、農業，monoculture單作、單一作物耕種，horticulture花園栽培、園藝，floriculture花卉栽培、種花，bulbiculture鬱金香栽植、鱗莖植物栽種，arboriculture木本植物栽培、樹木栽培、種樹，silviculture林木培育、森林種植，pomiculture水果栽種，citriculture柑桔栽植，viniculture葡萄栽種，aviculture鳥的培育、養鳥，apiculture蜜蜂的培育、養蜂，pisciculture養魚，boviculture牛的培育、養牛，oviculture羊的培育、養羊，porciculture豬的培育、養豬，equiculture馬的培育、養馬，cuniculture養兔，caniculture狗的培育、養狗，ansericulture養鴨養鵝、雁形類動物養殖，ophiculture蛇的培育、養蛇，heliciculture 蝸牛養殖，arachniculture蜘蛛培育、養蜘蛛，herpetoculture養爬蟲類動物，aquaculture水生物培育、淡水水產養殖，salmoniculture鮭魚養殖，mariculture海生物培育、海水水產養殖。

-tude：狀態、程度、情形
verisimilitude類似真實度、逼真度，attitude態度，longitude經度、縱向度，latitude緯度、橫向度，altitude高度、海拔，magnitude大小度、程度、級數，aptitude適合度、性向，rectitude直度、誠實、正直，similitude類似度，certitude確實性、確認度、必然性，definitude精確度、明確性，

fortitude力度、堅韌、剛強度，vicissitude變化度、波動度、變化性、交替性，crassitude粗糙狀態、粗俗、愚鈍，beatitude受祝福狀態、至高的幸福，solitude獨自狀態、孤寂，turpitude卑鄙狀態、惡劣行為，lassitude疲累狀態、困乏、全身無力，ineptitude不適任的狀態、無能、不稱職、笨拙，platitude平平的狀態、陳腐言行、老生常談、陳腔濫調，pulchritude美貌狀態、美麗、漂亮、標緻。

-cide：砍、殺、滅、消滅劑

patricide弒父，matricide弒母，familicide殺家人，parenticide弒父或母，parricide弒父或母，filicide殺子女，infanticide殺嬰，neonaticide殺新生兒，feticide殺胎兒、墮胎，fratricide殺兄弟，sororicide殺姊妹，gendercide 殺特定性別的人，femicide殺女性，gynocide殺女人，androcide殺男人，uxoricide殺妻，mariticide殺夫，avunculicide殺叔舅，nepoticide殺甥侄，suicide殺自己、自殺，homicide殺人，geronticide殺老人，senicide殺老人，medicide醫學殺人、安樂死，regicide弒君，tyrannicide殺暴君，magnicide殺權貴人士，cephalocide殺頭頭、殺領導人，deicide殺神明，genocide滅族， pseudocide假殺、詐死，omnicide全殺、死光、滅絕，democide殺害人民，pesticide殺蟲劑，acaricide滅蟎劑，muscacide滅蠅劑，rodenticide滅鼠藥，insecticide殺昆蟲劑，phytocide植物消滅劑、除草劑，germicide殺菌劑，viricide殺病毒劑。

-vore：食者；-vorous：食的

carnivore肉食者，carnivorous肉食的，herbivore草食者，herbivorous草食的，frugivore果食者，frugivorous果食的，granivore穀食者，granivorous穀食的，insectivore蟲食者，insectivorous蟲食的，piscivore魚食者，piscivorous魚食的，ovivore羊食者，ovivorous 羊食的，omnivore雜食者，omnivorous雜食的。

-scope管鏡、窺看；-scopy管鏡技術、管鏡檢查

telescope望遠鏡，telescopy望遠鏡操作技術，microscope顯微鏡，microscopy顯微鏡操作技術，periscope潛望鏡、環視鏡，endoscope內視鏡，endoscopy內視鏡檢，gastroscope胃鏡，gastroscopy胃鏡檢，colonscope結腸鏡，colonscopy結腸鏡檢，laparoscope腹腔鏡，laparoscopy腹腔鏡檢，otoscope耳腔鏡，otoscopy耳腔鏡檢，rhinoscope鼻腔鏡，rhinoscopy鼻腔鏡檢，stomatoscope口腔鏡，stomatoscopy口腔鏡檢，horoscope看不同時辰的星座位置、每日星座運勢。

tele-：遠、遠方、遠距

telephone遠方聲音、電話，telegraph遠方寫來文字、電報，television遠方現影、遠方看見的影像、電視，telecommunication遠距溝通、遠距傳訊，telescope看遠方的管鏡、望遠鏡，telecourse遠距課程，telepathy遠方的感覺、心電感應，telecontrol遠處控制、遙控，telediagnosis遠距診斷，telemeter遙遠測量儀、遙測計，telemetry遙測、遙測術，telephotography 遠距攝影，teleprocessing遠距處理。

caco-：惡劣、拙劣、差勁、糟糕、不良、爛、醜

cacophony刺耳的聲音、不悅耳的聲音，cacophonic聲音刺耳的，cacophonous聲音刺耳的，cacoethes惡習，cacography拙劣的書寫、字跡潦草醜陋，cacographer寫字拙劣的人，cacochroia臉色難看、面色不佳，cacocholia膽汁不良，cacogalactia乳汁不良，cacogeusia(舌嚐的)味道惡劣，cacosmia(鼻嗅的)味道惡劣、惡臭，cacotrophy營養不良，caconym不良名稱、分類錯誤的名稱、取壞的名字，cacogenics劣生學，cacodemonia惡劣心靈狀態、魔鬼附身。

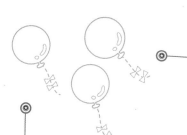

eu-：美善、優良、舒適、順利、正常、華麗

eugenics優生學，eudemonia美好心靈狀態、幸福，euphony悅耳的聲音，euphonic聲音悅耳的，euphoria異常感覺良好、異常欣快症，eulogy美善措辭用語、讚美詞、悼文，euphemism聽來比較舒服的用語、委婉語，euphuism華麗的詞藻，eupepsia消化良好，eutocia順產、順利生小孩，eutrophy營養良好、優養，euthanasia美好死亡狀態、安樂死，eucapnia血碳正常，euchlorhydria綠色水正常、胃酸正常，euergasia腦力正常，euesthesia感覺正常，eunoia精神正常，eumenorrhea月經正常，eupnea呼吸正常，euosmia嗅覺正常，euthyroidism甲狀腺功能正常。

06. 除了字彙量快速倍增之外，聰明字彙還有什麼勝過白痴字彙之處？

白痴字彙的特性之一，就是把英文單字的中文意思「僵固化」、「痴呆化」，而致學習者在遇到不同的前後文(context)時，無法正確理解字義，造成理解與翻譯上的可笑誤謬。以下舉幾個例子：
很多人在背culture這個單字時，只硬記住「文化」這個意思，而把animal tissue culture誤解為「動物組織文化」，把laboratory culture of the bacterium亂譯成「細菌的實驗室文化」，搞得不知所云。(有關臺灣常見的錯誤翻譯，請參見拙著《白痴翻譯》詳列500個例子說明)

聰明字彙會讓你知道culture = cult(墾殖、種植、養殖、栽培、培育) + ure(名詞字尾：行為、行為結果)，從而點出了該字的「本義」或「指示意義」(denotation)；該字用在動植物時，與特定字首字綴或「組合形式」相配合(參見05)與書末祕笈，就得出種樹、種花、養牛等意思，這就是culture的「基本涵義」(primary connotation)。然而，從基本涵義可以衍生出「延伸涵義」(extended connotation)：人的心靈、智力、道德等面向經過培

育、培養，脫離原始粗魯野蠻狀態，出現文采與化育的結果，在學術、藝術、技術、政經社會制度、道德倫理法律等方面，有一定程度的演進與發展，就是「文化」。

具備這種概念者，很輕鬆就可判斷Western culture是「西方文化」，corporate culture是「企業文化」，popular culture是「流行文化」，youth subculture是「青年次文化」，但是animal tissue culture的意思是「動物組織培養」，laboratory culture of the bacterium的意思是「實驗室的培養菌」。

很多人在背popular這個單字時，只硬記住「受歡迎的、流行的」這個意思，而把「The president in Taiwan is popularly elected.」誤解誤譯成「臺灣的總統以受歡迎方式被選出」。

聰明字彙會讓你知道 popular = popul(人民、民眾、大眾) + ar(形容詞字尾：具某種特性的)，從而點出了該字的「本義」或「指示意義」就是「人民的、平民的、民眾的」；其「基本涵義」與「延伸涵義」則是「多數人喜愛的、受歡迎的、流行的、通俗的」。所以The president in Taiwan is popularly elected.的意思是「臺灣總統是民選的」(中國的國家主席與香港的特首不是)，popular opinion是「民意」，popular movement是「人民運動、民眾運動」，popular price是「大眾化價格、平民價格、平價」，populism是「民眾論、平民論、民粹思想」，Populist Party是「人民黨、平民黨」，populate是「使某地具有人民、使人民居住於某地」，populous是「人民的、民眾的、人民很多的、人口眾多的」。

很多人在背introduce這個單字時，只硬記住「介紹」這個意思；聰明字彙會讓你知道introduce = intro(由外向內、裡面) + duce(拉、引、牽)，從而點出了該字的「本義」或「指示意義」就是「帶入、引進」；其「基本涵

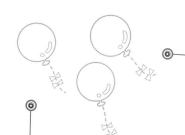

義」與「延伸涵義」在不同的前後文當中，會由「帶入、引進」轉而成為「介紹、引導、制定」等意思：

The conglomerate will introduce a new vacuum cleaner from Sweden to Taiwan. 這家企業集團會自瑞典引進新的吸塵器到臺灣。

I would like to introduce you to my parents. 我想介紹你給我父母。

The introduction to the book was written very well. 該書的導論寫得很好。

The Congress is going to introduce a law to punish insider trading. 國會要制定法律懲罰內線交易。

很多人在背admission這個單字時，只硬記住「承認、准許」這個意思；聰明字彙會讓你知道admission = ad(針對、朝著) + miss(送出、放行) + ion(名詞字尾：行為、狀態、情況、過程)，從而點出了該字的「本義」或「指示意義」就是「針對某特定對象給予通過許可」；其「基本涵義」與「延伸涵義」在不同的前後文當中，會由「承認、准許」轉而成為「入場、入場券、入場費、入學、入學許可、住院」等意思：

On John's own admission, he is falling in love with a girl who does not love him at all. 根據約翰自己坦承，他愛上一位根本不愛他的女孩。

The admission to the National Palace Museum will be raised from 100 to 200 NT dollars. 故宮博物院的入場費會從一百元臺幣調高到兩百元。

I have received the admission to Harvard University. 我收到哈佛大學的入學許可。

Linda's hospital admission for mastocarcinoma terrified her children. 琳達因為乳癌而住院，嚇壞其子女。

07. 白痴字彙與聰明字彙的差別好像就是會不會利用某些「通同」、「共通」的「字串」，這些字串是什麼？是所謂的「字源」嗎？

字源、詞源(etymology)：對字詞的來源、歷史、意涵做研究，有助於理解字詞由來並識別同一語言與其他語言的「同源字」(cognate)，而強化記憶。

英語屬於西日耳曼(West Germanic)語系，有相當數量字彙源自古日耳曼語，也有一些用語取自現代德語；英格蘭在西元一到五世紀間受到羅馬帝國統治，因而有一些字彙源自拉丁文(Latin)；英格蘭在十一到十二世紀之間(1066-1154)，受到來自法國諾曼第(Normandy)的貴族統治，以致有部分字彙源自古諾曼語(Old Norman)和法語；中古時期教會勢力在歐洲極為龐大，西羅馬帝國在西元476年亡於蠻族之後，西歐唯一的大一統組織就是教會，教士使用拉丁文，而且各地學人的「書寫通用語」也是拉丁文，而致英文受到拉丁文進一步影響；文藝復興(Renaissance)時期，歐洲大量汲取古希臘與古羅馬的文化文學藝術，希臘文和拉丁文又大舉滲入英文，尤其是學術用語。西方啟蒙運動(Enlightenment)、工業革命(Industrial Revolution)、科技與醫學勃興之後，又大量採借希臘文與拉丁文來造新字新詞。另外，由於國際文化的交流、大英帝國全盛時期統治各洲各民族、二十世紀強國美國勢力遍及世界各地，很多國家民族的語言也被吸納進入英文，但是相對於前述諸語文，數量少很多。

根據 Thomas Finkenstaedt 與 Dieter Wolff 兩位學者的研究，英語文約有26%的字詞源自日耳曼語，遍及生活、飲食、軍事、工藝、哲學、神學、歷史等領域；約有29%源自法語，在政治、外交、法律、時尚、食品各領域都有；約有29%源自拉丁文，在法律、生物學、科學、工技、醫學、哲學、神學、教會、宗教等方面影響重大；約有6%源自希臘文，在科學、

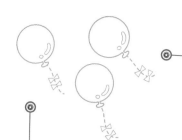

醫學、神學、哲學等學科上處處可見；剩餘的10%若非源自其他語言，就是字源不清楚。

義大利文占英語字源的比例雖然不高，但是影響極為明確，集中於音樂領域；西班牙則因在西元711–1492期間有大半地區被伊斯蘭帝國征服(該帝國的統治面積後來因為國勢衰弱而縮小，集中在伊比利半島南部的Córdoba和Andalusia)，而使西班牙文成為部分阿拉伯文輾轉進入英文與其他西歐語言的中介。

08. 英語文的字彙有那麼多源自拉丁文，有實例簡單說明嗎？

拉丁文與歐洲語文關係實例：
彌撒曲歌詞拉丁文：Dona Nobis Pacem (Grant Us Peace)(賜給我們平安)

其中的 dona(給予、賜予)有不少衍生字(derivative)或同源字
英文：donate (v.)捐贈、贈送，donation (n.)捐贈行為、贈送作為，donator (n.)捐贈人，donative (n.)贈品，donative (a.) 贈送的。
德文：Donator (n.m.)捐獻者、捐贈人，Donatar (n.m.)受贈者，Donation捐贈、捐獻 (n.f.)。
法文：don (n.m.) 贈品、禮物，donation (n.f.)捐贈、贈予，donner (v.) 贈送、給予，donneur (n.m.) 贈送者、提供者、捐獻者，donneuse (n.f.) 贈送者、提供者、捐獻者。
西班牙文：don (n.m.)贈品、禮物、天賦，donacion (n.f.)捐贈、捐獻，donar (v.)捐獻、捐獻，donatario (n.m.)男受贈者，donataria (n.f) 女受贈者。

其中的 pacem(平安、平靜、安寧、和平)也有不少衍生字或同源字：

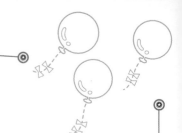

英文：peace和平、平靜，pacific平靜的，the Pacific Ocean太平洋，pacify安撫，使人平靜，pacifist和平主義者、反戰人士，pacifism和平主義、綏靖主義、反戰思想。

德文：der Pazifische Ozean (n.m.)太平洋，Pazifismus (n.m.) 和平主義，Pazifist (n.m.) 和平主義者，Pazifizierung (n.f.)撫慰動作、綏靖作風，Pazifistisch (a.)和平主義的。

法文：l'océan Pacifique太平洋(n.m)，pacificateur(n.m.)平定者、安撫者，pacifier(v.)平定、安撫，pacifique (a.)平靜的、太平的，pacifisme(n.m.)和平主義、反戰主義，pacifiste(n.)和平主義者。

西班牙文：el Océano Pacífico(n.m)太平洋，pacifico(a.m.)平靜的、祥和的(與陽性名詞搭配)，pacifica(a.f.)平靜的、祥和的(與陰性名詞搭配)，pacificar(v.)平定、撫平、綏靖，pacifismo(n.m.)和平主義，La Paz(n.f.)拉巴斯(南美洲玻利維亞Bolivia首都，字義為the Peace：和平、和平之城)。

從以上兩組對照排列，也可得知一個小線索：英語文與其他歐洲語文相比較，具有容易學習的優勢，而得以風行全球。前面出現的略語註記的n.m.(陽性名詞)、n.f.(陰性名詞)、a.m.(陽性形容詞)、a.f(陰性形容詞)，還有並未列出卻可能會出現的n.n.(中性名詞)、n.amb.(雙性名詞)，在英文中都不必傷神。再說，英文的定冠詞the走遍天下，但在其他歐洲語言，其定冠詞又必須受到單複數、陽陰中性、主受所有格的約束而變來變去，非常麻煩。

09.「字根」、「字首」、「字尾」、「字綴」、「前綴」、「後綴」，到底是甚麼東西？

「字根」(root)又稱為「基礎形式」(base form)，每個英文字都有字根，蘊

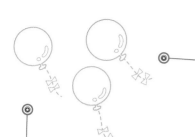

含該字的基本意義，譬如congregate的字根是greg(群、成群，源自拉丁文Latin，L)，con(一起、共同、整全，源自L)連綴於前，ate(動詞字尾：產生、形成、呈現、進行、從事，源自L)連綴於後，得出TOEFL的常見字彙congregate：聚集、集合、集會。

有些字根自身就是一個完整的字，譬如script(劇本、手稿、筆跡、書寫的結果，源自L)，還可以衍生manuscript = manus(手，源自L) + script = 手抄本、手寫稿、原本，postscript = post(後面、之後，源自L) + script = P.S. = 附筆、補述，scriptorium = script + orium(處所、場地，源自L) = 繕寫房、文書室。

但是有些字根自身並不單獨存在為一個完整的字，必須搭配其他的「語素」(morpheme：語言中有意義的最小單位)，才能成為一個完整的字；前述的greg就沒有單獨成為一個字，如果字典上有出現Greg，那是男人名字Gregory的暱稱。另外，predict = pre(先、前，源自L) + dict(說、言，源自L) = 預言、預測，其字根dict也不單獨存在為一個完整的字。

中文的「綴」意思為「連結、結繫、裝飾」，英文的fix意思為「黏貼、繫牢、固定」(源自L)，prefix = pre + fix = 黏貼或繫牢在前面 =「前綴」，這個名稱就是臺灣習稱的「字首」，像前述的con、post、pre都是。不論稱為「字首」或「前綴」，都算是「字綴」的一種。

「前綴」或「字首」所明示或暗示的意思，大半與下列有關：

前、後（空間）、先、後（時間）、內、外、遠、近、快、慢、上、下、正、反、新、舊、直、歪、經、緯、左、右、好、壞、善、惡（邪惡）、優、劣、好（喜愛）、惡(厭惡)、是、否、真、偽、立、毀、去、回、增、減、主、從、同、異、大、小、多、寡、無、再度、過多、不足、完

整、破碎、完全、一半、部份、相等、一起、散開、分割、支持、反對、中間、周遭、近旁、環繞、主體、邊陲、彼此之間、超越、次於、橫跨、穿透、逼近、離去、分開、轉換、對抗、抵擋、針對、數目、數量。

下面這四個字當中的 exo、a、anti 都是前綴或字首：

exogamy = exo(外面、出去，源自希臘文Greek，G) + gamy(結婚、婚配、交配，源自G) = 族外婚、異族結婚、異系交配

atheism = a(不、非、無，源自G) + the(神，源自G) + ism(信仰、主義、學說、狀態、行為，源自G) = 無神論

agnosticism = a + gnos(認識、知道，源自G) + tic(相關的，源自G) + ism = 不可知論

antipathy = anti(反對、反抗、悖反，源自G) + pathy(感受、感覺，源自G) = 反感、惡感、厭惡

前綴或字首與字根的連結可以不只一個，以下幾個例子就是如此：

uprecedented = un(字首：不、非、無) + pre(字首：先、前) + ced(字根：行、走) + ent(名詞字尾：動作者、行為者、人、者、物) + ed(形容詞字尾：具某種性質的、有某種特徵) = 先前無人走過的、沒有先行者的、史無前例的、前所未有的

indispensable = in(字首：不、非、無) + dis(字首：分離、除去) + pens(字根：衡量、考量、稱重) + able(形容詞字尾：可以…的、適宜…的) = 衡量之後不可除去的、不可或缺的、必不可少的

nonrecurrent = non(字首：非、否) + re(字首：反覆、返回、再次)，+ curr(字根：跑動、流動、移動) + ent(形容詞字尾：具某種性質的) = 不會復發的、不會再出現的、非反覆發生的

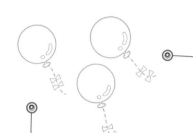

我們在記憶字彙時，有時候會搞不清楚哪個是字首或哪個是字根；這沒有關係，因為比較重要的是記住可以當成組合單位的各個「語素」的意思，進行排列組合。看下面三個例子：

astrology = astro(星星，源自G) + logy(學問、研究，源自G) = 星象學
astronomy = astro + nomy(法則、定律、治理，源自G) = 星星的規律、天文學
astronaut = astro + naut(航行者，源自G) = 航向星星的人、太空人

以上三個字都有astro，我們可以說astro是一個英文造字的「組合形式」(combining form)，而且由於astro在這幾個字都擺在前頭，我們可以說這種情形是astro-這個「組合形式」被當成「字首」、「前綴」在使用。astro-提醒我們，其他的連接語素是要擺在astro的後面而非前面。如果是logy與nomy，則會標示為-logy與-nomy，表示這兩個「組合形式」被當成「字尾」、「後綴」使用。

suffix = suf(低、下、底、次、末，源自L) + fix = 黏貼或繫牢在後面 = 「後綴」，這個名稱就是臺灣習稱的「字尾」，像英文常見的er、or、ion、ate、ly、ness都是。不論稱為「字尾」或「後綴」，都算是「字綴」的一種。

字尾的功能在提示該字的詞類，使我們簡單就可辨別出該字是動詞(ise、ize、ate、en、fy等)、名詞(ist、ism、ness、ion、tion、ation、ment等)、形容詞(ous、ful、tive、able、ible、oid等)或副詞(ly、 ably、ibly、 wise、wards等)。如果是名詞，還可從其字源得知其意思可能代表：人者物、國家土地、場地處所、工具技術制度、狀態病徵疾患、身分地位行業、方向位置、動植物分類、礦物、藥物、化學物品、知識學科、思想信仰主義

等。如果某些字尾是英文自其他語言吸納的，則還有提示該字是單複數與陽陰中性的功能。

以下字例中的 ion、ary、ian、ate 都是字尾：

benediction = bene(字首：優良、美善，源自L) + dict(字根：言、說) + ion(名詞字尾) = 祝福

dictionary = dict + ion + ary(名詞字尾：匯聚處，源自L) = 匯集措辭用語的地方、字典

library = libr(字根：書，源自L) + ary = 圖書館

librarian = libr + ar(y) + ian(名詞字尾：人員，源自L) = 圖書館員

aviary = avi(字根：鳥、禽) + ary = 鴿舍、動物園的鳥館

aviate = avi + ate(動詞字尾：進行、動作) = 飛行

從dictionary可以推斷，可以有一個以上的字尾連接；以下例子的ful、ly、ness都是字尾：

wonder(字根：奇事、妙事，源自古高地德語Old Highland German，OHG) = 奇聞妙事、奇觀奇蹟

wonderful = wonder + ful(形容詞字尾：充滿著、顯現著，源自古英語Old English，OE，屬於古日耳曼語Old Germianic) = 奇妙的、神奇的

wonderfully = wonder + ful + ly(副詞字尾：以某種方式，源自OE) = 奇妙地

wonderfulness = wonder + ful + ness(名詞字尾：性質、特質、狀態，源自中古英語Middle English，ME) = 奇妙性，美妙特質

補充說明：

Old Highland German古高地德語：今日德語的原型，西元750到1050年使用。

Old English古英語：西元450年到1150年間使用的英語。

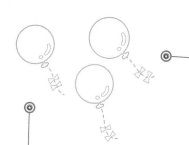

Middle English中古英語：西元1150年到1500年間使用的英語。

10. 如何檢測程度，才能知道自己英語文實力是否足以進軍國際？

英國的the Economist、the Guardian和美國的the New York Times，是英語世界最具威望的綜合性書報雜誌，內容涵蓋政治、國際關係、商業、金融、產業、科技、醫學、文化、藝術、宗教，對讀者知識廣度與深度有一定的要求，而且其用字、句型結構、文章段落排比，還有掌握國際議題與世界脈動的敏銳度，皆可驗證讀者的英語文程度與noosphere(心智活動範圍)的高低廣狹速緩優劣。至於聽力程度，可用Bloomberg、CNBC、CNN、BBC、Channel NewsAsia、Al Jazeera English、Discovery、National Geographic等頻道，還有the Economist的Audio版進行檢測。臺灣的高中生、大學生與碩博士生、學者、教授、中高階官員、經理人員、專業人士、英語教學人士，或可把競爭對象指向世界，以便理解臺灣在面對全球化的拚搏時，有多少的改善空間。

11. 你現有的字彙量有多少？

以下約200個字詞，不論長短，都是字首字根字尾排列組合而成的。若已經受過該課程的訓練，而且認真學習，基本上不用查字典，都可猜得到其字義。建議你先不要查字典，試試自己的程度，如果感到很挫折，就先研讀本書或《WOW! 英文字彙源來如此》系列其他各冊，把以下字彙當成是總複習或是學習成果測驗。

verification, pantisocracy, heterosexual, transvestite, auditorium, aquarium
valedictory, jurisdiction, de jure, de facto, verdict, hydroplane
unprecedented, verisimilar, facsimile, lactiferous, unequivocal

terrarium, otophone, carcinogenic, photogenic, psychogenic
epidermal, prenuptial, epiphany, extramarital, telepathy

microscope, symphony, cacophony, pentateuch, consonance, dissonance
desegregation, congregation, sororicide, polytheism, henotheism
Polynesia, Micronesia, polygamy, somniferous, vociferous
postmortem, contemporaneous, rhinoceros, presbyopia, hyperopia
synagogue, pedagogy, posthumous, contradict, benefactor, beneficiary

manufacture, photography, demographer, demagogue, democracy
plutocracy, polyandry, matricide, regicide, aphrodisiac, benevolence
voluntary, Panosonic, iPod, tripod, hexapod, eupepsia, dyspepsia
bradypepsia, Nova Scotia, Melanesia, melanin, melancholy, urolith
nephrolith, potamology, megalomania, autarchy, hepatoma

cosmopolis, xenophobia, agoraphobia, acrophobia, photosynthesis
monogamy, monotheism, exogamy, bigamy, homogeneous, autobiography
monarchy, matriarch, patriarchy, patricide, filicide, Mediterranean
mastocarcinoma, cardiomegaly, tachycardia, trigonometry, anthology
manuscript, postscript, submarine, subvert, diversification, subjugate

malediction, malefactor, malevolent, valediction, valedictorian
insomnia, hyperglycemia, carnivorous, cartography, omnivorous
hypoglycemia, periodontitis, caniculture, pisciculture, hieroglyph
hepatomegaly, hallucinogenic, Homo erectus, deus mobiles
terra incognita , gastroscope, gastritis, hepatitis, scopephilia

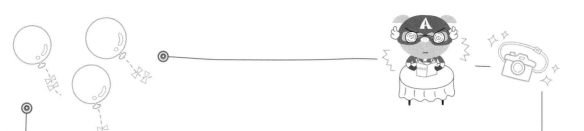

ailurophilia, necropolis, frugivore, granivorous, genealogy, company
companion, pantheism, extraterrestrial, dissident, consensual
infidelity, collaborator, deodorizer, conspicuous, despicable
dissenting, quintuple, contraceptive, confidant, bona fide, mala fide
pro bono, concourse, excursion, Japanophile, xerophilia, perforator

palimony, cervcitis, tonsillectomy, ectopia, euthanasia, eulogize
parathyroid, biblioklept, osteopetrosis, osteoporosis, litholatry
aviculture, hortitherapy, thermotherapy, aromatherapy, leukemia
automobile, biologist, Mesopotamia, hippopotamus, Liberia, Nigeria
anthropomorphism, boviculture, Bovine Spongiform Encephalitis, intramura

aquaculture, agronomy, horticulture, circumnavigate, circumcise
geomancy, chiromancy, anonymous, cardic arrythmia, fratricide, rodenticide
anthropophagous, philanthropy, monopsony, hippophagous, physiognomist
alimony, decapitate, malevolent, pyrolatry, idolater, bibliography
androgyny, hippodrome, diadromous, pedophobia, gerontophilia, anemia

01

數字與數目之一

字源線索

★ 英文	★ 中文	★ 字綴與組合形式
half	半、二分之一	demi ; hemi ; semi
one	一	mon ; mono ; un ; uni
choose one	擇一	hen ; heno
one another	另一	allel ; allelo
single	單一、單單、簡單	hapl ; haplo ; sol ; soli
first	第一、首要、最先	prim ; prime
two	二、兩、雙	bi ; bin ; bino ; bis
two	二、兩、雙	di ; dich ; dicho ; dipl ; diplo ; twi
two ; second	二、第二、再次	deut ; deuter ; deutero ; deuto ; dou ; duo
second ; following	第二、再次、接續	second ; secund ; secundi
three	三、三人組	tre ; tri ; triskai ; trium ; troika
three ; third	三、第三、高等、重度	ter ; terce ; tern ; terti
three ; third ; three times	三、第三、三次	trit ; trito
four ; fourth	四、第四、四分之一	quad ; quadr ; quadra ; quadri ; quadru

 英文	⭐ 中文	⭐ 字綴與組合形式
four ; fourth	四、第四、四分之一	tessara ; tessera ; tetr ; tetra
five ; fifth	五、第五、五分之一	pent ; penta ; pente ; pento
five ; fifth	五、第五、五分之一	quin ; quint ; quinti ; quintu
five ; fifth	五、第五、五分之一	quinqu ; quinqua ; quinque
six ; sixth	六、第六、六分之一	exa ; hex ; hexa ; sex ; sexa ; sexi ; sext
seven ; seventh	七、第七、七分之一	hept ; hepta
seven ; seventh	七、七分之一	sept ; septem ; septi ; septo ; septu; septua
eight ; eighth	八、八分之一	oct ; octa ; octi ; octo ; octon
nine ; ninth	九、九分之一	enne ; ennea ; non ; nona ; noni ; nov ; novem
ten ; tenth	十、十分之一	dec ; deca ; decem ; deci ; decim
ten ; tenth	十、十分之一	dek ; deka ; den

數字與數目之一

①	monolog	_____	獨白，自言自語
②	unilingual	_____	單語的
③	bicameral	_____	兩院制的
④	dioxide	_____	二氧化物
⑤	tripod	_____	三腳架
⑥	triple	_____	三倍的；三重的
⑦	quadruped	_____	四足動物
⑧	tetraphyllous	_____	四葉的
⑨	pentagon	_____	五角形
⑩	quintuplet	_____	五胞胎
⑪	hexachord	_____	六弦琴
⑫	twilight	_____	曙光；黃昏
⑬	nonary	_____	九進位的
⑭	heptarchy	_____	七人統治
⑮	September	_____	九月

1. **monolog**＝**mono＋log名詞字尾(言語、字詞)**＝**獨白、自言自語。**

   延伸記憶 monologue獨白(英式拼法)，monogamy一夫一妻制，monotheist一神論者，monograph單一主題寫作、專論、專題論述，monocycle單輪車，monopoly獨賣、壟斷；dialog＝dialogue對白，prolog＝prologue寫在前面的話、前言、序，catalog＝catalogue由上往下排列的敘述、目錄

2. **unilingual**＝**uni＋lingu(舌頭、語言)＋al形容詞字尾(…的、關於…的)**＝**單語的、只會一種語言的。**

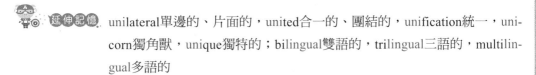

   延伸記憶 unilateral單邊的、片面的，united合一的、團結的，unification統一，unicorn獨角獸，unique獨特的；bilingual雙語的，trilingual三語的，multilingual多語的

3. **bicameral**＝**bi＋camera(密室、內廳、內堂、廂房)＋al形容詞字尾**＝**兩院制的、國會有分上下院或參眾院的(例：美、英、加、澳、德、日、俄)。**

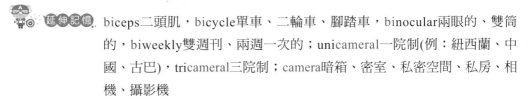

   延伸記憶 biceps二頭肌，bicycle單車、二輪車、腳踏車，binocular兩眼的、雙筒的，biweekly雙週刊、兩週一次的；unicameral一院制(例：紐西蘭、中國、古巴)，tricameral三院制；camera暗箱、密室、私密空間、私房、相機、攝影機

4. **dioxide**＝**di＋oxide名詞字尾(氧化物)**＝**二氧化物。**

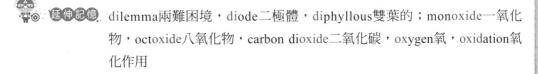

   延伸記憶 dilemma兩難困境，diode二極體，diphyllous雙葉的；monoxide一氧化物，octoxide八氧化物，carbon dioxide二氧化碳，oxygen氧，oxidation氧化作用

5. **tripod**＝**tri＋pod名詞字尾(腳、足)**＝**三腳架。**

   延伸記憶 triangle三角形，trigon三角形、三邊形，trisect三分、切成三塊；tetrapod四足動物、四肢動物(例：貓cat、狗dog、牛cow、羊goat、猩猩chimpan-

zee)，hexapod六足動物(例：昆蟲insect)，arthropoda節肢動物門(例：蜘蛛spider、甲殼類的蝦shrimp、蟹crab等)

> Tripolis=Tripoli三合市、三聯市、三城鎮合一市。中國由武昌、漢口、漢陽合成的武漢市；的黎波里(利比亞首都)、特里波利(黎巴嫩的一個港市)，都是Tripoli的音譯。

6. **triple**＝tri+ple形容詞字尾(重疊的、倍加的)＝**三倍的、三重的。**

延伸記憶 triple A=Aaa=三A級、最優級債信評等(credit rating)，triple w=www =world wide web全球資訊網，tricycle三輪車，triplet三胞胎，trinity三位一體(基督教)，trident三叉戟；quadruple四倍，multiple多倍的、很多；treble 三倍的、三重的、最高聲部的、高音的，treble agent三重間諜

> treble clef 高音譜，treble staff 高音譜表(音樂)。

7. **quadruped**＝quadru+ped名詞字尾(腳、足)＝**四足動物、四肢動物。**

延伸記憶 quadruplet四胞胎，quadrupole四極，quadrilateral四邊的、四邊形，quadri-lingual四語的，quadrivial四條通的、四路匯聚點；monoped獨腿者，biped 二足動物(例：狐猴lemur、鴕鳥ostrich)

8. **tetraphyllous**＝tetra+phyll(葉子)+ous形容詞字尾(具…特性的)＝**四葉的。**

延伸記憶 tetrachord四聲音階、四度音階、四弦琴，tetracyclic四環的，tetradactyl四指的、四趾的；aphyllous無葉的，monophyllous單葉的，triphyllous三葉的，stenophyllous狹葉的

9. **pentagon**＝penta+gon名詞字尾(角形)＝**五角形。**

延伸記憶 Pentagon五角大廈(美國國防部)，Pentecost五旬節(基督教)，pentagram 五角星、五角星形，pentadactyla五指動物、五趾動物(例：穿山甲Manis

pentadactyl)；hexagon六角形，trigon三角規、三角形，trigonometry三角
測量、三角函數

報馬仔. Pentateuch《摩西五經》，指《舊約聖經》的頭五部書卷：Genesis《創
世記》、Exodus《出埃及記》、Leviticus《利未記》、Numbers《民數
記》、Deuteronomy《申命記》。

10. quintuplet＝quintu+plet名詞字尾(倍、摺疊、胞胎)＝五胞胎。

延伸記憶. quintuplicate五聯單、一式五份、五倍，quintet五重奏、五重唱，quin-
quennial五年一次的，quintile以總數五分之一為一組一群計算；triplet三胞
胎，quadruplet四胞胎，sextuplet六胞胎，septuplet七胞胎，octuplet八胞胎

11. hexachord＝hexa+chord名詞字尾(琴弦、音階)＝六弦琴(一般的吉他)、六聲音階。

延伸記憶. hexagon六角形，hexagram六角星、六角星形，hexahedron六面體；di-
chord二弦琴(例：中國的二胡erhu)，trichord三弦琴(例：日本的三味線
shamisen=samisen=sangen)，pentachord五聲音階、五度音階、五弦琴，
polychord多弦琴、多弦樂器

報馬仔. 古希伯來王國、以色列王國的大衛王之星就是六角星，也是現代以色列
共和國的國徽。

12. twilight＝twi+light(光、光線)＝曙光、黎明、暮光、薄暮、黃昏(日夜兩界之間的光)。

延伸記憶. twice兩次，twins雙胞胎，twist二者糾纏一起、二物捻結一起，twine合股
線、麻繩，two二，twelve十二，twenty二十；sunlight日光，moonlight月
光，firelight火光，enlight點亮、啟蒙、照明

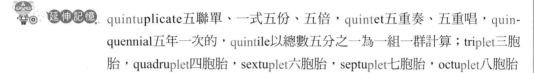

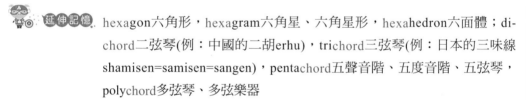

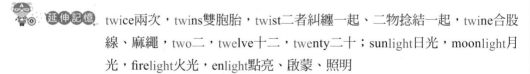

13. **nonary**＝nona+ary形容詞字尾(具…性質的、有…特性的)、名詞字尾(匯集處所、場所、地點)＝**九進位的、九人組、九項組**。

延伸記憶. nonagon九邊形、九角形，nonane壬烷、九烷，novennium九年期間，novena九日連續禱告；customary習慣的，ordinary通常的，catenary鏈狀的，planetary行星的

14. **heptarchy**＝hepta+arch(統治者、領導人)+y名詞字尾(制度、作法)＝**七人統治、七國統治(例：中國戰國七雄)**。

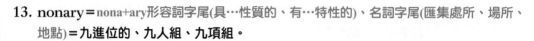

延伸記憶. heptagon七角形、七邊形，heptachord七弦琴，heptathlon田徑七項全能競賽；patriarchy父權統治，autarchy獨裁統治，diarchy二人統治，triarchy三人統治、三國統治(例：中國東漢末年魏、蜀、吳三國鼎立；朝鮮半島高麗、新羅、百濟三國爭霸)，pentarchy五人統治、五國統治(例：中國春秋五霸)

15. **September**＝septem+ber拉丁文形容詞轉名詞字尾(記數單位)＝**凱撒曆或儒略曆的七月；額我略曆或公曆的九月**。

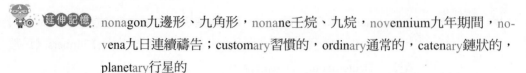

延伸記憶. septet七重奏、七重唱，septennial七年一次的、七週年的，septennium七年期間，septilateral七邊形、七邊的，septuple七倍的；October十月，November十一月，December十二月

報馬仔.

羅馬時代凱撒曆(Julian Calendar)是以凱撒名字Julius Caesar的Julius改為形容詞Julian而得名，諧音譯稱儒略曆；十六世紀教皇額我略十三世(Pope Gregory XIII)頒布的額我略曆(Gregorian Calendar)，就是現今西方乃至世界大半地區通行的西曆或公曆。凱撒曆以March為年初，所以October、November、December分別為凱撒曆的八、九、十月，但在公曆則是十、十一、十二月。

拆字猜義

⑯	octopus _____	八爪章魚
⑰	Decalog _____	聖經的十誡
⑱	decathlon _____	男子十項全能競賽
⑲	unison _____	一言堂
⑳	tertiary _____	三級的
㉑	enneastyle _____	九柱式建築
㉒	monosyllabic _____	單音節的
㉓	dipterous _____	雙翼的
㉔	haploid _____	單倍體(生物)
㉕	quintessence _____	第五元素
㉖	primary _____	初級的
㉗	hemisphere _____	半球
㉘	duplicate _____	複印
㉙	deuteronomy _____	二度頒法
㉚	semicircle _____	半圓

16. octopus＝octo+pod(足、腳)+us名詞字尾(物種)＝八爪章魚。

延伸記憶 octopod八足動物、八腕目動物，octangle八角形，octachord八度音階、八弦琴；polypus多足動物、水螅，xenopus奇特足動物、有爪水生蛙、爪蟾，monopus因缺陷而只有一腳者

報馬仔 Oedipus伊底帕斯，希臘神話中的底比斯(Thebes)邦主，希臘字源代表「腫足者」(oedi+pod+us)；有神諭指出他會弒父娶母，以致出生後父親綁緊其雙足以防止他爬行，並交待他人拋棄山野。他意外獲救時因足部腫脹而被取名為「腫足者」。Oedipus complex戀母情結(心理分析)，oedema=edema水腫(醫學)。

17. Decalog＝deca+log名詞字尾(言語、字詞)＝十句話、聖經中的十誡。

延伸記憶 decade十年，Decameron《十日談》(中世紀薄伽丘Boccaccio名著)；epilog=epilogue補加的字詞、末尾詞、跋文，neolog=neologue新出現的字詞、新創的字詞，travelog旅遊見聞錄，web log=weblog=webolog=blog網頁言詞、網誌、部落格(臺灣)、博客(中國大陸)

18. decathlon＝deca+athlon名詞字尾(競爭、拼搏)＝男子十項全能競賽。

延伸記憶 decagon十角形、十邊形，decahedron十面體，decennial十週年的、十年一次的，decennium十年期，decadelong延續十年的、長達十年的；biathlon兩項競賽(冬季奧運競技項目＝越野滑雪(cross-country skiing)+步槍射擊(rifle shooting)，duathlon鐵人兩項競賽＝跑步(running)+單車(cycling)，triathlon鐵人三項競賽＝跑步+單車+游泳(swimming)

19. unison＝uni+son名詞字尾(聲音)＝齊唱、一言堂、一致意見。

延伸記憶 unify團結、統一，uniform制服(一種樣式)，uniparental單親的，unipolar單極的；supersonic超音速的，consonance和諧音、諧和音程、共鳴，dissonance不和諧音、意見不一，sonitus耳鳴，sonifer聲音傳送器、超聲波降

數字與數目之一

解器、助聽器

 報馬仔

> Panasonic原名為「松下」(Matsushita)，是知名的日本電器廠牌，為了方便行銷世界而改名為西洋化或國際化的品牌名；pan全部、廣泛+son+ic…的，含意為「任何與(影像)聲音有關的產品」通通製造與販售，pan與son之間的a是便於發音而加添。

20. tertiary＝terti+ary形容詞字尾(具…性質的、有…特性的)＝三級的、高等的、嚴重的。

延伸記憶 tertiary sector三級產業部門(服務業)，tertiary education三級教育、高等教育，tertiary trauma三度燒燙傷、嚴重燙傷；dietary飲食的、有關飲食的，budgetary預算的，elementary基本的、要素的

21. enneastyle＝ennea+style名詞字尾(柱子)＝九柱式建築。

延伸記憶 ennead九人組、九件組、九件裝，enneagon九邊形、九角形，enneahedron九面體，enneagynous九雌蕊的(花)，enneadecagon十九邊形；hexastyle六柱式建築，octastyle八柱式建築，decastyle十柱式建築，dodecastyle十二柱式建築

22. monosyllabic＝mono+syllable(音節)+ic形容詞字尾(…的)＝單音節的。

延伸記憶 monosyllable單音節，monocular單眼的、單筒的，monocycle單輪車、獨輪車，monorail單軌，monophobia單身恐懼，monophony單音，monocrat獨裁統治者、專制君主；trisyllabic三音節的，tetrasyllabic四音節的，polysyllabic多音節的，disyllabic二音節的

23. dipterous＝di+pter(翼、翅膀)+ous形容詞字尾(具…特質的)＝雙翅的、兩翼的。

延伸記憶 disyllable雙音節，disyllabic雙音節的，dicephalous兩個頭的，diatomic二原子的；helicopter迴旋翼飛機、直升機，pteropod翼足動物(例：蝙蝠

bat)，lepidoptera鱗翅目(例：蝶butterfly、蛾moth)，mecopterous長翅的、長翼的(例：蠍scorpion)，dictyoptera網翅目(例：蟑螂cockroach)；studious用功的，avaricious貪婪的，bounteous慷慨的，conscientious憑良心的、勤懇的

24. haploid＝haplo+id形容詞字尾(具有…性質的、如…的)、名詞字尾(構成的本質、要素、粒子、體)、名詞字尾(某科植物、某科或某綱動物、流星、疹)＝單倍體(生物)。

延伸記憶 haploxylic單維管束的，haplosis變成單一、減半作用、減數分裂，haplo-stemonous具單雄蕊的；diploid雙倍體，pyramid金字塔、金字塔狀物、金字塔狀組織(例：直銷公司)，viscid膠黏的、黏質的，lipid脂質、脂類物質，xiphiid劍狀的、劍類物、劍魚，filariid絲狀的、絲狀物、絲蟲

25. quintessence＝quint+esse(存在)+ence名詞字尾(性質、狀態、行為)＝第五元素、第五要素(空氣、水、火、土以外的宇宙構成物質，精華)。

延伸記憶 quintuple五倍，quintuplicate做成一式五份，quinquangular五角的，quin-quelateral五邊的、五邊形，quindecagon十五邊形；essence要素、精華，essential根本的、必要的、不可或缺的，essential本質、精華、要素；exis-tence存在、生存，affluence富裕，dependence依賴，licence許可、執照

26. primary＝prim+ary形容詞字尾(具…性質的、有…特性的)＝一級的、初級的、基本的、最先的、為首的。

延伸記憶 prime最先的、為首的，prime minister閣揆、首席部長、首相、總理、行政院長，primacy優先、首要，primate靈長類動物，primary election(簡稱primary)初選，primary school小學，primary sector一級產業部門、農林漁牧礦業，premier首相、總理、行政院長，premiere首映、首播；secondary二級的、中級的，secondary school中學，secondary education中等教育、中學教育，auxiliary幫助的、輔助的，honorary榮譽的、名譽的，arbitrary任意的、武斷的、跋扈的、恣意的

27. hemisphere＝hemi+sphere名詞字尾(球體、球面、圈層)＝半球。

延伸記憶. hemicycle半圓，hemiplegia半癱、半身不遂，hemisect對半切，hemiscotosis偏盲(一半黑暗症)，hemitoxin半毒素，hemiptera半翅目(例：蟬cicada)；atmosphere大氣層，mesosphere中間層，stratosphere平流層，troposphere對流層，biosphere生物圈

28. duplicate＝du+plic(加倍、重疊)+ate動詞字尾(進行、從事、處裡)＝複印、做成一式兩份。

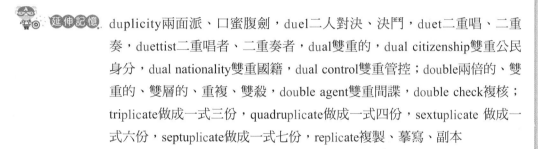

延伸記憶. duplicity兩面派、口蜜腹劍，duel二人對決、決鬥，duet二重唱、二重奏，duettist二重唱者、二重奏者，dual雙重的，dual citizenship雙重公民身分，dual nationality雙重國籍，dual control雙重管控；double兩倍的、雙重的、雙層的、重複、雙殺，double agent雙重間諜，double check複核；triplicate做成一式三份，quadruplicate做成一式四份，sextuplicate做成一式六份，septuplicate做成一式七份，replicate複製、摹寫、副本

29. deuteronomy＝deutero+nom(法律、法規、規律、戒命、治理、管理)+y名詞字尾(情況、行為、性質、狀態、技術、手術)＝再度訓誡、二度頒法。

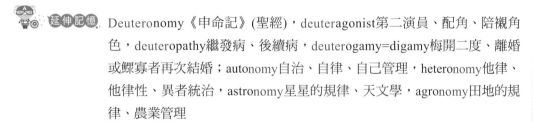

延伸記憶. Deuteronomy《申命記》(聖經)，deuteragonist第二演員、配角、陪襯角色，deuteropathy繼發病、後續病，deuterogamy=digamy梅開二度、離婚或鰥寡者再次結婚；autonomy自治、自律、自己管理，heteronomy他律、他律性、異者統治，astronomy星星的規律、天文學，agronomy田地的規律、農業管理

報馬仔. bigamy與digamy不同，前者指「重婚」，是在婚姻法規定實行一夫一妻制(monogamy)的管轄區的違法行為。

30. semicircle＝semi+circle名詞字尾(圓、圈、環)＝半圓。

延伸記憶. semivowel半母音，semicoma半昏迷，semiarc半弧，semiarch半拱，semi-

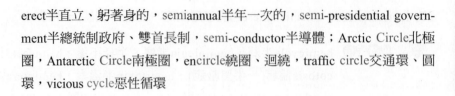

erect半直立、躬著身的，semiannual半年一次的，semi-presidential government半總統制政府、雙首長制，semi-conductor半導體；Arctic Circle北極圈，Antarctic Circle南極圈，encircle繞圈、迴繞，traffic circle交通環、圓環，vicious cycle惡性循環

02

數字與數目之二

字源線索

★ 英文	★ 中文	★ 字綴與組合形式
one and half	一又二分之一	sesqui
three	三	tre；tri；triskai；trium；troika
three；third	三、高等、重度	ter；terce；tern；terti
tenth	十分之一(分)	deci；decim(d)
ten	十	dec；deca；decem；decim；deka；den(da)
eleven	十一	hendec；hendeca；undec；undeca；undeci；undecim
twelve	十二	dodec；dodeca
twelve	十二	duodec；duodeca；duodecim；duoden；duodeno
thirteen	十三	tredec；tredecim；tridec；tridecim；triskaideka
fifteen	十五	quindec；quindeca；quindecim
sixteen	十六	hexadec；hexadecim
nineteen	十九	enneadeca；enneakaideca；novem-dec；novendec
twenty	二十	vicen；vigesim；vigint；viginti
thirty	三十	trigen；trigesim；trigint

英文	中文	字綴與組合形式
thirty-two	三十二	duotrigesim
thirty-six	三十六	hexatridec ; hexatridecim
fifty	五十	pentagen ; quinquagen
sixty	六十	sexagen ; sexagesim
seventy	七十	septuagen
eighty	八十	octogen
ninety	九十	nonagen
hundredth	百分之一(厘、釐)	cent ; centen(c) ; centi ; centu
hundred	百	cent ; centen ; centi ; centu
hundred	百	ect ; ekt
hundred	百	hecato ; hecaton ; hect ; hecta ; hecto ; hekt ; hekto(h)
thousandth	千分之一(毫)	mili ; mill ; milli(m)
thousand	千	mili ; mill ; milli
thousand	千	chili ; chilia ; kil ; kilo(k)

★ 英文	★ 中文	★ 字綴與組合形式
ten thousand ; many	萬(十千)、眾多	myri ; myria ; myriad ; myrio
hundred thousandth	十萬分之一(百千分之一)	centimilli
hundred thousand	十萬(百千)	hectokilo
millionth	百萬分之一(微)	micro (μ)
million	百萬	mega (M)
billionth	十億分之一(奈、納)	nano (n)
billion	十億(京、吉)	giga (G)
trillionth	兆分之一(皮、微微)	pico (p)
trillion	兆(太、垓)	tera (T)

拆字猜義

①	hectometer _____	百公尺、百米
②	decibel _____	分貝
③	centistere _____	立方厘米
④	centipede _____	蜈蚣
⑤	centennium _____	百年期間
⑥	octocentennial _____	八百年的
⑦	milliliter _____	毫升
⑧	kilogram _____	一公斤、千公克
⑨	millennium _____	千年
⑩	kilovolt _____	千伏特
⑪	kilometer _____	公里、千公尺
⑫	sexagenarian _____	60-69歲的人
⑬	triakaidekaphobia _____	數字十三恐懼症
⑭	chiliarch _____	千夫長、營長
⑮	microampere _____	微安培

數字與數目之二

1. **hectometer**＝hecto＋meter(公尺、測量、測量數值、度量工具、度量儀器)＝**百公尺、百米(hm)**。

延伸記憶．hectoliter百公升，hectogram百公克，hectostere百立方公尺、百立方米(hm^3)；centimeter公分、釐米、厘米、百分之一公尺(cm)，decimeter分米、公寸(dm)，diameter直徑、橫穿過去的度量數值，perimeter周界、圍繞周邊的度量數值，metre公尺(m)(英式拼法)；thermometer溫度計，taximeter計程車表，pedometer計步器，turbidimeter濁度計

2. **decibel**＝deci＋bel(音量功率單位)＝**分貝(dB)**。

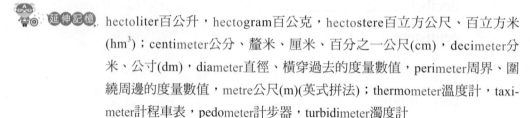
延伸記憶．decibel meter分貝計，decigram十分之一公克、分克(dg)，decimal十進位的、以十為分母的、十進位的小數，decimal system十進位制，decimate殺掉十分之一、大殺戮，decisecond分秒、十分之一秒(ds)，decisievert分希沃特、十分之一希沃特(輻射量單位)(dSv)，decimo octavo十八開本(18mo)，decimo sexto十六開本(16mo)；millibel毫貝(mB)，centibel厘貝、釐貝(cB)

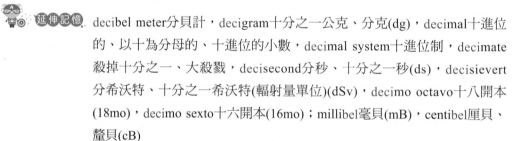
報馬仔．bel是依電話發明者貝爾Alexander Graham Bell命名。

3. **centistere**＝centi＋stereo(立體、固體)＋metre(公尺、測量、測量數值、度量工具、度量儀器)＝**百分之一立方公尺、厘立方米、立方厘米(cm^3)**。

延伸記憶．centiliter百分之一公升、厘升(cl)，centimeter公分、釐米、厘米、百分之一公尺(cm)；decistere分立方米、立方分米，kilostere千立方公尺、千立方米(km^3)

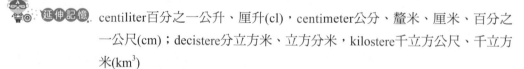
報馬仔．stere＝立方公尺，立方米，米立方(體積、容量單位)，就是所說的cubic meter，代號為m^3。

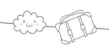

4. **centipede**＝centi+pede(足、腳)＝**百足蟲、蜈蚣**。

 centisecond百分之一秒、厘秒(cs)，centigram百分之一公克、厘克(cg)；
pedestrian行人、用腳者，millipede千足蟲、馬陸，cirripede、cirripedia蔓
足動物，anguiped有蛇狀足的，Anguiped雞頭蛇足神(希臘神話)

5. **centennium**＝cent+enn(年)+ium名詞字尾(一段時間、成團成塊的部位或結構、化學
元素)＝**百年期間**。

 century百年期、世紀，sesquicent一百五十；centennial 百年的、百週年
的、百週年慶，sesquicentennial一百五十年的、一百五十週年慶，quinde-
cennial十五年的、十五週年；sesquicentennium一百五十年、一百五十年
的時期，quindecennium十五年、十五年的時期，quincentennium五百年、
五百年期；barium鋇，sodium鈉，polonium釙，hypogastrium胃下方部
位、下腹區

 sesqui=semis+qui(semis=half 半，qui=and 以及)，意思是one and half 一又
二分之一、一個半。

6. **octocentennial**＝octo(八)+cent+enn(年)+ial形容詞字尾(的、關於…的)、名詞字尾
(動作、過程、狀態)＝**八百年的、八百週年**。

 octodecimo十八開本(出版印刷)，octet八重奏、八重唱，octave八度音；
bicentennium二百年、二百年期；bicentennial二百年的、二百週年；tri-
centennial三百年的、三百週年，quadricentennial四百年的、四百週年，
quincentennial五百年的、五百週年；labial唇的，audial聽力的、聽覺的，
denial否認、拒絕

7. **milliliter**＝milli+liter(公升)＝**千分之一公升、毫升(ml)**。

 milliampere毫安培(mA)，milliwatt 毫瓦特(mw)，milligram毫克(mg)，
millibar毫巴(mb)(氣象上常提的氣壓計算單位)，milliequivalent毫當量；

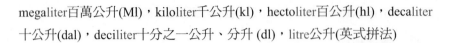

megaliter百萬公升(Ml)，kiloliter千公升(kl)，hectoliter百公升(hl)，decaliter十公升(dal)，deciliter十分之一公升、分升 (dl)，litre公升(英式拼法)

8. kilogram = kilo+gram(公克) = 一千公克、一公斤(kg)。

 延伸記憶. kilocalorie千卡(kcal)，kilowatt千瓦(kw)；hectogram百克(hg)，centigram百分之一公克、厘克(cg)，milligram千分之一公克、毫克(mg、藥物常見計量單位)，centimilligram十萬分之一公克，microgram百萬分之一公克、微克(μg)，megagram百萬公克(Mg)=1000kg一千公斤=1 metric ton一公噸

9. millennium = mill+enn+ium名詞字尾(一段時間) = 千年、千年期間。

 延伸記憶. millennia千年(複數)；the first millennium第一個千年期(西元1到1000)，the second millennium第二個千年期(西元1001到2000)，Millennium(基督教神學用語)千禧年、基督復活統治世界千年、千年王國、太平盛世、四海昇平期、黃金時代，Millenniumism千禧年思想、信仰、主義，Millenniumist千禧年信仰者；decennium十年，duodecennium十二年，biennium二年，triennium三年，quadrennium四年，quinquennium五年

10. kilovolt = kilo+volt(電壓單位) = 千伏特(kv)。

 延伸記憶. kilohertz千赫茲(kHz)，kiloton千噸；megavolt百萬伏特(Mv)，millivolt毫伏特(mv)，centivolt厘伏特(cv)，decivolt分伏特(dv)；voltage伏特數、電壓量，voltage transformer電壓變比器、變壓器，voltmeter電壓表、電壓計

 報馬仔. volt是依物理學家Alessandro Volta命名。

11. kilometer = kilo+meter(公尺) = 一千公尺、千米、公里(km)。

 延伸記憶. kilocurie千居禮(放射性單位)(kCi)，kilocycle(kc)千週、千週率(無線電頻率單位，即現在所稱的kilohertz千赫茲)；decameter十公尺、十米(dam)，millimeter毫米、千分之一公尺(mm)，megameter百萬米(Mm)=1000 kilo-

meter一千公里

 curie是依物理暨化學家、放射線研究先驅居禮夫人Marie Skłodowska-Curi，與其同為科學家的丈夫Pierre Curie命名。

12. sexagenarian＝sexagen+arian名詞字尾(人、者)＝60-69歲的人。

 sexagenary六十的、60-69歲的人，sexagenary cycle六十為周期(例：中國天干地支的紀年方式)，sexagesimal六十的、六十進位的、以六十為分母的(例：60 minutes= 1 hour、六十年＝一甲子)；trigenarian 30-39歲的人，quadragenarian 40-49歲的人，pentagenarian＝quinquagenarian 50-59歲的人，agrarian主張農耕者有其田者、平均地權論者，egalitarian主張平等者，antiquarian古董玩家、古玩收藏者，vegetarian素食者

13. triskaidekaphobia＝triskaideka+phob(畏懼、厭惡)+ia名詞字尾(病症、狀況)＝數字十三恐懼症。

 triskaidekaphobe數字十三恐懼症患者、害怕數字十三的人，tredecimal、tridecimal十三進位的、以十三為分母的，tridecagon十三角形，tridecane十三烷(化學)；acrophobia懼高症，claustrophobia幽閉恐懼症、密閉空間恐懼症，scotophobia懼暗症；mania狂躁，emesia嘔吐，pedophilia戀童癖症

14. chiliarch＝chili+arch(統治者、領導人)＝千夫長、千兵統領、營長(battalion commander)。

 chiliarchia千人作戰單位、千兵單位、營，chiliad千物組合、千人組合、千年期，chiliadal＝chilidic千的、以千為單位的，Chiliasm千禧年主義、千禧年信仰(基督教神學用語)；dekarch十夫長、十兵統領、班長(squad commander)，hekatonarch百夫長、百兵統領、連長(company commander)，matriarch家母長、女家長、女統治者，hierarch層級制度中的領袖、大祭

司、教主、高僧、居高位者，oligarchy寡頭統治制度、少數幾人統理一切

15. microampere＝micro+ampere(電流單位)＝微安培、百萬分之一安培(μA)。

 microdalton微道爾頓、百萬分之一道爾頓(原子量單位)(μDa)，micrometer 微米、百萬分之一公尺(μm)，micrometer測微計、測微儀器，micrometry 測微法，microscope顯微鏡，microorganism微生物；centiampere厘安培、 百分之一安培(cA)，gigaampere京安培、吉安培、十億安培(GA)，picoam- pere兆分之一安培、皮安培、微微安培(pA)，teraampere一兆安培、太安 培、垓安培(TA)

 ampere是依物理學家André-Marie Ampère命名。

 dalton是依物理暨化學家John Dalton命名。

拆字猜義

⑯	megabyte	_____	百萬位元組(MB)
⑰	terahertz	_____	兆赫
⑱	nanometer	_____	奈米
⑲	hexadecimal	_____	十六進位的
⑳	picosecond	_____	微微秒
㉑	gigawatt	_____	十億瓦特
㉒	nonagenarian	_____	90-99歲的人
㉓	centurion	_____	百夫長，連長
㉔	denary	_____	十進位的
㉕	duodenitis	_____	十二指腸炎
㉖	triumvir	_____	三人執政團成員
㉗	centenarian	_____	百歲人瑞
㉘	myriagram	_____	一萬公克
㉙	centigrade	_____	百度
㉚	hectare	_____	一公頃、百公畝

16. megabyte＝mega+byte(位元組：電腦記憶儲存單位、每個byte有八個位元bit)＝**百萬位元組(MB)**。

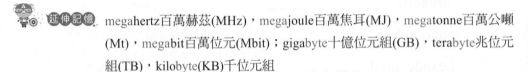 延伸記憶 megahertz百萬赫茲(MHz)，megajoule百萬焦耳(MJ)，megatonne百萬公噸(Mt)，megabit百萬位元(Mbit)；gigabyte十億位元組(GB)，terabyte兆位元組(TB)，kilobyte(KB)千位元組

報馬仔. 隨身碟(USB, Flash Drive, USB Memory Drive)的8G或256G，指的就是GB。

報馬仔. joule是能量與功的單位，依物理學家James Prescott Joule命名。

17. terahertz＝tera+hertz＝**兆赫(THz)**。

延伸記憶 teratonne一兆公噸、太噸、埃噸(Tt)，teraliter一兆公升、太升、埃升(Tl)，teragram一兆公克、太克、埃克(Tg)；hectohertz百赫茲(hHz)，kilohertz千赫(kHz)，hectokilohertz百千赫、十萬赫

報馬仔. hertz為頻率單位，指每秒繞多少圈／秒、周／秒，依物理學家Heinrich Hertz命名。

18. nanometer＝nano+meter(公尺)＝**奈米、十億分之一公尺(nm)**。

延伸記憶 nanoampere奈安培、納安培、十億分之一安培(nA)，nanofarad奈法拉、納法拉、十億分之一法拉(nf)，nanoplankton非常微小的浮游生物；megameter百萬公尺(Mm)，micrometer微米、百萬分之一公尺(μm)

報馬仔. farad靜電電容單位，依物理學家Michael Faraday命名。

19. hexadecimal＝hexadecim+al形容詞字尾(…的、關於…的)、名詞字尾(具…特性之物、時間、過程、狀態)＝**十六進位的、以十六為分母的、十六進位制**。

延伸記憶 hexadecimal numbers十六進位數(例：16 32 48 64 80…)，hexadecagon

十六角形，hexadecane十六烷，hexadecanol十六烷醇；decimal十進位，duodecimal十二進位，trigesimal三十進位，duotrigesimal三十二進位，hexatridecimal三十六進位

20. picosecond＝pico+second＝兆分之一秒、皮秒、微微秒(ps)。

  picofarad皮法拉、兆分之一法拉、微微法拉(pf)，picometer兆分之一公尺、兆分之一米、皮米、微微米(pm)，picogram兆分之一公克、皮克、微微克(pg)；microsecond微秒(μs)，millisecond毫秒(ms)，hectosecond百秒(hs)，kilosecond千秒(ks)，hectokilosecond十萬秒

21. gigawatt＝giga+watt(功率單位)＝十億瓦特(GW)。

  gigahertz十億赫、吉赫、京赫(GHz)，giga-electron-volt十億電子伏特(GeV)；megawatt百萬瓦(MW)，hectokilowatt百千瓦、十萬瓦，kilowatt千瓦(kW)，deciwatt分瓦(dW)，decawatt(daW)十瓦

報馬仔. watt為功率單位，依蒸氣機工程師James Watt命名。

22. nonagenarian＝nonagen+arian名詞字尾(人、者)＝90-99歲的人。

  nonagenarianism90-99歲時的狀態；nonahedron九面體，nonan九天發作一次的(醫學)，nonane壬烷、九烷(化學)；vicenarian 20-29歲的人，tricenarian30-39歲的人，septuagenarian70-79歲的人，octogenarian80-89歲的人

23. centurion＝centuria(百物單位、百人單位、百年單位)+ion名詞字尾(人、物、者、狀況)＝百夫長、百兵統領、連長(company commander)。

 centismal百分之一、百進位的，centigrade百度計算、攝氏，cent分、百分之一元；decurion十夫長、十兵統領、班長(squad commander)，selenelion月蝕，月蝕狀況，medallion獎章，attraction吸引

 英國一九四五年推出而表現極佳的主戰戰車(main battle tank)就是命名為 Centurion Tank百夫長坦克。

24. denary＝den+ary形容詞字尾(具…性質的、有…特性的)＝十的、十進位的。

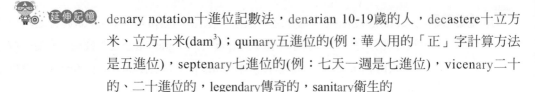 denary notation十進位記數法，denarian 10-19歲的人，decastere十立方米、立方十米(dam³)；quinary五進位的(例：華人用的「正」字計算方法是五進位)，septenary七進位的(例：七天一週是七進位)，vicenary二十的、二十進位的，legendary傳奇的，sanitary衛生的

25. duodenitis＝duoden+itis名詞字尾(發炎)＝十二指腸發炎。

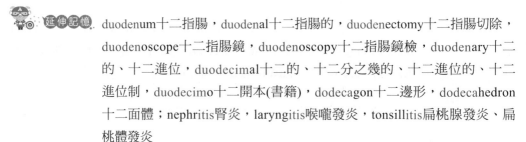 duodenum十二指腸，duodenal十二指腸的，duodenectomy十二指腸切除，duodenoscope十二指腸鏡，duodenoscopy十二指腸鏡檢，duodenary十二的、十二進位，duodecimal十二的、十二分之幾的、十二進位的、十二進位制，duodecimo十二開本(書籍)，dodecagon十二邊形，dodecahedron十二面體；nephritis腎炎，laryngitis喉嚨發炎，tonsillitis扁桃腺發炎、扁桃體發炎

26. triumvir＝trium+vir(男人、男子漢、雄糾糾者、大丈夫)＝三人執政團成員。

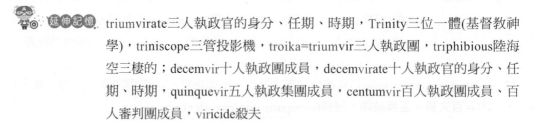 triumvirate三人執政官的身分、任期、時期，Trinity三位一體(基督教神學)，triniscope三管投影機，troika=triumvir三人執政團，triphibious陸海空三棲的；decemvir十人執政團成員，decemvirate十人執政官的身分、任期、時期，quinquevir五人執政集團成員，centumvir百人執政團成員、百人審判團成員，viricide殺夫

報馬仔

古羅馬歷史上的第一次三人執政團(First Triumvirate)是凱撒(Julius Caesar)、龐貝(Pompeius Magnus)、格拉蘇(Marcus Crassus)，鬥爭後由凱撒掌權；第二次三人執政團(Second Triumvirate)是渥大維(Octavian)、安東尼(Mark Antony)、雷比達(Marcus Aemilius Lepidus)，鬥爭後由渥大維獲勝。

27. centenarian＝centen+arian名詞字尾(人、者)＝百歲人瑞、100-109歲的人。

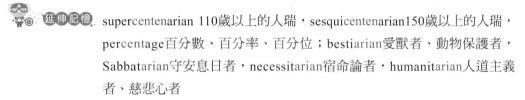
延伸記憶

supercentenarian 110歲以上的人瑞，sesquicentenarian150歲以上的人瑞，percentage百分數、百分率、百分位；bestiarian愛獸者、動物保護者，Sabbatarian守安息日者，necessitarian宿命論者，humanitarian人道主義者、慈悲心者

28. myriagram＝myria+gram(公克)＝萬克、一萬公克。

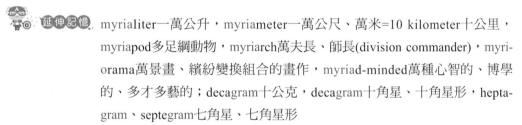
延伸記憶

myrialiter一萬公升，myriameter一萬公尺、萬米=10 kilometer十公里，myriapod多足綱動物，myriarch萬夫長、師長(division commander)，myriorama萬景畫、繽紛變換組合的畫作，myriad-minded萬種心智的、博學的、多才多藝的；decagram十公克，decagram十角星、十角星形，heptagram、septegram七角星、七角星形

報馬仔

gram的一個字義為「公克」，另一個字義為「繪製的圖形」。

29. centigrade＝centi+grade(級數、度數)＝百度、百度計、攝氏溫度測量法。

延伸記憶

centimorgan分摩根、厘摩，centimilligram百分之一毫克、十萬分之一公克，centimilliliter百分之一毫升、十萬分之一公升；milligrade千度、千度計，upgrade升級、升等，downgrade降級、減薪、貶損，degrade降級、墮落，retrograde逆行、倒退

報馬仔

攝氏(Celsius)依天文學家Anders Celsius的姓氏命名。

 morgan為基因圖譜單位，依生物學家Thomas Hunt Morgan命名。

30. hectare＝hect＋are(公畝：面積單位a)＝一百公畝、一公頃(ha)。

 hectostere百立方米、立方百米體積(hm^3)；decare十公畝 (daa)，centiare分公畝、百分之一公畝(ca)

 一公頃1 hectare (ha) ＝一百公畝100 ares (a) ＝一萬平方公尺、一萬平方米10,000 square meters (m^2)；一公畝1 are＝一百平方米100 square meters (m^2)；公畝are與英畝acre不同。

03

大小與數量之一

字源線索

★ 英文	★ 中文	★ 字綴與組合形式
largest	最大、特大	maxi ; maxim
giant	巨大、很大	gig ; giga ; gigant ; giganto ; titan ; titano
copious ; generous	浩大、寬大	larg ; largi ; largus
large ; long	大、長久	grand ; grandi ; grando
large ; big ; great	大、整個、偉大	macr ; macro ; magn ; magni
large ; very big	大、很大	meg ; mega ; megal ; megalo
small	小	micr ; micro ; min ; mini ; minor ; minu ; minut ; minuti
tiny	微小	nan ; nano ; nanno ; pico ; pusill
smallest	最小、特小	minim
long	長	dolich ; dolicho ; long ; longi ; meco
short	短	brach ; brachy ; brachyo ; brev ; breve ; brevi ; brief
tall	高	alt ; alti ; grand ; grandi ; grando
short	矮	brach ; brachy ; brachyo ; brev ; breve ; brevi ; brief
wide ; broad	寬、廣	eury ; lati ; latis ; latitud

大小與數量之一

★ 英文	★ 中文	★ 字綴與組合形式
narrow	狹、窄	sten ; steno
heavy	重	grav ; gravi ; gravo
light	輕	lev ; levi
fast	快速	tach ; tacho ; tachy ; velo ; veloc ; veloci
slow	緩慢	brach ; brachy ; brachyo ; brady ; lent ; lenta ; lenti ; tard
much more than	過多、超過	hyper ; over ; super ; ultra
more than	較多、增多	plei ; pleio ; pleo ; pleon ; plio ; plu; plur ; pluri
many ; several	多、好幾個	mult ; multi ; myria ; plu ; plur ; pluri ; poly
few	少、寡、僅僅幾個	olig ; oligo ; pauc ; pauci
less than	較少	meio ; mio
much less than	過少、不足	hypo ; under
rare	稀少、罕有	rare ; rari

大小與數量之一

拆字猜義

①	maximize _____	極大化
②	titanic _____	巨大的
③	gigantomachy _____	大國間的戰爭
④	megalopolis _____	都會區
⑤	macroeconomics _____	總體經濟學
⑥	magnify _____	放大
⑦	grandiose _____	浩大的
⑧	minimal _____	最小的
⑨	longevity _____	長壽
⑩	abbreviation _____	縮寫
⑪	minutiose _____	注意細節的
⑫	brachydactylous _____	短指的
⑬	gravity _____	重力
⑭	altitude _____	高度
⑮	lever _____	槓桿

1. **maximize** = maxim+ize動詞字尾(成為…情形、從事…行為、進行…動作)＝**極大化，做到最大極限。**

延伸記憶　maximum極大值、最大量，maximum hours最高工時，maximum value最大值，maximal最大的、極大的，maximate加到最大限度，maximalism最激進行動、最高綱領行動，maximalist最激進行動者、最高綱領行動派人士；realize實現、具體化，finalize定案、做最後決定、完成，legalize合法化，criminalize制定為刑事罪、宣告某人某行為是犯罪

報馬仔．　-ise為英式拼法，用法與美式拼法-ize相同；目前仍有相當多的字彙兩種並存，拼法差別只在s與z之分。例：Brasil, Brazil巴西；civilization, civilisation文明、開化；analyse, analyze分析。

2. **titanic** = titan+ic形容詞字尾(…的)＝**巨大的、龐大的。**

延伸記憶　Titan希臘神話中的巨神族，音譯「泰坦」，Titan土星(Saturn)的衛星的名稱，Titaness女巨神族，Titania天王星(Uranius)衛星的名稱，titanosaur巨大恐龍、巨龍；ethnic民族的、族裔的，anemic貧血的，cosmic宇宙的，manic狂躁的，terrific很棒的

報馬仔．　首航就撞冰山沉沒的鐵達尼號、泰坦尼克號(中國譯名)，英文船名就是Titanic，意指「龐大的」，「巨神族的」。

3. **gigantomachy** = giganto+machy名詞字尾(爭奪、戰爭、鬥爭)＝**大國之間的戰爭、希臘神話中巨人與天神之戰。**

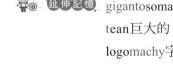
延伸記憶　gigantosoma巨高身材，gigantosaurus巨獸龍，gigantomastia巨乳症，gigantean巨大的，gigantesque巨大的、巨人的，gigantism巨人症、巨大症；logomachy字義之爭，monomachy單人對戰、決鬥，sciamachy=sciomachy空想戰、影子戰、無謂的爭戰，naumachy模擬海戰、海戰演習，alectryomachy鬥雞、公雞對戰

gigant末尾是子音t，machy的開頭是子音m，相連時無法發音，故中間加上發音用的母音字母o，而形成gigantomachy。

4. **megalopolis** ＝ megalo＋polis(城市) ＝ **大都市、特大都市、都會區。**

延伸記憶. megalomania自大狂，megalocardia心臟肥大症，megalodactyly巨趾、巨指，megaloglosia 巨舌；Heliopolis太陽城、古埃及太陽神殿所在城市，necropolis亡魂城市、大墳場，cosmopolis世界大都會、國際大都市

報馬仔.

美國印第安納州(Indiana State)首府印第安納波利斯(Indianapolis)就是意指印第安納城、印第安納市；古波斯帝國首都波斯波利斯(Persepolis)就是意指波斯城市、波斯都市。

5. **macroeconomics** ＝ macro＋economics(經濟學) ＝ **總體經濟學、宏觀經濟學。**

延伸記憶. macrocosm大世界、大宇宙，macrodont巨牙，macrobiosis宏大長久生命狀態、長壽；microeconomics個體經濟學、微觀經濟學，geoeconomics地緣經濟學，environmental economics環境經濟學、環保經濟學，ecological economics生態經濟學

6. **magnify** ＝ magni＋fy動詞字尾(使成為…、使變得…) ＝ **放大、擴大。**

延伸記憶. magnifier放大鏡，magnifying glass放大鏡，magnitude大的程度、強度、(地震)級數，magnificent壯麗的、壯觀的、宏偉的；justify正當化、合理化，beautify美化，clarify澄清，deify神格化、造神

7. **grandiose** ＝ grandi＋ose形容詞字尾(充滿…的、具…性質的) ＝ **宏偉的、浩大的、時間或空間加大範圍的。**

延伸記憶. grandparents祖父母，grandiloquent說話浮誇的，大言不慚的，grand piano大鋼琴、平臺鋼琴，grandeur富麗堂皇，grandioso雄偉的、壯麗的、崇

高的(音樂術語)，Grand Canyon美國大峽谷，Grand Canal中國大運河；jocose鬧著玩的，viscose黏的，bellicose愛鬥的、好戰的，verbose贅字連篇的、囉嗦的

8. **minimal**＝**minim+al**形容詞字尾(…的、關於…的)、名詞字尾(動作、過程、狀態)＝**最小的、最低的、極簡的、極簡風藝術設計。**

 延伸記憶. minimum最低數量、最小量，minimum wages最低薪資，minimalism最保守行動、最低綱領行動，minimalist最保守行動者、最低綱領行動派人士，minimal art極簡風藝術，minimus小指、小趾；lineal線性的，lyrical抒情的，rival對手、對敵，arrival抵達

9. **longevity**＝**long+ev(年齡)+ity**名詞字尾(性質、情況、狀態)＝**長壽。**

 延伸記憶. longevous長壽的，longipennate翅長的、羽長的，longitude經度，Long Live the King國王萬歲、吾皇萬歲，Long Live Liberty自由萬歲；coeval同時代的、同齡的、同時期的人或物、同齡者；ductility延展性，falsity誤謬性、不實的情況，fidelity忠貞，vivacity活潑，natality生育率，mortality死亡率

 報馬仔. longhand普通書寫、一般書寫，相對於shorthand速記。

10. **abbreviation**＝**ab**字首(針對、對著、強化)+**brevi+ation**名詞字尾(行為的結果)＝**縮寫、縮短。**

 延伸記憶. brevity簡潔、短暫，breviary摘要、簡要，brevet簡短通知的晉升、沒有儀式也無加薪而只是名譽上升級，brevicollis短頸，brevilineal短型的、矮型的，briefing簡報、簡要說明；civilization文明、開化，normalization正常化、恢復正常，colonization殖民化，privitization民營化、私有化，actualization實現、成真，Sinicization中國化、中文化

ab原本為ad(針對、對著、強化)，但因接b而轉音為ab，這種情況稱為「語音同化」assimilation；advocate針對某事大喊大叫，提倡，倡導；adhere針對某事黏附，恪守，遵守。

11. minutiose = minuti+ose形容詞字尾(充滿…的、具…性質的) = **注意細節的、關心瑣碎地方的。**

延伸記憶 minutious=minutiose注意細節的，minutia末節、瑣事，minutial末節的、瑣事的，minuteness細微、仔細，minutely縝密的、細膩的；poisonous歹毒的、毒性的，dangerous危險的，anxious焦慮的、著急的

12. brachydactylous = brachy+dactyl(手指、腳趾)+ous形容詞(具…性質的) = **短趾的、短指的。**

延伸記憶 brachypterous短翅的，brachycephal頭短(而寬)的、短圓形頭的；mecodactylous長指的、長趾的，hexadactyly六指(趾)畸形，didactyly二指(趾)，tridactyly三指(趾)，pentadactyly五指(趾)，syndactyly連指(趾)

13. gravity = grav+ity名詞字尾(性質、情況、狀態) = **重力、引力、嚴重性。**

延伸記憶 gravimeter重力儀、比重計，gravisphere重力圈、引力層，gravitation萬有引力，grave 莊嚴的、莊重的、嚴肅的，grave accent重音、重音符；quality質、品質，quantity數、數量，factivity真實、真相

14. altitude = alti+tude名詞字尾(度量、程度、強度、級數) = **高度、海拔。**

延伸記憶 altimetry測高度、海拔測量，altissimo最高的，altiplano高原、高的平地；attitude態度、傾向度，latitude緯度，aptitude適性度、性向，similitude類似度，verisimilitude逼真度

15. lever＝lev＋er名詞字尾(人、者、行為的主動者、有關的人或器物)＝槓桿(以輕鬆之力動作的器具)。

 levity輕、輕率、漂浮、不穩定，levitate輕飄升空，leverage槓桿作用、著力處、手段、方法；singer歌手，dancer舞者，lighter打火機、點亮器，cooker鍋子，computer演算的機器、電腦

⑯	hyperactive ＿＿＿＿＿＿	過動的
⑰	ultramodern ＿＿＿＿＿＿	超現代的
⑱	supernatural ＿＿＿＿＿＿	超自然的
⑲	overcharge ＿＿＿＿＿＿	索費過高
⑳	plural ＿＿＿＿＿＿	複數
㉑	polygon ＿＿＿＿＿＿	多角形
㉒	multiply ＿＿＿＿＿＿	乘(算數)
㉓	oliguria ＿＿＿＿＿＿	少尿
㉔	meiosis ＿＿＿＿＿＿	減數分裂(生物)
㉕	hypocrite ＿＿＿＿＿＿	偽善者
㉖	undercount ＿＿＿＿＿＿	少算
㉗	rarity ＿＿＿＿＿＿	稀有
㉘	microscope ＿＿＿＿＿＿	顯微鏡
㉙	megaphone ＿＿＿＿＿＿	大聲公
㉚	minify ＿＿＿＿＿＿	縮小

大小與數量之一

16. hyperactive＝hyper+act(做、進行、行為、行動)+ive形容詞字尾(有…性質的、有…傾向的、屬於…的)＝過動的、過度活躍的。

 hyperinflation過度通貨膨脹、惡性通膨，hyperopia視力過度、遠視，hypercritical過度批評的、苛刻的、吹毛求疵的，hyperbolic誇張的、誇大表達的，hyperthermia體溫過高，hypertension高血壓；tentative暫時的、試驗性的，legislative立法的，creative有創意的，innovative創新的

17. ultramodern＝ultra+modern(現代、摩登)＝超現代的。

 ultrafashionabe超流行的，ultrasonic超音波的，ultraclean超淨的，ultrapure超純的，ultrahigh超高的，ultracold超冷的，ultrarightist極右派人士；modernise=modernize現代化，modernity現代性、現代特質，postmodern後現代的，premodern前現代的

18. supernatural＝super+nature(自然)+al形容詞字尾(…的、關於…的)＝超自然的。

 supermarket超市，superhighway超級公路、高速公路，superpower特別強盛的國家、超級強國，superman超人，superstar巨星，超級明星，superacid過酸的；natural自然的、天然的，naturalism自然主義、天體主義，naturalist自然主義者、裸體主義者，natural beach天體灘，natural camp天體營；special特別的，normal正常的，colonial殖民的，central中心的、中央的

19. overcharge＝over+charge(索價、負荷、費用)＝索費過高、裝載過多。

 overfeed餵食過度，overdue過期的、過分的，overreact反應過度，overdo做得過多、做得過度，overeat吃過多，overcome超越、勝過、贏過、克服；discharge釋出、排出、解下負荷，dishonorable discharge不名譽解職、勒令退伍、勒令退職，fixed charge固定價格，free of charge免費、不索價，service charge服務費

大小與數量之一

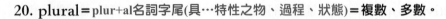

20. plural＝plur＋al名詞字尾(具…特性之物、過程、狀態)＝複數、多數。

延伸記憶. pluralism多元主義，plurality多重性、多數，pluripolar多極的，plurinuclear多核的，pluripara多產婦、生產嬰兒兩次以上的婦女；logical合邏輯的、說得通的，chemical化學的，global球體的、球形的、全球的、整個地球的

21. polygon＝poly＋gon名詞字尾(角形)＝多角形。

延伸記憶. polyfunctional多功能的，polytechnic多技術的、多工藝的、理工科的、理工學院，polygamy多偶婚，polyhedron多面體；quindecagon十五角形，undecagon十一角形，dodecagon十二角形，enneagon九角形，tetragon四角形，trigon三角形

報馬仔 Polynesia＝poly＋nes(島嶼)＋ia(邦、國、地方、區域)＝「很多島嶼的地方」、「多島地區」：太平洋北起夏威夷群島、西南到紐西蘭、東南到復活節島(Easter Island)的三角海域，島嶼繁多的地方；臺灣長年音譯「玻里尼西亞」。

22 multiply＝multi＋ply動詞字尾(倍增、重疊、疊合、摺疊)＝乘(算數)、增生、繁殖。

延伸記憶. multiple倍數、多樣的、並聯的，multifunction多功能，multimedia多媒體，multinational多國企業、跨國企業，multilateral多邊的，multicultural多種文化的；two-ply yarn二股紗，three-ply yarn三股紗，four-ply yarn四股紗，imply向內摺、摺到裡面、包含、隱含、暗示、婉轉表示，ply層、平平一面厚度，plywood層板、膠合板、三夾板

23. oliguria＝olig＋uria名詞字尾(尿症)＝寡尿，少尿。

延伸記憶. oligarchy寡頭統治、少數人壟斷權力，oligosaccharide寡糖，oligospermia精子減少，oligocarpous寡果的、幾乎沒有果實的，oligopoly寡賣、少數幾家壟斷；hematuria血尿症，bacteriuria菌尿症，hypercalciuria高鈣尿

症，anuria無尿症，glucosuria糖尿病

24. meiosis＝meio+sis名詞字尾(行為過程、狀態變化)＝減數分裂(生物)、瞳孔縮小(醫學)。

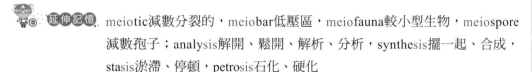

延伸記憶. meiotic減數分裂的，meiobar低壓區，meiofauna較小型生物，meiospore減數孢子；analysis解開、鬆開、解析、分析，synthesis擺一起、合成，stasis淤滯、停頓，petrosis石化、硬化

25. hypocrite＝hypo+crit(評斷、批評)+e名詞字尾(人、物、者)＝批評過少者、濫好人、偽善者。

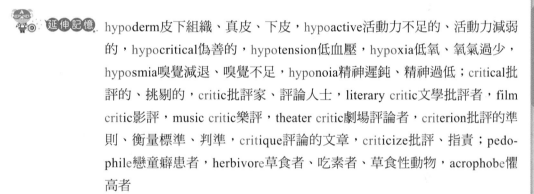

延伸記憶. hypoderm皮下組織、真皮、下皮，hypoactive活動力不足的、活動力減弱的，hypocritical偽善的，hypotension低血壓，hypoxia低氧、氧氣過少，hyposmia嗅覺減退、嗅覺不足，hyponoia精神遲鈍、精神過低；critical批評的、挑剔的，critic批評家、評論人士，literary critic文學批評者，film critic影評，music critic樂評，theater critic劇場評論者，criterion批評的準則、衡量標準、判準，critique評論的文章，criticize批評、指責；pedophile戀童癖患者，herbivore草食者、吃素者、草食性動物，acrophobe懼高者

26. undercount＝under+count(計算、計數)＝少算。

延伸記憶. underestimate估計過低、低估，undervalue估價過低、評價過低，underachieve學期成績不良、成果不足，undercharge收費過低，underdevelop低度開發、發展不足；countable可數的、可數名詞，uncountable不可數的、不可數名詞，counting house帳房、會計室，accountant會計師

27. rarity＝rar+ity名詞字尾(性質、情況、狀態)＝稀有性、珍品、稀疏。

延伸記憶. rarify、rarefy使稀疏、使稀薄，raritas稀疏(醫學)，rarefactive稀釋作用

的，rara avis珍禽、罕見的鳥、非比尋常的人或物，rare earth、rare earth element稀土、稀有元素；tenacity韌性、不屈不撓，viscosity黏性，mobility機動性、移動性，anonymity匿名性、匿名特質、匿名做法

28. microscope＝micro+scope名詞字尾(⋯鏡、⋯探視檢查工具)＝顯微鏡。

 microbe微生物，microbiology微生物學，microbrachia小手臂(畸形)，microcosm小宇宙、小世界、小天地，microfilm微縮影片、微縮膠捲，micrify變小、縮小；telescope望遠鏡，endoscope內視鏡，periscope潛望鏡，gastroscope胃鏡，horoscope窺探星星的時間位置、星座運勢、星座命盤

Micronesia=Micro+nes(島嶼)+ia(邦、國、地方、區域)=「微小島嶼的地方」、「小島地區」：西太平洋中北方一帶，西北起於馬里亞納群島(Mariana Islands)、西南止於帛琉(Palau)、東南到吉里巴斯(Kiribati)的海域，島嶼都很小的地區；臺灣長年音譯「密克羅尼西亞」。

29. megaphone＝mega+phone名詞字尾(聲音、與聲音有關的器具)＝擴音器、大聲公、話筒。

 megascopic大視角的、宏觀的，megatanker巨大油輪，megapod大腳的、大腳動物，megalith巨石、大石，megavitamin大劑量維他命，megabladder巨大膀胱；microphone麥克風、小小傳聲器，headphone掛頭式耳機，telephone遠方來的聲音、電話，otophone助聽器，xylophone木琴，phonetics語音學，phonology聲韻學

30. minify＝mini+fy動詞字尾(使成為⋯、使變得⋯)＝迷你化、縮小。

 miniskirt迷你裙、很短小的裙子，minibus小巴士，miniseries迷你劇集，miniature縮圖、縮影、小模型，minion部下、部屬、僕從、奴才；examplify舉例，nullify註銷、變為無，verify查證、鑑真

大小與數量之一

04

大小與數量之二

字源線索

⭐ 英文	⭐ 中文	⭐ 字綴與組合形式
even	偶數、雙數	arti ; artio
odd	奇數、單數	periss ; perisso
lack ; nonexistence	無、缺、不存在	a ; an
nothing	全無、虛無	nil ; nihil ; non ; nul ; null ; nulli
empty	空無	caeno ; ceno ; ken ; keno ; zero
empty ; disappear	空無、消無	vacu ; vain ; vane ; vani ; void
empty ; waste	空無、耗盡	inane ; vast ; waste
fill ; full	充滿、滿全	ple ; plein ; pleini ; plen ; pleni ; plet ; plete
multiple ; full	許多、滿滿	plei ; pleio ; pleo ; pleon ; plio
blossom ; swell	隆盛、漲滿	bry ; bryo
whole ; entire	完整、集成	hol ; holi ; holo ; integ ; integr ; integri
all	全部、整個	omn ; omni ; pan ; pant ; panto ; tot ; total ; toti
almost ; nearly	幾乎	pen ; penni
part ; share ; incomplete	部分、不完整	mer ; meri ; mero

大小與數量之二

★ 英文	★ 中文	★ 字綴與組合形式
part ; segment	部分	pars ; part ; parti
equal	相等	equ ; equi ; is ; iso
equal ; same	相等、相同	pair ; par ; pare ; pari
balance	均衡、平衡	liber ; libra ; libri
all-equal	全等、大同	pantiso
unequal	不等	anis ; aniso

大小與數量之二

①	isobar ＿＿＿＿＿＿	等壓線(氣象)
②	equidistance ＿＿＿＿＿＿	等距離
③	comparable ＿＿＿＿＿＿	可比較的
④	pandemonium ＿＿＿＿＿＿	地獄
⑤	pantisocracy ＿＿＿＿＿＿	大同之治
⑥	peninsula ＿＿＿＿＿＿	半島
⑦	penultimate ＿＿＿＿＿＿	倒數第二的
⑧	omnipotent ＿＿＿＿＿＿	全能的
⑨	holism ＿＿＿＿＿＿	整體論
⑩	total ＿＿＿＿＿＿	總數
⑪	integrity ＿＿＿＿＿＿	完善
⑫	participate ＿＿＿＿＿＿	參與
⑬	partition ＿＿＿＿＿＿	隔間
⑭	plentiful ＿＿＿＿＿＿	充足的
⑮	plenipotentiary ＿＿＿＿＿＿	全權代表

大小與數量之二

1. **isobar＝iso+bar(壓力、壓力度量單位)＝等壓線(氣象)。**

 isogon等角形(幾何)，isotherm等溫線(氣象)，isobath等深線(海洋)，iso-neph等雲量線，isohyet等雨量線，isohel等日照線，isonomy平等治理、法律之前人人平等，isocracy平等政治；megabar百萬巴(Mbar)，kilobar千巴(Kbar)，decabar十巴(dabar)，decibar分巴(dbar)，centibar厘巴、釐巴(cbar)，millibar微巴(mbar)

2. **equidistance＝equi+dis字首(分離、分開)+stance名詞字尾(站立、站姿、態度、立場、位置)＝等距離。**

 distance離開的佇立處、距離、遠處，buffer distance緩衝距離，circum-stance四周位置、環境、情況，substance處在內或下位置的東西、本質、材料，instance立在眼中的事、例子、實例、事件、情況、場合，stance立場、站姿、位置，life stance人生觀；equidistant等距離的、等遠的，equity平衡、公正、股票(平等分配股值的票券)，equilibrium衡平、均衡，equal平等的、均等的，equalize使變得平等，equate均分、等分，equa-tor均分地球的線、等分者、赤道，adequate使與需求相等的、足夠的；dispel驅走、推離開，dismiss放走、送離開、散會、下課，displace離開地方、流離失所

 領土位於赤道的拉丁美洲國家Ecuador厄瓜多，意思就是「赤道」；ec-uador赤道(西班牙文)。

3. **comparable＝com字首(共同、相互、一起)+par+able形容詞字尾(能夠…的、有…能力的)＝一起看看是否相等的、可比較的、可媲美的、可並比的。**

 compare比較、對照，comparison比較、對照、比喻，comparative比較級、相對的，parity平等、等同，disparity不同、差異、差距，disparage認為對方不可以與你等同、看低、蔑視、詆毀；disable殘障的、行動能力有困難的，movable能移動的，amendable可修改的、可改善的；company一

起吃麵包的人或處所、同伴、公司，comfort一起給力量、一起打氣、安慰，compete一起追逐、競爭、比賽，compress壓在一起、壓縮，compose擺放一起、組合、作曲、作文，compact包裹堆疊在一起、緊實的、緻密的、麻雀雖小但五臟俱全的

4. **pandemonium＝pan+demon(鬼、妖、魔)+ium名詞字尾(場地、處所)＝妖魔鬼怪全部在一起的地方、魔窟、地獄、閻王殿、亂七八糟烏煙瘴氣的地方、吵雜混亂。**

pandemoniac=pandemonic吵雜混亂的、亂七八糟的，pan-African泛非洲的、整個非洲的，pan-Islamic泛伊斯蘭的，pantheism泛神論、泛神信仰；demonolatry魔鬼崇拜，demonology魔鬼學、魔鬼研究，demonism魔鬼論、魔鬼信仰，demonize妖魔化；auditorium演講廳、禮堂，sensorium感覺中樞，solarium日光浴場，aquarium水族館

5. **pantisocracy＝pant字首(全部、廣闊)+iso+cracy名詞字尾(統治、支持、管理)＝都相等的統治、大同之治。**

pantisocrat=pantisocratist主張或支持大同之治者，pantisocratic大同之治的，pantoscope廣角透鏡、廣角照相機，pantology全部的知識系統，pan-tomorphic所有形狀的，pantalgia全身痛，pantophagous雜食的、全部都吃的；isogonic等角的，isodose等劑量的、相同劑量的，isoantigen同種抗原；democracy民主政治、人民統治，technocracy專家治理、專家統治，aristocracy貴族統治，plutocracy財閥統治、有錢人統治，autocracy自己統治、獨裁統治，kleptocracy竊國統治

6. **peninsula＝pen字首(幾乎、接近、近似)+insul(島)＋a名詞字尾(陰性的人、者、物)＝半島。**

peninsulate半島化、使成為半島，penannular幾乎是環狀的、近於環狀的，penumbra接近陰影、半影、明暗交界處，penurious幾乎是困乏的、拮据的、貧窮的；insular島的，insulate絕緣、使處於孤島，insulator絕緣

大小與數量之二

體，insulin胰島素；domina女主人、夫人，Athena雅典女神、雅典娜，vagina陰道，amiga女的朋友

7. penultimate＝pen+ultim(最後、終末)+ate形容詞字尾(有…性質的、如…形狀的)、名詞字尾(人、者、物)＝幾乎是最後的、倒數第二的，倒數第二名、倒數第二位。

 延伸記憶. penult=penultimate倒數第二的，antepenultimate倒數第三、比倒數第二還要前面，penultimatum準最後通牒、半最後通牒；ultimatum最後通牒，ultimatism極端主義、不搞到最後不罷手，ultimatist極端主義者，ultimogeniture末子繼承制、幼子繼承制；passionate激情的，illiterate不識字的，collegiate大學的，doctorate博士資格、博士學位，electorate選民

 報馬仔. primogeniture長子繼承制，prim、primo老大、第一、首位。

 報馬仔. ate字尾有動詞、名詞、形容詞三種用法，典型的例子是：graduate畢業，graduate畢業生，graduate畢業的。

8. omnipotent＝omni+potent(力量、能力、權勢、權力)＝無所不能的、全能的。

 延伸記憶. omnipotence全能、全能性、全能特質，Omnipotence全能者、全能的上帝，omnipresent無所不在的，omniscient無所不知的，omnivorous無所不吃的、雜食的，omnidirectional全方位的、全方向的，omnifarious五花八門的、各式各樣的；impotent性無能的、陽萎早洩的，pluripotent多能的、具多種能力的，potential潛能，potency權力、權勢，potentiate使有力量、加強

9. holism＝holo+ism名詞字尾(主義、思想、宗教、行為、現象、主張、特徵、特性、疾病、制度)＝整體論、完整觀、身心靈全面照顧。

 延伸記憶. holistic整體的、完整的、全面的，holocaust整隻獻祭動物燒掉，holograph全部親筆寫的、親筆文件，holoscopic縱觀全局的、看全部的，holobenthic全部在海底的、終生在海底的，hologynic全雌的、全雌遺傳的，hol-

andric全雄的、全雄遺傳的；communism共產主義，socialism社會主義，nationalism國族主義，liberalism自由主義，gradualism漸進主義

報馬仔. 納粹德國對猶太人的大滅絕大屠殺稱為Holocaust，就是意指整個殺光，全部消滅，大滅絕。

報馬仔. holo+ism時，接合處的 o 與 i 皆為母音，依發音原則，把 o 省略；holo + andric時，接合處的 o 與 a 皆為母音，依發音原則，把 o 省略。

10. total＝tot+al名詞字尾(具…特性之物、過程、狀態)、形容詞(…的、關於…的)＝總數、總額、合計的、全部的。

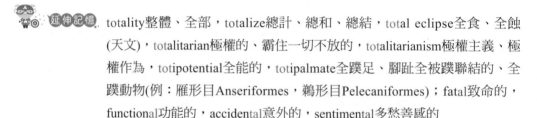 延伸記憶. totality整體、全部，totalize總計、總和、總結，total eclipse全食、全蝕(天文)，totalitarian極權的、霸住一切不放的，totalitarianism極權主義、極權作為，totipotential全能的，totipalmate全蹼足、腳趾全被蹼聯結的、全蹼動物(例：雁形目Anseriformes，鵜形目Pelecaniformes)；fatal致命的，functional功能的，accidental意外的，sentimental多愁善感的

11. integrity＝integr+ity名詞(性質、情況、狀態)＝完整性、人格完整、耿直、剛正、完善、品格高尚。

延伸記憶. integral整數、整體、積分(數學)，integral構成整體的、必須的，integrate整合、合併，integrated circuit積體電路(IC)，integer整數；capacity容量、容積，density密度、濃度，salinity鹽度，humidity溼度

12. participate＝parti+cip(抓、取、拿)+ate動詞字尾(做、造成、使之成為)＝取一部分、參與、參加、分擔、分享。

延伸記憶. participant參與者、參加者，partial 部分的、不完全的、偏心的，particular某一部分的、特殊的、特定的，partake參加、參與；recipient取回者、收受者、接收器，recipe拿回之物、處方、食譜，incipient才伸手進去取的、起初的、剛開始的；eliminate除去，terminate滅絕，regulate規範、管

理，coordinate協調、聯絡，eradicate根除，radicate確立、扎根

emancipation＝e字首(出來，出去)+man(手)+cip(取，拿)+ate動詞字尾(進行，從事)+ion名詞字尾(事情、狀態、行為)=用手把某人某物取出來、解除束縛、解放、使得自由；Emancipation Proclamation解放黑奴宣言，美國總統林肯Abraham Lincoln於美國南北戰爭期間的1863年發布的行政命令。

13. partition＝parti+tion名詞字尾(行為、行為結果、行為過程)＝隔間、隔牆、財產分割。

partisan具黨派性的、偏私的，partisanship黨派性、黨派偏見，particle粒子、小小一部分的東西，parti-colored雜色的、顏色相間的、斑駁的，part-time兼職的、部分時間的，partner夥伴、股東，compartment分格置物艙、隔艙，department分開的部分、部門、系(大學)，apartment分間房屋、公寓；abolition廢除，demolition搗毀、拆掉，inquisition詢問、調查，attrition消耗、耗損，composition組合、作文、作曲

14. plentiful＝plen+ty名詞字尾(性質、情況、狀態)+ful形容詞字尾(富有…的、充滿…的)＝充足的、豐富的、滿滿的、完全的。

plenty豐富、滿滿、眾多，plenteous豐富的、豐饒的、富庶的、大量的，plentitude大量、充分、完全，plenary全體的、全體出席的，plenary session of KMT Central Committee國民黨中央委員會全體會議(中全會)；wonderful奇妙的，graceful優雅的，lustful帶著慾望的，hopeful有希望的，harmful有害的

ty+ful 接合處的 y 拼字轉為 i，示意要另接其他字尾，而非就此拼字結束。

大小與數量之二

15. plenipotentiary＝pleni＋potent(力量、能力、權勢、權力)＋ia名詞字尾(情況、狀態、病症)＋ary名詞字尾(匯集處所、場所、地點、人身)＝彙集所有權力於一身的人、全權大使、全權代表。

pleniloquency多言癖、滿嘴話語不停，plenilune滿月，plenilunary滿月的，plenipotent全權的，an ambassador extraordinary and plenipotentiary特命全權大使，plenism物質充滿空間論；missionary傳教士、有使命的人，beneficiary受益人、受惠者，penitentiary悔罪的處所、監獄，dictionary字典、彙集字詞的地方

拆字猜義

⑯	vacation _____	休假
⑰	evacuate _____	疏散
⑱	completion _____	完成
⑲	vanish _____	消失
⑳	vainglory _____	虛榮
㉑	cenotaph _____	衣冠塚
㉒	nihilist _____	虛無主義者
㉓	ananthous _____	沒有花的
㉔	amoral _____	無關道德的
㉕	zerosum _____	零和
㉖	artiodactylous _____	偶蹄的
㉗	perissodactyla _____	奇蹄目動物
㉘	anisophylly _____	不等葉
㉙	equivocal _____	模稜兩可的
㉚	omniscient _____	全知的

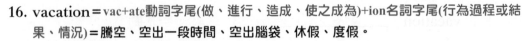

16. vacation＝vac＋ate動詞字尾(做、進行、造成、使之成為)＋ion名詞字尾(行為過程或結果、情況)＝騰空、空出一段時間、空出腦袋、休假、度假。

 延伸記憶 vacate 空出、退出、騰出，vacancy空白、空隙、空缺、空職、空地，job vacancy職缺，vacational job假期有薪打工，vacational home度假屋、別墅，vacation spot度假地點、度假區，paid vacation有薪假、依勞基法規定的勞工應有休假；navigate使船行動、航行、走船，aviate使鳥動、鳥飛、飛行，litigate使法律動起來、打官司；donation捐獻，agitation激動、煽動，invitation邀請、招惹，emission排放

報馬仔 ate＋ion接合處的e與i皆為母音，依發音原則，省略e而成為ation。

17. evacuate＝e字首(出去、外面)＋vacu＋ate＝撤到外面而使裡面空空、撤空、清空、全數撤出、疏散、排除、排空、導洩、催吐。

 延伸記憶 evacuator負責疏散或撤離人群的機構與單位，evacuaee被疏散者、被後撤者，evacuant瀉藥、催吐劑，vacuous貧乏的、空洞的，vacuum真空、空白，vacuum cleaner真空吸塵器；evolve轉出去、變化出來、演化，elate把內心的感受帶到外面、興高采烈，emerge浮出來，eviscerate取出內臟；stimulate刺激，articulate表達，simulate模擬

18. completion＝com字首(與、和、共同、相互、一起、完全)＋plete＋ion名詞字尾(行為過程或結果、情況)＝完成、結束、做到完整、實現。

 延伸記憶 complete完成、實現，complete完整的、完全的，incomplete＝uncomplete不完整的、未完成的，completist求全主義者、要求完整完全完美者，deplete耗盡、耗竭、全部用掉、完全拿掉，repletion充滿、滿足、吃飽、耗盡後再次裝滿；companion同伴、伴侶、在一起吃麵包的人，commune聚合的地方、社區、公社，compulsive推在一起的、強迫的、強制的，computer把資料放在一起演算思考的機器、電腦

plete+ion 接合處的 e 與 i 皆為母音，依發音原則，省略 e 而成為 ple-
tion。

19. vanish＝van+ish動詞字尾(致使、造成)＝消失、不見、結束、成空、絕跡。

延伸記憶 vanity空虛、虛幻、虛榮，vanity case=vanity box可打扮出虛幻面容的化
妝品盒、小梳妝盒、小梳妝箱，vanity basin盥洗盆、水會消失不見的盆
子，vanity press作者自費出版、虛榮出版、虛名出版，vanishing point消
失點、盡頭，vanishing cream遮瑕膏、雪花膏、清潔潤膚打底用的面霜；
furbish粉刷裝修，furnish備辦家具、提供家具，distinguish區別，finish結
束，cherish珍惜

Vanity Fair《名利場》、《浮華世界》，英國名作家William Makepeace
Thackeray的小說名著，多次改拍為電影，也是一本仕女雜誌的名稱。

20. vainglory＝vain+glor(光輪、光環、讚美、榮耀)+y名詞字尾(情況、行為、性質、狀態、物品、制度)＝虛榮、誇耀、賣弄、鋪張。

延伸記憶 vainglorious虛榮的、誇耀的，vainly徒勞地、徒然，in vain徒然、枉然、
白費功夫、空空如也，vain attempt=vain effort=labor in vain白做工、徒
勞、未成功之舉動，vain as a peacock=proud as a peacock虛矯如孔雀、
得意洋洋、滿眼虛榮，love in vain徒勞之愛、一場空的愛；gloria榮耀頌
(聖樂)，glorify頌揚、使得光榮，gloriole光環、光輪，Gloria Patri(拉丁
文)=glory to the father榮耀歸於天父，Gloria in Excelsis Deo(拉丁文)=glory
to God in the highest榮耀歸於至高的上主；symphony交響曲，discovery發
現，recovery復原，robbery搶劫

Glorious Revolution光榮革命，英國在1688-1689年間的不流血革命，驅
走不得人心的 James II 詹姆斯二世。

大小與數量之二

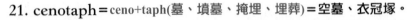

21. cenotaph = ceno+taph(墓、墳墓、掩埋、埋葬) = 空墓、衣冠塚。

延伸記憶 cenophobia=kenophobia空屋恐懼症、敞室恐懼症、空蕩處恐懼症，cenomania=kenomania空蕩處狂喜症、特愛空曠無人的地方，cenote洞穴、空空之處；taphephobia活埋恐懼症，taphephile喜愛喪禮、墓地、墓園的人，bibliotaph埋藏書籍者、藏書人，epitaph墓表面上之物、墓誌銘、墓碑文

報馬仔 kenosis(倒空自己、虛己、自己去掉神的地位而為人)：這是基督教神學中有關「基督論」(Christology)的用語，出自《新約聖經腓立比書》(Philippians)二章七節：「反倒虛己，取了奴僕的形像，成為人的樣式」；此一論點稱為 kenoticism (虛己主義、虛己論)，主張或相信此一論點者則是 kenoticist (虛己論者)。

22. nihilist = nihil+ist名詞字尾(持某種主義、思想、宗教、行為、主張的人) = 虛無主義者、認定人生沒有意義的人、主張人生意義為空與無的人士。

延伸記憶 nihilism虛無主義，nihilistic虛無主義的，nihilistic delusion虛無妄想(精神病症)，nihility虛無、沒有價值，Nihil Sine Deo=nothing without God若無上主則一切都是虛無，three goals to nil足球比數三比○；nationalist民族主義者、國族主義者，sensationalist主張言辭用語要腥羶色的人、語不驚人死不休的人士、聳動作法的主張者，lobbyist說客，sociologist社會學家，pianist鋼琴家，bigamist重婚者

23. ananthous = an+anth(花)+ous形容詞字尾(有…性質的、屬於…的) = 無花的、沒有花的(植物)。

延伸記憶 anarchy無政府、無人治理、混亂狀態，anopia沒有視力，anemia貧血，anosmia無嗅覺，anuria無尿；polyanthous多花的，isanthous開的花整齊的、開出整齊花朵的，nyctanthous夜間開花的，tetranthous四花的，gymnanthous裸花的，monanthous單花的，rhizanthous從宿主根上開花的，

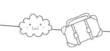

Helianthus annuus(學名)=sunflower(俗名)向日葵(拉丁文學名字面意思直譯：太陽花屬，一年生種，Helianthus=heli(太陽)+anth(花)+us(物種)=太陽花)；mountainous多山的、崎嶇的，pious敬虔的，egregious異乎常情的、特差的、極壞的

an+anth 原本是 a+anth，但接合處的 a 與 a 皆為母音而無法發音，依發音原則，第一個 a 之後+n 成為 an。

isanth=iso+anth 接合處的 o 與 a 皆為母音，依發音原則，省略 o 而成為 isanthous。

24. amoral ＝a+mor(道德、風尚)+al名詞字尾(具…特性之物、過程、狀態)、形容詞(…的、關於…的道德的、奉行準則的)＝無關道德的、無從斷定對錯的。

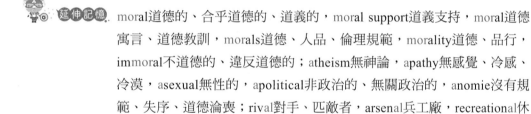
moral道德的、合乎道德的、道義的，moral support道義支持，moral道德寓言、道德教訓，morals道德、人品、倫理規範，morality道德、品行，immoral不道德的、違反道德的；atheism無神論，apathy無感覺、冷感、冷漠，asexual無性的，apolitical非政治的、無關政治的，anomie沒有規範、失序、道德淪喪；rival對手、匹敵者，arsenal兵工廠，recreational休閒的，professional專業的，sceptical懷疑的。

25. zerosum ＝zero+sum(和、合計、總數)＝零和、勝數與負數的和為零。

zeroing歸零、歸零校正，zeroth第零個，zero hour攻擊發起時刻、重大時刻，zero in瞄準、對準，zero tolerance零容忍、絕不容許、一定究辦，zero-emission零排放、無排放出任何汙染物，zero-defect零缺失的、無任何失誤的，zero gravity無重力；summa知識大全、知識總合，summary總括、概要，summary概括的、總結的、簡易的、即決的，summary judgment即決裁判，summation總結、法院的結辯、總和，summarize做總結、做概述

26. artiodactylous＝artio＋dactyl(腳趾、蹄、手指)＋ous形容詞字尾(有…性質的、屬於…的)＝偶蹄的。

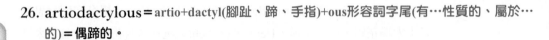

延伸記憶。artiodactyla偶蹄目動物(例：豬pig、河馬hippopotamus)，artiad偶價元素(化學)；dactylic＝dactylar腳趾的、蹄的、手指的，dactyloscopy指頭鏡檢、指紋比對(鑑識)，dactyloid指狀的、指頭樣子的，dactylgram指印、指紋，dactylography指紋學，dactylogy＝dactylophasia指語、手語；ferrous含鐵的，herbivorous草食性的、吃草的，ridiculous荒謬的，curious好奇的

27. perissodactyla＝perisso＋dactyl＋a名詞字尾(源自希臘與拉丁文之名詞的複數、動物分類類別)＝奇蹄目動物(例：馬horse)。

延伸記憶。perissodactylous奇蹄的，perissad奇價元素(化學)，Perissodus奇齒麗魚屬(魚類學)，Perissodus eccentricus野奇齒麗魚，Perissodus microlepis小鱗奇齒麗魚；Carnivora食肉目動物，Chiroptera翼手目動物(例：蝙蝠bat)，Dermoptera皮翼目動物，Lagomorpha兔形目，Rodentia囓齒目，Cetacea鯨目，Chordata脊索動物門，Vertebrata脊椎動物亞門，data資料(複數，其單數形是datum)

報馬仔。
老虎 tiger 屬於哺乳綱Mammalia、食肉目 Carnivora、貓科Felidae、豹屬Panthera、虎種tigris，正式學名為Panthera tigris；再細分則有亞種，譬如P. t. sumatrae(Panthera tigris sumatrae)蘇門答臘虎、Panthera tigris sondaica爪哇虎、Panthera tigris altaica阿爾泰虎(又稱西伯利亞虎、東北虎、滿洲虎、阿穆爾虎、烏蘇里虎、朝鮮虎)等。

28. anisophylly＝aniso＋phyll(葉子)＋y名詞字尾(情況、行為、性質、狀態)＝不等葉、不等葉狀、不等葉性、葉子成對生長但大小不等。

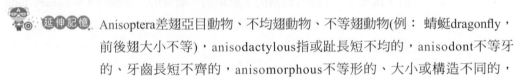

延伸記憶。Anisoptera差翅亞目動物、不均翅動物、不等翅動物(例：蜻蜓dragonfly，前後翅大小不等)，anisodactylous指或趾長短不均的，anisodont不等牙的、牙齒長短不齊的，anisomorphous不等形的、大小或構造不同的，

anisoopia兩眼視力不均等，anisognathous上下頜不等的，anisomastia乳房大小左右不等；phyllotaxy=phyllotaxis葉序、葉的排列，chlorophyll葉綠素，xanthophyll葉黃素，erythrophyll葉紅素，aphyllous無葉的，monophyllous單葉的，diphyllous兩葉的，triphyllous三葉的，tetraphyllous=quadriphyllous四葉的，pentaphyllous五葉的，hexaphyllous六葉的，heptaphyllous七葉的，octophyllous八葉的，decaphyllous十葉的，homophyllous同型葉的，heterophyllous異型葉的，macrophyllous大型葉的，mesophyllous中型葉的，microphyllous小型葉的；octophylly八葉性、八葉狀態，hippophagy吃馬肉的習性，patriarchy父權統治的制度，empathy感同身受的情況

aniso=an字首(不、非、無)+iso(相等)=不等。

Schefflera octophylla八葉五加，又稱鵝掌柴、江某、鴨麻爪。

29. **equivocal＝equi+voc(噪音、叫喊)+al形容詞字尾(…的、關於…的)＝同等噪音大小的、模稜兩可的、立場不清的、模糊曖昧的、這也可以那也可以的。**

unequivocal並非模稜兩可的、明確的，equivalent等價、等值、當量，equilateral等邊的、等邊形，equilibrium平衡、均等、均勢，equilibrist作平衡表演者，equiponderant等重量的、重要性相當的；vocal music聲樂、vocal chord聲帶，vocalist歌手、聲樂家，vociferous帶著人聲的、吵雜的，invocation召喚神靈、祈求神助，provocation在人家面前喊叫、嗆聲、挑釁、惹怒，convocation大聲叫大家在一起、集會、召集；cynical憤世嫉俗的、怒犬吠天的，sensational煽情的，fundamental基本的

equity平等，衡平，依貢獻度大小分配利益的公平，右派的公平概念；equality平等，均平，平均分配式的公平，左派的公平概念。

30. **omniscient＝omni+sci(知道、知識)+ent形容詞字尾(具有…性質的)＝無所不知的、全知的、什麼都知道的。**

 omniscious=omniscient全知的，omniscience全知、全知的特質、全知的本事，Omniscience全知的上帝，omnigenous各式各樣的、林林總總的，omniparity一切平均、人人平等，omnipresent全在的、無所不在的，omnipatient凡事忍耐的，omnivorous雜食的、什麼都吃的；science知識、科學，nescience無知、不知、不可知，prescience預知、先見之明，scientist科學家，conscientious有良知良能的、誠實誠懇的、認真工作的；diligent勤勞的，diffident膽怯的、沒有信心的，different不同的，prevalent盛行的

05

時間與歲月之一

字源線索

★ 英文	★ 中文	★ 字綴與組合形式
sun	日、太陽	heli ; helio ; sol ; soli ; solo
moon	月、月亮、月光	lun ; luna ; lune ; luni ; lunu ; mon
moon	月、月亮、太陰	selen ; selena ; seleni ; seleno
month	月份、月期、月經	men ; mena ; meni ; meno
crescent ; sickle-shaped	新月、月牙形、鐮刀狀	menisc ; menisco
earth	地球	ge ; geo ; tellur ; telluri
star	天體、星星	aster ; astr ; astro ; sider ; sidero ; stell
time ; age	時間、時期	aeternus ; aev ; aevum ; etern ; ev ; evum
time ; sequence of time	時間、時序	chron ; chrono
time ; occasion	時間、時機	tempo ; tempor
the one before present	昨、上一個	yester
before	前、先	ant ; ante ; antero ; anti ; ere ; fore
before	前、先	por ; prae ; pre ; pro ; pros ; proso
former ; earlier	早先的、先前的	e ; ef ; ex ; prior ; proter ; protero

時間與歲月之一

★ 英文	★ 中文	★ 字綴與組合形式
after	後、晚	post ; poster ; postero ; retro
around	前前後後、環繞、圍、接近的時間或地點	peri
across ; through; complete	經過、穿越、透徹	per ; tra ; tran ; trans
front ; forward	前方、向前、前瞻	por ; pro ; pros ; proso
back ; backward	後面、向後、回顧	retr ; retro
in the middle	中間	medi ; media ; medio ; meri ; mes ; mesi ; meso ; mid
first	最先、開始	arch ; archa ; arachae ; archaeo ; archeo ; archeo ; archi
last ; final	最後、末尾	term ; termin ; ultim ; ultimo
beginning ; origin	開始、源	gen ; gener ; genit ; geno
final ; end	終沒、結束、末尾	eschat ; eschato ; fin
stop ; cease	停止、終止、斷離	cess ; rest ; still
hold ; last	挺住、堅持、持續	sist ; tain ; ten ; tin
follow ; next	接續、隨後	secu ; secut ; sequ ; seque ; sequi ; sue ; suit

時間與歲月之一

★ 英文	★ 中文	★ 字綴與組合形式
time limit ; duration	期限	term ; termin
temporal point ; spatial point	時間點、空間點	point ; punc ; punct ; punctu ; pung
on time	準時、準點	point ; punc ; punct ; punctu ; pung
together ; at the same time	一起、同時	simal ; simil ; simul
together with ; at the same time	共同、同時	sy ; syl ; sym ; syn ; sys
together with	共同、一起	co ; cog ; col ; com ; con ; cor
always ; everlasting	常常、一直、永久	aetern ; etern ; semper ; sempitern

①	solar _____		太陽的
②	solistice _____		至日
③	heliocentric _____		以太陽為中心的
④	lunar _____		月亮的
⑤	selenolatry _____		拜月亮
⑥	geography _____		地理學
⑦	astromorphic _____		星星狀的
⑧	stellar _____		星星的
⑨	chronology _____		編年史
⑩	synchronize _____		同步
⑪	temporary _____		暫時的
⑫	yesterday _____		昨天
⑬	antebellum _____		戰前
⑭	prediction _____		預測
⑮	postmortem _____		死後

時間與歲月之一

1. **solar＝sol+ar形容詞字尾(有…性質的、…形狀的)＝太陽的、與太陽有關的。**

 parasol陽傘、擋太陽的東西，insolate進入陽光中、曝晒，solarism太陽主義、太陽為宇宙中心論，solarium日晷、日光浴室，solar system太陽系，solar calendar陽曆，solar energy太陽能，solar cell太陽能電池，solar panel太陽能板，solar eclipse日蝕；annular環狀的，polar極的、南北極的，popular人民的、受歡迎的

 Dies Solis=Day of Sun=Sunday太陽日、週日、星期日。

 O sole mio=my sun我的太陽，義大利拿坡里民謠(Neapolitan song)。

2. **solstice＝sol+stice(停止、不動)＝太陽不動、至日、至點。**

 summer solstice夏至，winter solstice冬至，solstitial太陽不動的、至日的，solarize=solarise日晒、光化作用，solaripathy陽光曝晒所致之病，solariphilia酷愛晒太陽，solariphobic畏懼晒太陽的；interstice間隙、原子間的空隙、金屬晶格中的間隙，armistice停止動武、停戰、休戰

3. **heliocentric＝helio+centr(中心、中央)+ic形容詞字尾(…的)＝以太陽為中心的。**

 heliosis中暑，heliolater太陽崇拜者，heliolatry太陽崇拜，heliotherapy陽光療法，helianthus=sunflower太陽花、向日葵，anthelion幻日，perihelion近日點，aphelion遠日點；central中心的、中央的，geocentric以地球為中心的，ethnocentric以民族為中心的，theocentric以神為中心的，eccentric脫離中心的、不合正途的、怪異的，concentric共同中心的、同心圓的、同心圓；allergic過敏的，dinosauric恐龍的，idiotic白痴的

4. **lunar＝lun+ar形容詞字尾(有…性質的、…形狀的)＝月亮的、與月亮有關的。**

 lunatic發瘋的、傳說中受月亮盈虧影響而發作的，demilune半月、半月形，plenilune滿月、月圓，perilune近月點，apolune遠月點，Luna月亮女

時間與歲月之一

神，lunar calendar陰曆，lunar eclipse 月蝕，circumlunar繞月的，circumlunar flight繞月飛行，lunisolar calendar陰陽曆法、把月亮太陽都考慮進來計算的曆法，lunitidal interval月潮間隔、月亮位置移動而出現高水位的時間差，clair de lune=light of moon=moonlight月光；cellular細胞的，lobular小葉片的、小葉片狀的，particular特別的、獨特的

 Dies Lunae=Day of Moon=Monday月亮日，週一，星期一。

 Clair de lune月光，許多樂曲、歌曲、詩都稱為Clair de lune，但以德布希Claude-Achille Debussy和弗瑞Gabriel Urbain Fauré的曲子最有名。

5. **selenolatry＝seleno(月亮)＋latry名詞字尾(崇拜、敬拜、信仰)＝拜月亮。**

 selenomancy藉月亮來占卜，aposelene遠月點，periselene近月點，paraselene幻月、月暈上的光輪，Selene月亮女神，selenolater月亮崇拜者，selenophobia月亮恐懼，selenocentric以月亮為中心的，selenotrophic向月性的(植物)，selenology月亮研究、月亮學，selenodont月齒型臼齒；hagiolatry聖徒崇拜，pyrolatry拜火、火崇拜，hydrolatry拜水、水崇拜，dendrolatry拜樹、樹崇拜，xylolatry拜木頭，litholatry拜石、石頭崇拜

 西方女子名字Selene、Selena、Selina意指「月亮」。

 鹿、牛、羊等反芻性偶蹄類的臼齒咀嚼面上，琺瑯質呈現半月型排列，稱為selenodont=selen(月亮)+odont(牙齒)=月齒型臼齒。

6. **geography＝geo+graph(書寫、描述、記載、描寫、繪畫)+y名詞字尾(情況、行為、性質、狀態、技術)＝描寫地球、描述土地、地理學。**

geology土地研究、地質學，geolatry拜地球、拜土地，geometry土地測量、幾何學，geoponics土地勞動、農耕、農作，geomorphology地貌研究；photograph照片，photography用光線描繪、攝影、照相，petrograph岩畫，petrography岩畫術，xylograph木版畫、木刻，telegraph遠方寫來

時間與歲月之一

的東西、電報，encephalograph大腦顯影圖、大腦X光照片，orthographic
正體字的、正體書寫的，calligraphy美麗書寫、書法，cartography地圖繪
製；jealousy忌妒，honesty誠實，philosophy哲學，sympathy同情、贊同

7. **astromorphic**＝**astro(星星)+morph(形狀、樣子)+ic 形容詞字尾(…的)＝星星狀的。**

 延伸記憶 astronaut往星星去的人、太空人，astronautics宇航、航天、往宇宙星星航
去，astronomy天體的定律、星星的法則、天文學，astronomer天文學家，
astrology星星的研究、星象學、占星術，astrologer占星家，astrometry星
星的測量、天體測量學；amorphous＝amorphic沒有形狀的、不具體的、
不確定的、非結晶型的，selenomorphic月亮狀的，polymorphic多種形狀
的、多樣貌的，anthropomorphic人狀的，trimorphic三種形狀的、三態
的；Islamic伊斯蘭的，basic基本的，Atlantic大西洋的

8. **stellar**＝**stell+ar形容詞字尾(有…性質的、…形狀的)＝星星的、與星星有關的、耀眼
的、引人注意的。**

 延伸記憶 stelliferous繁星點點的、布滿星星的，stelliform星形的、星狀的，stellify
使變成明星、使光輝耀眼，stellate星狀的、星形的，stellular小星星的、
小星形的；circular循環的、圓的，regular規律的、慣常的、固定時間的，
similar類似的、相像的

 報馬仔 stelliferous的 stell 與 ferous 接連處都是子音，為協助發音而加上 i。

9. **chronology**＝**chrono+logy名詞字尾(研究、學問、彙編)＝年代史、編年史、依年代
順序的紀錄、年表、年代研究、年代學。**

 延伸記憶 chronic與時間有關的、拖時間的、慢性的，chronic disease慢性疾病，
chronicle年代紀、編年史、時間紀錄、紀事、報紙，chronicler編年史家，
chronometer時間測量器、精密的手錶、天文計時鐘，chronologically按
間順序地，geochronology地質年代，astrochronology天文年代學；ideol-

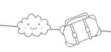

ogy意識形態、想法的彙集，psychology心理學，terminology術語、專門用語、術語研究、術語學，volcanology火山研究、火山學

Chronicle I《歷代志上》、Chronicle II《歷代志下》，舊約聖經中的兩部書。

San Francisco Chronicle舊金山紀事報。

10. synchronize＝syn字首(一起、一同)＋chron＋ize動詞字尾(從事…行為、進行…動作)＝同步、同時間做一樣動作、對時、跳水中芭蕾。

synchrony同步性、同時性、共時性，synchronicity共時性，synchronous同步的、同時間發生的，syndrome同時跑出來的東西、症候群、綜合症狀，synactic一同工作的、合作的，synonym同義字、一起的名稱、共同的字詞，synergy綜效、協同作用，synchrotron同步加速器；anachronism違反某時代的事情、時空倒錯、逆時代作法，anachronistic時空倒錯的，diachronicity歷時性，chronometry計時學、精密時間測量法；marginalize邊緣化，utilize利用，canonize經典化、正式典籍化

11. temporary＝tempor＋ary形容詞字尾(具…性質的、有…特性的)、名詞字尾(具…性質之物、有…特性的人)＝有限時間的、暫時的、臨時的、臨時工、臨時屋。

temporal時間的，temporal sequence時間順序，temporary leader俗世領袖、塵世領袖、有限時間期間的領袖，temporize=temporise見機行事、見風轉舵、因循、拖延、敷衍，contemporary同時代的、當代的、同時代的人、同齡的人，contemporaneous同時間發生的、撞期的，extemporaneous=extemporary在時間安排之外的、突發的、臨時的、即席的、即興的，tempo時間快慢、速度(音樂術語)；dreary陰沉的、沉悶的、枯燥的，fragmentary 破碎的，seditionary 叛亂的，secretary祕書、機要人員，ovary卵巢

temporal sequence 時間順序，相對於 spatial sequence 空間順序。

時間與歲月之一

 temporary leader 俗世領袖，相對於 spiritual leader 精神領袖。

12. yesterday＝yester+day(日子)＝上一個日子、昨天。

 yestermorning昨晨、剛過的早晨，yesternoon昨午、剛過的中午，yester-evening昨晚、剛過的晚上，yesterweek上週，yesteryear去年，ere yesterday昨天的前一天、前天；birthday生日，holiday假日，Sunday星期日，workday上班日、工作日，doomsday末日、審判日，Dday行動人員約好但不可明講的攻擊發起日、行動開始日

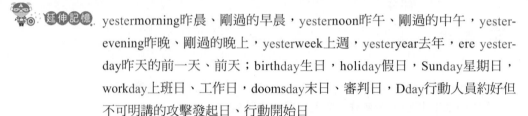 Dday=Dayday，D是day縮寫，二次大戰盟軍的諾曼地登陸日是一九四四年六月六日，其代號或密稱就是 Dday。

 ere=before、previous to 之前，是英文詩詞用字。

13. antebellum＝ante+bell(戰爭)+um名詞字尾(東西、物體、時間、處所)＝戰前。

 antechamber前廳、等候室，antediluvian在聖經大洪水之前的、遠古的、宇宙洪荒的，antenuptial婚前的、婚前出現的、婚前發生的，antemortem死前的，antecedents先走的人事物、祖先、學經歷，antenatal產前的，anteport前方港口、外港；belligerent好鬥的、好戰的、交戰的，belligerent交戰國、交戰者，bellicose好爭吵的，愛吵架的，Bellum Judaicum=the Jewish War猶太人之戰、猶太人對抗羅馬帝國的戰爭，postbellum戰後；criterium批評標準、評審標準(複數型是criteria)，opium鴉片，podium指揮臺、講經臺

14. prediction＝pre+dict(說話)+ion名詞字尾(行為過程或結果)＝先說、預言、預測。

 precedent先前的事例、先例、前例、慣例、在前的、在先的，premature在成熟前就出現的、未到成熟期的、不成熟的、早產的，precocious早熟的、在預定時間前就熟的，prelude前奏、前曲，president先坐下來的人、

主席、總統、大學校長、總經理；dictate口述、下命令，dictator口述者、下命令者、獨裁者，diction措辭用語，edict講出去的話、聖旨、上諭，contradict說反話、牴觸、頂撞；corruption腐化，eruption爆發，benedic-tion說好話、祝福，malediction詆毀、說壞話、誹謗

胎兒未滿足月就生下，是 premature；小學六年級就談戀愛，是preco-cious。

15. postmortem＝post+mort(死亡)+em拉丁文賓格字尾＝死後。

posthumous埋葬後的、死後的，posthumous daughter遺腹女，postlude尾曲、後奏，postpone擺到後面、延後、推遲，postgraduate畢業後的、研究所的，postscript=P.S.附筆、寫在後面，postmortem examination死後檢驗、驗屍，postnatal出生後的、產後的，postpartum分娩後的、生產後的；mortal會死的、必朽的，mortal sin死罪、大罪，immortal不死的、不朽的，mortuary停屍間

Le Morte d'Arthur=the Death of Arthur《亞瑟王之死》，英國作家馬羅Sir Thomas Malory所寫與彙編的有關亞瑟王與圓桌武士(Round Table Knights)的傳奇故事。

Grande Messe des Morts=Great Mass of the Dead予死亡者的大彌撒、悼亡者大彌撒、安魂大彌撒、追思大彌撒，是法國作曲家白遼士Hector Ber-lioz作品。

⑯ perinatal ＿＿＿＿＿＿＿　　　圍產期的

⑰ immediately ＿＿＿＿＿＿＿　　立即地

⑱ retrospect ＿＿＿＿＿＿＿　　　回顧

⑲ sempervivum ＿＿＿＿＿＿＿　長生花

⑳ transitory ＿＿＿＿＿＿＿　　　無常的

㉑ final ＿＿＿＿＿＿＿　　　　　最後的

㉒ eschatology ＿＿＿＿＿＿＿　　末世論

㉓ incessant ＿＿＿＿＿＿＿　　　不停的

㉔ restless ＿＿＿＿＿＿＿　　　　停不下來的

㉕ persistent ＿＿＿＿＿＿＿　　　堅持到底的

㉖ continuous ＿＿＿＿＿＿＿　　不斷的

㉗ subsequent ＿＿＿＿＿＿＿　　隨後的

㉘ terminate ＿＿＿＿＿＿＿　　　終結

㉙ punctual ＿＿＿＿＿＿＿　　　準時的

㉚ simultaneous ＿＿＿＿＿＿＿　同步的

時間與歲月之一

16. **perinatal＝peri+nat(出生，生產)+al形容詞字尾(的、有關⋯的)＝圍產期的、環產期的、生產時間前前後後都涵括的。**

period走一段路前前後後的時間、週期、期間，periodic週期性的、間歇的，periodical期刊，periphrase繞著表達、迂迴方式說明，periodontal牙周的、牙齒周圍的，perinephral腎周的；natalism獎勵多生小孩、鼓勵生育，prenatal產前的，postnatal產後的，nativity出生、誕生，nativism土生居民保護主義；brutal野蠻的，visional視覺的，actual真實的，medical醫療的

17. **immediately＝im字首(不、非、沒有)+medi+ate形容詞字尾(有⋯性質的)+ly副詞字尾＝沒有中介、不經過中間人、立即地、即刻地。**

mediate在中間處理、居間辦事、調解、調停、斡旋，medieval中間時代的、中世紀的，medium媒體、媒介、中間物(單數)，media媒體、媒介、中間物(複數)，median中位數、中位數的，mediocre平庸的、不優秀的、資質低劣的，immediate立刻的、即時的，immediacy即時性、直覺性、直接性；impossible不可能，improper不適當、不妥，immobile不移動的、固定的；promptly迅速地、即刻地，quickly快速地，happily快樂地

mediterranean=medi+terran(陸地)+ean形容詞字尾(具某性質的)=土地當中的，Mediterranean地中海的，the Mediterranean (Sea) 地中海。

18. **retrospect＝retro+spect(觀看、查察、顧盼)＝回顧。**

retrogress退化、逆行，retrocession交還、割讓出去的土地再拿回，retroflex反折、後翻、捲舌，retroact倒回去進行、溯及既往，retrovert後傾，retrovirus逆病毒；introspect看內心、內省、自省，prospect前景、展望、看前方、看未來，conspectus放在一起看、概觀、摘要、大樓的各層公司名錄牌、百貨公司各樓層部門一覽、圖書館館藏綱要，spectacle景象、奇觀、展示物，spectacles眼鏡，spectacular奇觀的、壯觀的，inspector看裡面的人、督察、檢查員，introspection向內查看、內省、反省，circum-

spect看周遭的、審慎的

19. sempervivum = semper+viv(活、有生命)+um名詞字尾(東西、物體、時間、處所) = 永遠有生命的東西、長生花(植物學)。

 sempervirent常綠的，sempergreen=evergreen常綠的，semperidentical 永遠相同的、永久不變的，semper eadem= always the same始終如一，semper et ubique=always and everywhere隨時隨地，sempiternal=eternal永恆的，sempiternity=eternality永恆性；vivacious有活力的、有生命力的，viviparous活活分娩的、胎生的，vivarium活物館、生物館、動植物飼養栽培處；subphylum亞門(生物分類)，Pelargonium天竺葵屬，Jasminum茉莉、木樨科素馨屬

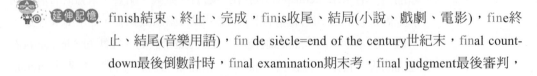 拉丁文Pax Domini sit semper vobiscum=Lord's peace be always with you願主的平安常常與你們同在；教宗與神父在彌撒結束時對信眾的祝福問候語。

20. transitory = trans+it(行進、走動)+ory形容詞字尾(有…性質的、屬於…的) = 走掉了的、短暫的、無常的。

 transform轉型、轉變，transport轉運、運輸，transit走過去、過境、中轉，transition過渡、變遷，transient過客、轉瞬即逝的，transient hotel客棧；initial走進去的、入門的、初步的，exit走出去、出口、出路，itinerary行程表，要走的地方與時間的安排；sensory感覺的、感應的，compulsory強迫的、必修的、一定要的、義務的，olfactory嗅覺的

21. final = fin+al形容詞字尾(…的、具…性質的) = 最後的、末尾的、終局的。

 finish結束、終止、完成，finis收尾、結局(小說、戲劇、電影)，fine終止、結尾(音樂用語)，fin de siècle=end of the century世紀末，final countdown最後倒數計時，final examination期末考，final judgment最後審判，

時間與歲月之一

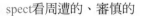

finally終於，finalize完成、定案，finale最後的一個樂章、終曲、結局；
fictional虛構的、小說的，facial臉的，dental牙的，typical典型的、通常的

 the Final Countdown，瑞典搖滾樂團 Europe 的經典名曲與專輯名稱。

 Final Solution最後解決方案，二次大戰期間德國所作要把猶太人滅絕的
決定。

22. eschatology＝eschato+logy名詞字尾(研究、學問、彙編)＝末世論、末日學、末日研究。

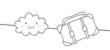 延伸記憶. eschatological末世論的，eschatologist末世學家，eschaton末世最終事務
=last judgment=final judgment最後審判，eschatocol文件末尾、合約的末尾
條款，紀錄末端；cetology鯨魚研究、鯨魚學，ethnology民族學，praxiol-
ogy人類行為學，pomology水果研究、水果學

23. incessant＝in字首(不、非)+cess+ant形容詞字尾(…的、具…性質的)＝不停的、連綿的、不斷的。

延伸記憶. cessation休止、停止，cessation of life=death生命停止、死亡，cessation
of use=disuse停止使用，cessant休止的、休眠的、不活動的，uncessant
=incessant不停的，cesser產權的結束、終止；inept不適任的、無能的、笨
拙的，inappropriate不適合的、不妥的，invincible不可征服的、無敵的，
infidelity不貞；hesitant猶豫不決的，resistant反抗的、抗拒的、阻力的，
ignorant無知的，brilliant燦爛的、傑出的

24. restless＝rest+less形容詞字尾(缺…的、不具…性質的)＝停不下來的、靜不住的、焦躁不安的。

延伸記憶. arrest使人或物停住不動、停止、逮捕，cardiac arrest心跳停止，develop-
mental arrest發育停止，put to rest=lay to rest埋葬，rest in peace (RIP)安息，
rest cure靜養、休養，rest home安養院，rest room廁所，restive=restless

時間與歲月之一

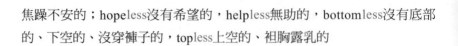

焦躁不安的；hopeless沒有希望的，helpless無助的，bottomless沒有底部的、下空的、沒穿褲子的，topless上空的、袒胸露乳的

25. persistent＝per字首(徹底、一直、貫穿、穿透)+sist(站立、堅挺)+ent形容詞字尾(具有…性質的)＝持續不懈的、堅持到底的。

 persist堅持、持續，consistent一起堅守到底的、始終如一的、前後態度一致的、符合的，insist站到裡面不走、堅持認為、堅決主張，resist站在反對一邊、反抗、抗拒，desist站到別處、離開、停止，assist向你站著、支持、協助；persevere一直對自己嚴格對待、不屈不撓、奮鬥到底、鍥而不捨，perspective看穿過去、透視，perforate穿孔、打卡，perspicacious看事情透徹的、睿智的；permanent永久的，confident有信心的，efficient有效率的

26. continuous＝con字首(一起、齊聚、共同、完全、與、和)+tin(握住、抓住、保住、維持)+uous形容詞字尾(具…傾向的、易於…的、多…的)＝保持完整的、維持不分開的、繼續的、連續的、不斷的。

 continue繼續、延伸時間，continually頻頻地、一直地、不停地，continent維持一起的陸地、大陸、洲，continent能保持住的、自制的，incontinent控制不住的、失禁的，incontinence=incontinency失禁，incontinence of urine尿失禁；conceive抓在一起、構思、設想、精卵抓合(懷孕)，concubine一起睡的人、情婦、姜，consecutive連接一起的、連貫的、連續的，connect聯繫、連結、連在一起，convert轉過來而在一起、皈依、改信、不同貨幣的匯率轉換計算；ambiguous模糊的、曖昧的，fatuous愚昧的，notorious人盡皆知的、惡名昭彰的

27. subsequent＝sub字首(在下、次於)+seque+ent形容詞字尾(具有…性質的)＝繼而發生的、隨後的。

 subsequence隨後事件、後來發生的事、部分序列，subsequently後來、接

時間與歲月之一

著，sequential連續的、接著的，sequence序列，consequent一起跟著發生的、因…而引發的，consequence結果、後果、影響，consequential發生影響的、重大的；submarine水下船艦、潛艇、潛艦，subway地下道、地鐵，subsidary子公司、支流、下方單位，subconscious潛意識的；intelligent聰明的、高智力的，insolent傲慢的，frequent頻繁的

28. terminate＝termin+ate動詞字尾(做、進行、從事)＝設下期限、終止、終結、消滅、結束。

 termination終結、結束、消滅，terminator終結者、終止處、終止物，terminal終端的、末尾的、終點站、旅程或航程結束的地方(大車站、機場航站大廈)，terminable可終止的、有期限的，interminable沒有期限的、無止盡的、沒完沒了的，determine下定終止期限(不再拖延而有決心)、決定、限定、裁定、判定，determined心意已決的、堅決的，predetermine提前決定，term期限；ruminate反芻、反覆咀嚼、反覆思考，illuminate點亮、闡明，segregate隔離、種族隔離，indicate指示、指出

 Terminator魔鬼終結者，阿諾史瓦辛格Arnold Schwarzenegger主演的科幻電影。

29. punctual＝punctu+al形容詞字尾(具有某特質的)＝準時的、準確的。

 unpunctual＝impunctual不準時的，punctuality準時性、準時的習性，punctilious精準的、一絲不苟的、嚴謹要求的、任何一點都留意的，punctuate加上標點、註記、使明確，punctulate有小點的、有斑點的，puncture穿刺、戳出孔點，acupuncture針灸、針刺、用針穿刺，aquapuncture水針灸、水針、穴位注射，sonapuncture音灸(使用超音波刺激穴道的療法)，auripuncture鼓膜穿刺；parental家長的，digital數位的，numeral數字的，marital婚姻的

時間與歲月之一

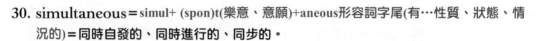

30. simultaneous＝simul+ (spon)t(樂意、意願)+aneous形容詞字尾(有…性質、狀態、情況的)＝同時自發的、同時進行的、同步的。

simulcast=simul(taneous) + (broad)cast=同時播放、聯播，simulate當成相同來做、模仿、模擬，simulator模擬器，simultaneous display多盤同步對奕(棋王或下棋高手以多棋盤和諸對手或學員同時進行的示範棋局)，simultaneity同時性、同步性；miscellaneous雜項的、其他的、等等的，momentaneous瞬息間的、短暫的，extraneous外來的、外部的，coetaneous=coeval同時代的、同年代的、同齡的

simultaneous interpretation同步口譯、同步傳譯(指講述者說話時，口譯者同時在口譯室進行翻譯，傳送到戴耳機的現場與會者，常見於國際會議)；consecutive interpretation逐步口譯、逐步傳譯、連續傳譯(指講述者講一句或一個段落，就暫停而讓口譯員者翻譯，常見於布道大會)。

時間與歲月之一

06

時間與歲月之二

字源線索

★ 英文	★ 中文	★ 字綴與組合形式
year	年	ann ; anni ; anno ; annu ; enn ; enni
month	月	men ; mena ; meni ; meno ; mens ; menstru ; mon
week	七天、七的週期、週、星期	hebdoma ; hebdomad
day	日、一天、白天	di ; die ; diem ; dies ; diurn ; jour ; journ
day	日、一天、白天	emer ; emera ; emero ; hemer ; hemera ; hemero
tomorrow ; delay	明天、延後	cras ; crastin
night ; dark	夜、暗	noct ; nocti ; nox ; nyc ; nyct ; nycti ; nycto
morning	晨、早上	matin ; matut ; matuti ; matutin ; matuto ; morn ; morrow
middle	中間	medi ; media ; medio ; meri ; mes ; mesi ; meso ; mid
noon ; midday	中午、白天中點	meridian ; meridiem ; meridies
evening	晚上	vesper ; vespert
evening ; sunset; west	晚上、日落、黃昏、西方	hesper ; hesperi
twilight	薄暮、清晨、傍晚、淡光	crepusc ; crepuscu

時間與歲月之二

⭐ 英文	⭐ 中文	⭐ 字綴與組合形式
dawn	黎明、晨曦、黃光、金光	aur ; auri ; auro ; aurora ; crepusc ; crepuscu
dusk ; gray	黃昏、灰濛	crepusc ; crepuscu ; phaeo ; pheo ; vesper ; vespert
hour	小時	hor ; horo ; hour
feast day ; holiday	歡宴日、假日、節日	mas ; fest ; festiv
spring	春	vern ; vernal
summer	夏	aestiv ; aestuar ; estiv ; estuary
autumn	秋	autumn
winter	冬	brum ; hiber ; hibern ; hiem ; ibern; ivern
winter ; bitterly cold	冬、嚴寒	chim ; chimat ; chimato ; chimo
early ; old	早期、古舊	anci ; ant ; ante ; antiqu ; antique
ancient	遠古	arch ; archa ; archae ; archaeo ; arche ; archeo ; archi
primitive	原始	palae ; palaeo ; pale ; paleo
new ; late	新、晚近、新近	ne ; neo ; nov ; nova ; novi ; novo ; rece

時間與歲月之二

★ 英文	★ 中文	★ 字綴與組合形式
new ; fresh	新、新近	caen ; caeno ; cain ; caino ; cen ; ceno ; kain ; kaino
now ; just now	當前、現在	mode
willing ; voluntary	自發	spon ; spond ; spons ; spont
again ; repeat	再度、重複	epan ; epano ; iter ; itera ; pali ; palim ; palin

拆字猜義

①	spontaneous _____		自然反應的
②	reiterate _____		重申
③	antiquity _____		古董
④	paleolithic _____		舊石器時代
⑤	archeologist _____		考古學家
⑥	neonate _____		新生兒
⑦	modern _____		現代的
⑧	anniversary _____		週年慶
⑨	A.D. _____		西元後
⑩	biennial _____		兩年一次的
⑪	menstruate _____		月經
⑫	menopause _____		更年期
⑬	semester _____		學期
⑭	hebdomadal _____		週刊
⑮	journal _____		日誌

時間與歲月之二

1. **spontaneous**＝spont+aneous形容詞字尾(有…性質的、…形狀的)＝蹦然而發的、自然反應的、一下子就發生的。

 延伸記憶. spontaneity自發性，revolutionary spontaneity=spontaneism自發論、群眾革命自發論、革命的自發性質，spontaneous combustion自燃，spontaneous generation自然產生、無外來源頭而產生，spontaneous healing自癒、自療，sponte sua=sua sponte=of his/her own accord他/她自為、自發、依職權而為，nostra sponte =of our own accord我們自發；castaneous栗色的，instantaneous轉瞬之間的、即時的、猝發的，instantaneity即時性、猝發性，consentaneous同意的、一致的

2. **reiterate**＝re字首(再次、重複、返回)+iter+ate動詞字尾(做、造成、使之成為)＝重申、強調、一再表示。

 延伸記憶. reiterant=reiterative重複的、一再講的，reiteration反覆、重申、一直講相同的事，iterate再說、重做、反覆，iterative=iterant反覆的，iterative design反覆設計、疊代設計；repeat重說、重做、反覆進行，rewrite重寫、再寫，revise用新眼光重新看、修訂、修改、修正，return回來、歸還，refund退款、退錢；calculate計算，assimilate同化，tolerate容忍

3. **antiquity**＝antiqu+ity名詞字尾(性質、情況、狀態、人事時物)＝古代、古人、古事、古物、古董。

 延伸記憶. antique古老的、古市的、古董的、古物、古董，antiquary=antiquarian古董收藏家，antiquarian古文物的、古董的、古籍的，antiquarian society古代社會，antiquarianism古董愛好癖、古物收藏的行為，antiquated過時的、老舊的；absurdity荒繆、可笑的情況，ability能力，voracity貪婪，ferocity兇猛性

4. **paleolithic**＝paleo+lith(石頭、石器)+ic形容詞字尾(…的)、名詞字尾(…人、…學、…術、…時代)＝舊石器的、舊石器時代。

 paleolith舊時器，paleology古物學、古董學，paleobiology古生物學，paleozoology古動物學，paleophytology古植物學，paleohabitat古棲息地；mesolithic中石器時代，neolithic新石器時代，urolith尿結石，megalith大石、巨石；rhythmic韻律的，mythic=mythical神話的，classic=classical經典的、典範的

報馬仔

Mesopotamia=meso(中間)+potam(河流)+ia(土地)=河流之間的土地，底格里斯河(Tigris：波斯語「箭河」、希臘語「虎河」)與幼發拉底河(Euphrates：波斯語「良渡河」)的「兩河流域」、肥沃月彎地區；臺灣長年音譯「美索不達米亞」。

5. **archeologist**＝**archeo+logist名詞字尾(學問家、研究者、專家)＝考古學家。**

 archeology考古學，archeological考古學的、考古的，archaeolithic遠古石器時代(比舊石器時代更早)，archaeobiology古生物學，archaeobotany古植物學，archaeogeology古地質學，archaeoastronomer古天文學家，archaic陳腐的、老掉牙的；methodologist方法論者、方法學專家，dermatologist皮膚科醫師、皮膚研究專家，sexologist性學專家、性研究者

6. **neonate**＝**neo+nat(出生、生育、生產)+e名詞字尾(人、者、物)＝新生兒。**

 neonatal新生兒的，neophyte新生植物、新手、菜鳥、初學者，neoclassical新古典的，neoimpressionism新印象派(美術)，Neo-Platonism新柏拉圖主義(哲學)，neontology近代生物學，neoglacial新冰河期，neomycin新黴素，neocracy新手治理、無經驗者當政；nature天生、自然、天然，native土著、本地人，nation民族，natality出生率，pronatalism支持生育、獎勵生育；misanthrope討厭人類者、離群索居者，syndrome症候群、一起跑出來的東西、一起出現的症狀，gene基因，metronome節拍器

7. **modern**＝**mode+ern形容詞字尾(場所、地點、時期、時代的)＝現代的、時下的、流行的。**

時間與歲月之二

延伸記憶 modernism現代主義，modern art現代美術，modern history現代史，modern medicine現代醫藥、現代醫學，modernity現代性、現代特質，modernize現代化，postmodern後現代的，premodern=antemodern前現代的，a la mode當前款式、時下風尚，chanson a la mode流行歌曲；eastern東方的，western西方的，leathern皮製的、皮革的

8. **anniversary＝anni＋vers(轉)＋ary名詞字尾(匯集處所、場所、地點、人身、時間點)＝週年、週年慶。**

延伸記憶 annual一年一次的、一年生的(植物)、年刊、年鑑，annual ring年輪，annual interest年息、年利，annual income年收入，annual medical examination年度健檢，annuity年金，annuitant領受養老金者，semiannual半年一次的，biannual一年兩次的；universe轉而為一體、全世界、宇宙，transverse轉而成跨越兩端的、橫向的、橫斷的、橫切的，perversion徹底轉變、倒錯、變態、反常，conversation在一起轉傳話語、會話、交談，controversy彼此悖反轉動、講話互槓、爭議；January元月，February二月，adversary對手、敵人，accessary同謀者、從犯，boundary邊界、界線

報馬仔 anniversary 的 ann 與 versary 的連結處都是子音，為了發音方便而加上 i。

9. **A.D.(拉丁文)＝Anno＋Domini(主的、上主的、天主的、主耶穌的)＝主的年代、西元紀元、西元後(＝in the year of Lord)。**

延伸記憶 Anno Christi=A.C.=in the year of Christ=Anno Domini基督的年、主的年，A.H.=Anno Hegirae=in the year of migration遷徙的年(穆罕默德Muhammad從麥加Mecca遷往麥地納Meidna那一年)、伊斯蘭紀元(622 A.D.)，A.M.=Anno Mundi=in the year of world世界紀元、希伯來紀元(猶太人認為上帝創造天地人類的那一年)、猶太教紀元(B.C.3760)，Anno Hebracio=Hebrew year=Anno Mundi希伯來紀元、猶太人紀元；dominate以主人姿態作為、主控、主導，dominator主宰者、主控者，domineer當主人、作威作福、跋扈，dominus et domina男主人與女主人、主人與夫人，

Dominus vobiscum=Lord be with you主與你同在

Domingo、Dominic西方男子名字，意指「主、屬於上主」。

B.C.(英文)= Before Christ基督之前、西元前，C.E. = Christian Era基督教紀元、西元，C.E. = Common Era共同紀元、公元(與西元相同，但方便一些不願意提及耶穌基督者使用)，B.C.E. = Before Common Era=公元前(與西元前相同)。

10. biennial＝bi+enn+ial形容詞字尾(屬於…的、具有…的)＝兩年一次的、二年生的(植物)。

biennium兩年期，triennial三年一次的，quinquennium五年期，centennial百年一次的、百周年慶，semicentennial半百年的、五十年一次的、五十週年慶，perennial常年生、多年生(植物)，decennial十年一次的、十週年慶；bipolar兩極的、躁鬱的，bisexual雙性戀的，bicameral兩院制的(國會)，bilingual雙語的；radical激進的，loyal忠心的，confidential機密的

11. menstruate＝menstru+ate動詞字尾(做、造成、使之成為)＝月事來潮、月經進行。

menstruation=mensis=menses月經，menstrual=menstruous月經的，menstrual period=menstrual cycle經期，menstrual pad月經墊=sanitary napkin衛生棉，scanty menstruation月經過少，profuse menstruation月經過多，coupon mensuel月票(法文)；devaluate貶值、降值，appreciate鑑賞、升值，proliferate繁衍

12. menopause＝meno+pause(停止)＝停經、絕經、更年期。

menophania月經初現、初次來經，menoschesis=menostasis經閉、經血滯留，menorrhagia月經流溢、經血過多，menostaxia月經延長、月經滴滴滲流；pauseless不停的、不間斷的，diapause滯育期、成長間歇期(生物)，perimenopause=around menopause更年期前前後後時期，andropause=male

menopause男性更年期，apneic pause呼吸暫停，pausal休止的

13. semester＝se(sex的準音變形)+mester＝六個月、半年期、學期。

延伸記憶 bimester兩個月期、雙月期，trimester三個月、季期，first semester上學期，second semester下學期，first trimester懷孕的第一個三個月期，third trimester懷孕的第三個三個月期(懷孕七到九個月)；sexennial六年的、六年一次的，sexagon六角形，sexcentenary六百週年紀念

14. hebdomadal＝hebdomad+al名詞字尾(具⋯特性之物、過程、狀態)、形容詞字尾(屬於⋯的、具有⋯的)＝週刊、週報、週會、每週的。

延伸記憶 hebdomadary七天的、週的，hebdomadism對七的這數字的信仰、認為七具有神聖性的信仰，hebdomad七人組、七天期、星期、週，coupon hebdomadaire週票(法文)，hebdomadairement週刊(法文)；hodiernal今天的、現今的，artificial人造的，carnal肉慾的、淫蕩的

15. journal＝journ+al名詞字尾＝日誌、日記、日報、議事錄、固定時間紀錄發表的資料、期刊、雜誌、學報。

延伸記憶 journalist記日誌的人、記者、新聞工作者、新聞從業人員，journalistic新聞業的、新聞工作的，journalism新聞業，journalese新聞文體，journalize=journalise從事新聞工作、記入日誌、記入日記帳，journey日的行程、路程；bonjour(法文)=good day日安、白天好；denial否定、拒絕，approval同意、批准、認可，removal移動、除去

報馬仔 the Wall Street Journal華爾街日報，美國著名財經金融專業報紙。

時間與歲月之二

拆字猜義

⑯	diurnal _____	晝行性的
⑰	circadian _____	大約一天的
⑱	hexahemeron _____	上帝創天地的六天
⑲	equinox _____	春分或秋分
⑳	noctambulist _____	夢遊者
㉑	nyctalgia _____	夜痛症
㉒	matinal _____	早晨的
㉓	A.M. _____	上午
㉔	vespertine _____	晚上的
㉕	horology _____	計時方法
㉖	Christmas _____	聖誕節
㉗	vernal _____	春天的
㉘	aestivate _____	夏眠
㉙	hibernate _____	冬眠
㉚	festival _____	節慶

時間與歲月之二

16. diurnal＝diurn+al形容詞字尾(屬於…的、具有…的)＝發生於白天的、晝行性的(動物)、白天開花晚上就閉合的(花)、只活一天的、一日之間的。

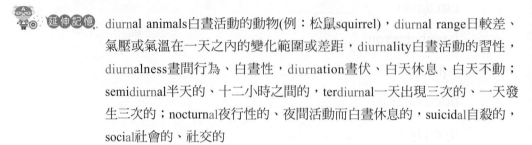

延伸記憶 diurnal animals白晝活動的動物(例：松鼠squirrel)，diurnal range日較差、氣壓或氣溫在一天之內的變化範圍或差距，diurnality白晝活動的習性，diurnalness晝間行為、白晝性，diurnation晝伏、白天休息、白天不動；semidiurnal半天的、十二小時之間的，terdiurnal一天出現三次的、一天發生三次的；nocturnal夜行性的、夜間活動而白晝休息的，suicidal自殺的，social社會的、社交的

17. circadian＝circa字首(大約、接近)+di+an形容詞字尾(屬於…的)＝大約一天的、大約一晝夜的、晝夜節律的。

延伸記憶 circadian rhythm約二十四小時就循環一次的生理或代謝過程、晝夜節律、代謝節律，ultradian比二十四小時節律更多發生的、在一天中發生頻率更多的(即節律短於二十四小時)，infradian比二十四小時節律更少發生的、在一天中發生頻率更少的(即節律長於二十四小時)，diary日記；circannian約一年為週期的、以一年為節律的，circalunadian約一個月亮日(太陰日)為周期的，circamensual約是一個月為節律的、約是月經節律的，born circa 1950＝約在1950年出生

報馬仔 Dies Domini＝Lord's Day上主的日、天主的日、創世之日、耶穌再臨之日；Dies Irae＝Day of Irritation＝Day of Wrath震怒之日、末日、審判日，安魂彌撒曲式當中的一段。

報馬仔 circa 簡寫為 c. 或 ca.，dead c. 1215＝約在1215年過世。

18. hexahemeron＝hexa(六)+hemer+on名詞字尾(人、物、事、時期)＝上帝創造天地的六天期間。

延伸記憶 hexameron＝hexahemeron上帝創造天地的六天期間，ahemeral沒有一天

的、活不到一天的、沒有明天的，ephemeral (epi+hemeral)繫於一日的、短命的、只活一天的，ephemeron (複數為ephemera)短生命的動植物、蜉蝣，hemeralopia白天沒有視力、晝盲症；hexangular六角的，hexapod六足動物、昆蟲，hexose己糖、六糖(生化)，hexode六極管；pantheon萬神殿，carrion死肉、腐肉，amnion羊膜，bullion金塊、銀塊、金條、銀條

報馬仔. Hemera希臘神話中的白天之神、司晝之神。

報馬仔. cathemeral一天二十四小時平均分配的，指捕獵、進食、社交、睡眠行為在日夜當中有分配的，獅子Lion、褐狐猴Common Brown Lemur俱屬此類動物，而非屬dinurnal晝行性、nocturnal夜行性或crepuscular晨昏行性；crepuscular意指在清晨或黃昏活動出沒，包括matinal=matitunal晨早行性與vespertine昏晚行性。

19. equinox = equi(平均、平等、平分)+nox = 等夜、均分點、春分或秋分。

延伸記憶 spring equinox=vernal equinox=March equinox春分，autumn equinox=autumnal equinox=fall equinox=September equinox秋分，Stilnox=still+nox=平靜的夜晚(著名安眠藥使帝諾斯)；equinoctial等夜的、晝夜平分的、春秋分的，equinoctial points春分秋分點，equilibrator平衡機、平衡器，equi-multiple等倍數的，equator均分者、等分器、等分線、赤道

報馬仔. Nyx=Nox希臘神話中的夜間之神、司夜之神。

20. noctambulist = noct+ambul(行走、走動、遊逛、到處移動)+ist名詞字尾(某種行為者、某種主義者和某種信仰者) = 夜間夢遊走動者。

延伸記憶 noctambulate夜夢遊，nocturn深夜禱告、宵禱，nocturne夜曲、夢幻曲，nocturnal夜行性的，nocturnal emission夜遺、睡夢中遺精，nocturnal animals夜行性動物(例：貓頭鷹owl)，noctiflorous夜間開花的，noctilucent夜光的、夜間發光的；somnambulist夢遊者、睡覺走動者，ambulance救護

時間與歲月之二

車，ambulant走動的、流動的；anarchist無政府主義者，secessionist分離主義者，gradualist漸進主義者，fundamentalist基本教義派

 報馬仔. 植物學名用到noct者，例：夜花蠅子草Silene noctiflora，夜香木Cestrum nocturnum。

21. nyctalgia＝nyct+alg(疼痛)+ia名詞字尾(情況、狀態、病症)＝夜痛症。

 延伸記憶. nycturia夜尿症，Nyctanthes夜花屬，nyctanthous夜間開花的(例：曇花Epiphyllum oxypetalum)，nyctophobia黑夜恐懼症，nyctalopia夜間沒有視力、夜盲症；myalgia肌肉痛，neuralgia神經痛，otalgia耳痛；anemia貧血症，acholia無膽汁症，polyuria多尿症，aphrasia失語症，atrophia萎縮症

 報馬仔. nostalgia思鄉之痛、懷舊之痛、鄉愁；nosta＝nosto＝homecoming歸鄉、返鄉、憶舊、懷舊。

22. matinal＝matin+al形容詞字尾(屬於…的、具有…的)＝早晨的；晨禱的；早起的。

 延伸記憶. matins晨禱、鳥的晨鳴晨歌，matinee日場、白天場、早場的戲劇或電影，matin et soir=morning and evening早晚使用、早晚服用；matutinal清晨活動的、早晨的、晨禱的、早起的，exceptional例外的，residual殘留的，criminal犯罪的、刑事的、罪犯

23. A.M.(拉丁文), a.m.(拉丁文)＝ante字首(之前)+meri(中間)+diem(白天)＝中午之間、上午、午前。

 延伸記憶. antemundane創世之前的，antecedent先行者、先行詞，antecedents經歷、履歷，vide ante見前面、參見前文、參見上文(論文寫作術語)；P.M.=post meridiem=中午之後、下午、午後，meridian中午的、頂盛的、最高點的、子午線的，meridional沿子午線的、沿南北方向的、南方的、南方人；per diem每天的、每天地、每日津貼，carpe diem=seize the day把握日子、及時努力、及時行樂，diem ex die=from day to day日復一日，diem

時間與歲月之二

perdidi白費了一天

24. vespertine＝vespert+ine形容詞字尾(具有…的、如同…的)＝晚上的、黃昏的、晚上出現的、晚上活動的。

 vesper昏星、晚星，vespers晚課、晚禱，vesperal晚上的、黃昏的、晚上出現的、晚上活動的，vespertilion昏晚活動動物、蝙蝠，vespertine animals昏晚活動動物；marine海的、海運的、海產的、海軍陸戰隊的，feminine女性的、婦女的、陰性的，masculine男性的、陽剛的，hircine山羊的，lupine狼的，vulpine狐的

  vespertine animals昏晚活動動物，現在常常與nocturnal animals暗夜活動動物混用，貓頭鷹既被指為vespertine，也被指為nocturnal。

25. horology＝horo+logy名詞字尾(學科、學問、研究)＝計時研究、計時方法、鐘錶研究、鐘錶製造技術。

 horologe計時器物、鐘錶，horologist計時專家、鐘錶匠、鐘錶商，horoscope觀看某時辰星星位置、星座運勢；criminology犯罪研究、犯罪學，pathology病理學，potamology河流學

 sandglass沙漏、盛沙玻璃瓶，hourglass記時刻的玻璃瓶、沙漏，sundial日晷，wristwatch腕錶，stopwatch馬錶，都屬於horologe計時器物的一種。

26. Christmas＝Christ(基督)+mas＝基督耶穌節、聖誕節。

Christian基督徒，Christianity基督教，Christocentric以基督為中心的，Christophany基督顯現、基督現身，Christology基督論(神學)，Christmas Eve聖誕夜，Christmas carol聖誕頌歌，Christmas gift＝Christmas present聖誕禮物，Passion of Christ基督受難、基督被釘十字架的痛苦，antichrist與基督敵對者；Candlemas聖燭節(2月2日)，Michaelmas大天使米迦勒節、

時間與歲月之二

天使節(9月29日)，Martinmas聖馬丁節(11月11日)

Christian西洋男子名字，意指「基督徒」；Christina、Christiana、Christine、Christiane、Kristina、Krystina、Kristine、Kristina、Kristiane西洋女子名字，意指「女基督徒」；Christopher西洋男子名字，意指「帶著基督、顯現基督」。

27. vernal＝vern+al形容詞字尾(屬於…的、具有…的)＝春天的、青春的、新鮮的、翠綠的。

vernal equinox春分，vernalize春化處裡、促使開花，vernal crab＝Liocarcinus vernalis春蟹，vernal grass黃花茅(春天生長的藥用植物，拉丁學名為Anthoxanthum odoratum)，vernal bloom春天開花，vernal signs春天星座、春分到夏至之間的星座(牡羊座Aries、金牛座Taurus、雙子座Gemini)，sound of vernal showers潺潺的春雨聲，primavera(義大利文)春天、春季、青春，prima vera＝primavera＝white mahogany南美紫葳、白桃花心木(學名為Cybistax donnell-smithii)；verbal言詞的，venial輕微的、可原諒的，venereal性愛的、性病的

Antonio Vivaldi韋瓦第著名的小提琴協奏曲(violin concerto)「四季」(The Four Seasons, Le quattro stagioni)分為春(La primavera, Spring)、夏(L'estate, Summer)、秋(L'autunno, Autumn)、冬(L'inverno, Winter)。

28. aestivate＝aestiv+ate動詞字尾(做、從事、進行、造成、使之成為)＝過夏天、夏季蟄伏、夏眠。

estivate＝aestivate，aestivator夏眠動物，aestivation夏眠行為、夏眠過程，aestilignosa夏綠林、夏季生的木本植物群落；activate啟動、活化，motivate激勵、策動、使人有行動動力，recidivate再犯、重蹈覆轍、依然故我

29. hibernate＝hibern+ate＝過冬天、冬季蟄伏、冬眠、休眠(電腦)。

 hibernal冬季的、冬天的，hibernal solstice=winter solstice冬至，hibernator 冬眠動物(例：土撥鼠marmota，熊bear常被認為有冬眠行為，但科學家認 為，事實上只是冬休，不算是冬眠)，hibernation冬眠行為、休眠時間， artificial hibernation人工冬眠、使生命現象暫停但非死亡(醫學)；cremate 火化、焚化，humiliate羞辱，associate結交

 hibernar冬眠(西班牙文)，hiberner冬眠(法文)，ibernare冬眠(義大利文)， 與英文hibernate皆屬同源字(cognates)。

30. festival＝festiv+al名詞字尾(具…特性之物或時間、過程、狀態)＝節慶、喜慶日。

 festivalgoer參加歡慶活動的人，festivity慶典、歡慶、歡樂，festive= festivous歡慶的、慶典的，festoon張燈結綵、歡慶的彩飾，Festival of Dionysus酒神節，film festival電影節慶活動、影展；interval時間間隙、間 隔、區間、音程(音樂)，carnival嘉年華會，manual手冊

 著名文藝節慶：Asia Pacific Film Festival亞太影展、亞太電影節，In-ternationale Filmfestspiele Berlin柏林電影節、柏林影展，le Festival de Cannes坎城影展、坎城電影節、康城電影節，Festival Puccini普契尼音樂 節，Lucerne Festival琉森音樂節。

時間與歲月之二

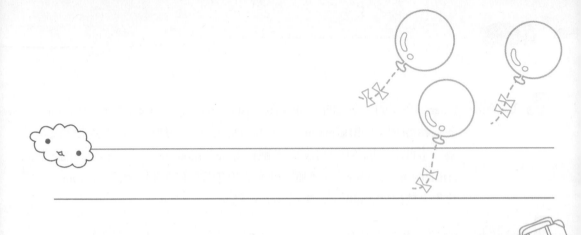

07

飲食

字源線索

飲食

★ 英文	★ 中文	★ 字綴與組合形式
coffee ; coffeeshop	咖啡、咖啡廳	cafe ; café ; caffè ; cà phê
coffee ; coffeeshop	咖啡、咖啡廳	kabi ; kaffe ; kaffee ; kapi ; kohi ; kopi
tea ; tea leave ; tea plant	茶、茶葉、茶樹	camel ; cha ; chai ; chya
tea ; tea leave ; tea plant	茶、茶葉、茶樹	te ; tee ; teh ; the ; thea
alcohol ; wine	酒精、酒	alcohol ; methy ; methyl
wine	酒	eno ; oen ; oeno ; oin ; oino
wine	酒	vin ; vine ; vini ; vino ; vint
drink of gods	仙液、瓊漿、甘露、水果原汁、不死藥	nectar
take ; use ; spend	吃喝、取用、耗用	em ; emp ; empt ; sum ; sume ; sump
drink	飲、喝	bever ; bibi ; ebri ; pos ; pot ; poto
drain ; drink up ; use up ; swallow	喝光、耗光、吞	haust
thirst ; thirsty ; want to drink	渴、想喝	dips ; dipso
sober ; no drink	不喝酒	nephal

★ 英文	★ 中文	★ 字綴與組合形式
eat	吃、食、嗜	ed ; escu ; phag
eat	吃、食、嗜	sit ; siti ; sitio ; sito ; vor ; vour
appetite	食慾、欲望	orect ; orex ; orexi
hunger ; hungry	飢餓、想吃	esur ; esuri ; fam ; lim ; limo
glutton ; gluttony	愛吃、貪吃	gormand ; gourmand
glup ; swallow	大口吃喝、狼吞虎嚥、入喉	glouton ; glut ; glutto ; glutton
gorge ; chew	咀嚼	manibul ; manibuli ; manibulo ; manduc
chew ; gnash	咀嚼、磨牙	masti ; mastic ; mastico
chew repeatedly; meditate	反覆咀嚼、反芻、深思	rumin ; rumina
digest	消化	pepsi ; pept ; pepto
suck in ; take in	吸收	sorb ; sorpt
carry ; bear ; produce	運送食物、載運、帶著、產生	ger ; ges ; gest
food ; feed	食物、餵養	bro ; brom ; broma ; bromat
food ; feed	食物；餵養	foster ; pabulum ; sito ; victual

★ 英文	★ 中文	★ 字綴與組合形式
food ; meal	食物、餐	cib ; cibo
meal ; dinner ; dining	餐、晚餐、進食、用膳	deipn ; deipno
cook ; boil	烹調、燒煮	coc ; coct ; cocto ; cocu ; coqu
kitchen ; cooking	廚房、炊事、烹調、料理	cuisine ; culin
stomach ; cooking	胃、炊事、烹調	gaster ; gastr ; gastri ; gastro

拆字猜義

① caffè latte _____　　拿鐵咖啡

② decaffeinated _____　　去咖啡因的

③ café au lait _____　　法式牛奶咖啡

④ Theaceae _____　　山茶科植物

⑤ Teh tarik _____　　拉茶

⑥ pearl tea _____　　珍珠紅茶

⑦ oenology _____　　釀酒學

⑧ viniferous _____　　產酒的

⑨ alcoholic _____　　酒鬼

⑩ bibulous _____　　喝酒的

⑪ symposium _____　　供餐點的學術研討會

⑫ adipsia _____　　不渴症

⑬ consumption _____　　取用

⑭ mycophage _____　　食用蘑菇者

⑮ parasite _____　　寄生蟲

1. **caffè latte**＝caffè+latte(奶、牛奶，義大利文)＝**義式牛奶咖啡**(milk coffee)**、拿鐵咖啡**(簡稱拿鐵latte)。

     caffè espresso=expressed coffee(簡稱espresso)壓出來的咖啡、濃縮咖啡，caffè Americano=American coffee美式咖啡，caffè macchiato =marked coffee斑花咖啡、斑點咖啡、斑飾咖啡、印記咖啡、有熱奶塗成花朵印飾的濃縮咖啡、瑪奇朵，coffee grinder磨豆機，coffee percolator濾泡式咖啡機，coffee mug有柄咖啡杯；latte macchiato=stained milk coffee拿鐵瑪奇朵、雪花咖啡、三層咖啡，latte art拿鐵藝術、咖啡花樣藝術，latte liberal拿鐵自由派人士、只會嘴巴說關心中下階層但卻享受舒適生活的人

     臺灣音譯名詞：latte拿鐵、那堤，macchiato瑪奇朵，mug馬克杯。

   義大利文latte奶、牛奶，源自拉丁文lac=lact。

2. **decaffeinated**＝de字首(除去、去掉)+caffe+in名詞字尾(化學物、鹼、胺、音譯「因」)+ate動詞字尾(從事、進行、使之成為)+ed形容詞字尾(加在動詞後面，被…處理的)＝**去咖啡因的、不帶咖啡因的。**

   caffein=caffeine咖啡因、咖啡鹼，caffeinated含咖啡因的、添加咖啡因的，caffeinelike像咖啡因一樣的，caffeine-free沒有咖啡因的，caffein addiction咖啡因成癮、酗咖啡；cocain=cocaine可卡因、古柯鹼，heroin海洛因，toxin毒素，mycin黴素，globulin球蛋白；debug除蟲，defog除霧，delete刪除，derail出軌、脫軌；fabricate編造、羅織，deactivate撤銷、停用，cooperate合作；educated受過教育的，enlightened被點亮的、啟蒙的、脫離蒙昧的，sophisticated詳細思考過的、老謀深算的、世故的、城府深的、精密的、具高度智巧的

3. **café au lait**＝café+au(法文à + le的縮寫＝to the、for the與…搭配一起)+lait(奶)、奶(法文)＝**法式牛奶咖啡**(coffee with milk)。

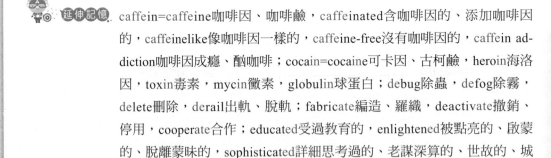

café noir=black coffee黑咖啡(不加奶、糖)，café filtre= filtered coffee濾紙滴漏式咖啡，café con leche西班牙式牛奶咖啡(con一起，leche西班牙文牛奶)，internet café =cyber café網咖、網路咖啡簡餐館，cafeteria咖啡館、附咖啡的餐廳(西班牙)、自助餐廳(美國)，civet coffee=civet dung coffee=weasel coffee麝香貓咖啡、椰子狸貓咖啡、貂咖啡，cà phê chon麝香貓咖啡(越南)，kopi luwak麝香貓咖啡(印尼)；laitage乳製品，laitier賣牛奶者、送牛奶者，confiture de lait牛奶醬，laitance混凝土表面的乳白部分

法文lait、西班牙文leche，都源自拉丁文lac=lact奶、牛奶。

Café Terrace at Night(亦稱為The Café Terrace on the Place du Forum)，《夜晚露天咖啡座》，是畫家Vincent van Gogh梵谷的作品。

4.　Theaceae＝the+aceae名詞字尾(植物分類的科)＝山茶科植物。

Theales山茶目植物，Theaceous山茶科的，theanine=theine茶鹼，Thea(又稱Camellia)山茶屬，Camellia sinensis茶樹(學名：山茶屬中國種)，Camellia japonica茶花、山茶花(學名：山茶屬日本種)，Camellia sinensis f. formosana臺灣山茶(學名：山茶屬中國種福爾摩莎變種)；Iridaceae鳶尾科，Ericaceae杜鵑花科，Caprifoliaceae忍冬科

Camellia是依發現者Georg Josef Kamel的姓氏命名，生物學名採用拉丁文，而Kamel的拉丁文拼法是Camellus，將此字字尾改為代表植物分類「屬」的ia，就得出植物學中Camellia這個新造的字。

《茶花女》(La Dame aux Camélias=the Lady of the Camellias= Camille)，是法國作家小仲馬(Alexandre Dumas, fils)寫的小說，後來改編為戲劇演出；威爾第(Giuseppe Verdi)歌劇La Traviata(墮落的女人、迷失的女人)所本就是該小說與劇本，故歌劇的中文名稱沿用茶花女。

5.　Teh tarik＝Teh+tarik(馬來語「拉」)＝風行於新加坡與馬來西亞的「拉茶」(pulled

tea)。

Teh Talua(印尼)蛋黃甜茶，Teh See(新加坡、馬來西亞)淡奶茶，sachet de thé(法國)=bag of tea=tea bag茶包，théièr(法國)茶樹，théière(法國)茶壺，Teebrett(德奧)茶盤，Jagertee(德奧)蘭姆酒茶、獵人茶(hunter tea)，tang-hng bí-jîn tê(臺灣)東方美人茶(Oriental Beauty Tea)，Lei cha(客家)擂茶(pounded tea)，Matcha(日本)抹茶、細碾茶(finely-milled tea)，Sencha(日本)煎茶(decocted tea)，Chado(日本)茶道，Po Cha(西藏)酥油茶、攪奶茶(churned tea、butter tea)，Masala chai(印度)香料奶茶(spiced tea)，Noon Chai(喀什米爾)鹽茶(salt tea)

tê茶(義大利)，té茶(西班牙)，tê茶(閩南、臺灣)，thé茶(法國)，tee茶(德奧)，thee茶(荷蘭)，the茶(馬來西亞、印尼)，chá茶(葡萄牙)，chai茶(印度)。

6. pearl tea = pearl(珍珠圓、波霸圓、大樹薯圓)+tea = 珍珠紅茶、波霸紅茶。

pearl tea=boba tea(boba=「波霸」的諧音)珍珠紅茶、波霸紅茶，boba tea=bubble tea(bubble的發音與bob接近而混用)泡沫茶，pearl green milk tea=bubble green milk tea with pearls珍奶綠茶，pearled鑲有珍珠的、似珍珠圓粒狀的，Pearl Harbor珍珠港(美國太平洋艦隊司令部所在地)；green tea綠茶，black tea紅茶，dark tea黑茶，red tea(南非)紅色茶(Rooibos tea，另音譯「博士茶」)，herb tea青草茶、涼茶，scented tea花香味茶、花茶，osmanthus tea桂花茶，chrysanthemum tea菊花茶，jasmine tea茉莉花茶，morning tea早茶，afternoon tea=tea meal下午茶、茶餐，tea party茶會，tea garden茶園，tea ceremony茶道

不同文化與民族對顏色的概念不盡相同；中文「紅茶」的英文不是red tea，而是black tea；black tea=té negro(西班牙文)=thé noir(法文)=tee schwarzer(德文)，但中文翻譯是紅茶，不是黑茶。

7. oenology = oeno+logy名詞字尾(研究、學問) = **釀酒學、釀酒專業知識。**

 oenophile、oenophilist嗜酒者、品酒行家，oenophilia嗜酒、愛酒，oeno-phobia怕酒，oenomania酗酒狂，oenomel蜂蜜酒；oncology腫瘤學，phar-macology藥物學、藥理學，oceanology海洋學、海洋研究，volcanology火山學、火山研究

8. viniferous = vini+fer(帶有、產生)+ous形容詞字尾(有…性質的、屬於…的) = **產酒的、適宜釀酒的。**

 vinify釀酒，vinology釀酒學、酒類研究，vinal=vinous酒製的、有酒味的，vinage陳年老九、佳釀酒，vinegar(酸掉的酒)醋，vinaceous葡萄酒似的、葡萄酒色的、酒紅色的，vin cuit開胃酒；aquifer含水層，crucifer帶十字的東西、十字花科植物，thurifer捧香爐的人，lactiferous產奶的、生奶的，somniferous產生睡眠的、催眠的，vociferous產生人的喊叫聲的、吵雜的、喧囂的；malicious惡意的，noxious有害的，delicious好吃的

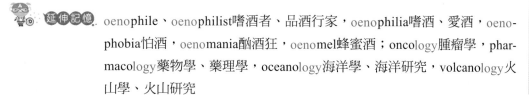 西洋男子名字 Vincent 源自拉丁文 vincere 戰勝、克服，與酒或葡萄或藤蔓植物無關，但日久混用，而致西班牙殉教者 Saint Vincent 被尊奉為葡萄酒業的守護者。

9. alcoholic = alcohol+ic名詞字尾(…人、…學、…術、…時代)、形容詞字尾(…的) = **酒鬼、酗酒者、酒精中毒者、含酒精的、酒精引發的。**

 alcohol addiction=alcoholism酒精中毒，alcohol advertising酒類產品廣告，alcoholic beverage含酒精的飲料，nonalcoholic beverage不含酒精的飲料，alcoholometer酒精測定計、酒精濃度測量器，alcoholomania嗜酒狂，alco-holic abuse濫飲酒、酗酒，industrial alcohol工業用酒精；psychedelic迷幻藥、幻覺的、產生迷幻的，omphalic肚臍的，medallic徽章的、勳章的

10. bibulous = bib+ulous形容詞字尾(具…傾向的、易於…的、多…的) = **喝酒的、愛喝的、**

善於吸水的。

 bibulosity嗜酒特質、善吸水性，bibber酒徒，whiskey-bibber喝威士忌酒的人，winebibber酒鬼，beverage飲品、飲料；imbibe吸入、喝進、吸收，imbiber飲酒者、吸收者，imbibition吸收、吸液，imbibometry自吸測定法、酒駕者自吸測定法；pendulous下垂的、擺盪的、不定的，incredulous不信的、有懷疑的，scrupulous廉潔的、有良心的

11. symposium＝sym字首(一起、共同)+pos+ium名詞字尾(一段時間、場地、處所、體)＝一起吃吃喝喝、饗宴、供茶點餐食的研討會(古希臘探討學問的聚會)。

 symposia饗宴(複數)、symposiarch饗宴主人、研討會主持人，symposiast研討會參加者，potable飲料、可飲用的，potable water適合飲用的水，potage=pottage濃湯，potomania喝酒狂躁症、酒狂，potion飲劑一服、飲用藥一帖；alluvium沖積層、沖積土(地理)，sanatarium療養院，puerperium分娩期，sensorium感官系統；symmetry一起度量、對稱，sympathy共同感覺、同情、贊成，symbiosis共生

12. adipsia＝a字首(無、不、沒有、不會)+dips+ia名詞字尾(病症、狀況)＝不渴症、根本不想喝水。

 dipsomania酒渴狂躁症、嗜酒狂，dipsomaniac嗜酒狂者、酒鬼，dipso-therapy節飲療法、限飲療法，dipsia善渴症、一直想喝水；asocial非社交的、不合群的，atypical非典型的，apathetic無感覺的、冷感的；euphoria狂喜症、異常欣快症，malacia軟化症、軟化的情況，aspermia無精子症，astigmia不聚焦、散光

13. consumption＝con字首(一起、通通、全部)+sump+tion名詞字尾(行為、行為結果、行為過程)＝食用、飲用、取用、耗用。

 consumption of beef牛肉食用量，consumption of cigarettes抽菸量，con-

 108

飲食

sumption of alcohol飲酒量，consumption of paper用紙量，average consumption of beer啤酒平均飲用量，consume消費、吃、喝，consumer消費者、耗用者、吃者、喝者，assume採用、取得、承擔，presume先取用、擅自、設想、假定，resume恢復、再次取得，subsume拿來放到下面、歸入、涵括；disruption中斷，elevation提升，innovation創新

14. mycophage＝myco(真菌、黴菌、蘑菇)+phag+e名詞字尾(者、人、物)＝食用蘑菇者、噬真菌的菌體。

 延伸記憶

mycophagous食蘑菇的，噬真菌的，mycophile愛好蘑菇者，mycophobe懼怕蘑菇者，mycology真菌學、蕈類研究、黴菌學，mycosis黴菌病，mycotoxin黴菌毒素，mycorrhiza菌根，mycelium菌絲；phytophagous食用植物的，foliophagist食用葉子者，hippophagy吃馬肉的習性(例：日本人有此習性)，anthophagy食花習性，ichthyophagy食魚習性，anthropophagy食人習性，hematophagy=haematophagy食血習性(例：蚊子mosquito)，necrophagy食腐肉習性、食死屍習性(例：禿鷹、禿鷲vulture)，polyphagia多食症、吃過多，oesophagus=esophagus食道、入內食用的通道；phytophage=phytophagist食用植物者、吃素者，cynophage吃狗肉者，lipophage噬脂細胞、食脂肪者

15. parasite＝para字首(與…並行、在側、在旁、副、擬似)+sit+e名詞字尾(者、人、物)＝在旁邊吃的人或物、寄生蟲。

 延伸記憶

parasitologist寄生蟲研究專家，parasitology寄生蟲研究，parathyroid副甲狀腺，paramedic醫事輔助人員，paralegal法務助理人員，paramour旁邊的愛人、情夫、情婦，paramilitary自衛隊、民兵團、輔助軍方的民間武裝單位；sitology飲食學、營養學，sitotoxin食物毒素，sitotherapy膳食療法，sitophobia懼食症；germicide滅菌劑，adrenochrome=adren(aline)+chrom+e=腎上腺色素，agoraphobe空曠空間恐懼者

拆字猜義

⑯	carnivore	_____	吃葷者
⑰	edibility	_____	可食性
⑧	bulimia	_____	暴食
⑲	famish	_____	使…挨餓
⑳	anorexia	_____	厭食症
㉑	gourmandism	_____	美食主義
㉒	overgorge	_____	吃過多
㉓	gluttonous	_____	貪吃的
㉔	deipnosophism	_____	用餐時應對得體的表現
㉕	dyspepsia	_____	消化不良
㉖	indigestible	_____	不能消化的
㉗	absorb	_____	吸收
㉘	fosterage	_____	領養
㉙	culinary	_____	烹調的
㉚	gastronome	_____	美食者

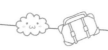

16. carnivore ＝carni(肉)+vor+e名詞字尾(者、人、物)＝食肉者、吃葷者。

 延伸記憶. carnivorous吃葷的、食肉的，carnival齋戒前放縱吃肉盡情享受肉慾生活的期間、嘉年華會、狂歡節，carnal肉慾的，carnal knowledge肉體的熟知(意指：性行為、性交)，incarnation具體化、化身，reincarnation再次進入肉身、回來進到肉身、轉世輪迴；herbivorous食草的、吃素的，omnivorous雜食的、無所不吃的，piscivorous吃魚的，granivorous食穀物的，frugivorous吃水果的，voracious大口吃的、吃光光的、貪婪的；haemophile＝hemophile血友病患者，isonome等頻率線，microsome微粒體，frugivore吃水果者

17. edibility ＝edi+ibility名詞字尾(…能力、…可行性)＝可食性。

 延伸記憶. edible可吃的、適合吃的，edible paper可食用的紙，edible salt食用鹽，edible oil食用油，edible frogs食用蛙，inedible不適合食用的，edacious吃光的、狼吞虎嚥的；feasibility可行性，fallibility犯錯性，expansibility擴張性，extendibility延展性

18. bulimia ＝bu字首(牛、公牛)+lim+ia名詞字尾(病症、狀況)＝像牛那般餓而一直要吃、極度飢餓症、暴食、食慾過盛、飲食失調。

 延伸記憶. bulimia nervosa神經性暴食症、暴食精神疾病，bulimiac食欲過盛患者、貪吃者，bulimic貪吃的，limophthisis飢餓性虛損、飢餓性耗弱，，limosis易飢症，，limotherapy飢餓療法；bull公牛，buff牛皮革，buffalo野牛、水牛；paramnesia記憶錯亂症，paranoia偏執、妄想，hemiplegia下半身癱瘓、半身不遂

19. famish ＝fam+ish字尾動詞(致使、造成)＝使…挨餓。

 延伸記憶. famine飢荒、飢餓，famine relief賑饑，famine scale飢荒程度、飢荒規模，famine food充飢食物、飢不擇食時任何可吃的東西，famished挨餓的；ad-

monish警告、告誡，garnish裝飾、加上配菜，perish滅亡，cherish珍視、珍惜

20. anorexia＝an字首(不、沒有、不會)+orex+ia名詞字尾(病症、狀況)＝厭食症、沒有食慾。

anorexia nervosa神經性厭食症、厭食精神疾病，anorexic=anorectic厭食的，hyperorexia食欲過盛症、善吃症，cynorexia狗樣食慾症、貪食，bulimarexia貪食與厭食交替出現症；anopia無視力、失明、盲症，anacusia無聽覺症、聾、失聰，anosmia無嗅覺症；euthanasia美好死亡狀態、安樂死，logomania言語狂躁症，bradycardia心搏太慢症

21. gourmandism＝gourmand+ism名詞字尾(思想、行為、現象、主張)＝美食主義、講究吃喝、放縱食慾的作風。

gormandism=gourmandism美食作風、美食傾向，gourmand愛吃喝的、愛吃喝的人、饕客，gourmandize猛吃猛喝，gourmand syndrome因大腦前頭葉(額葉)損傷而對高級美食無法自制的症狀、美食家症候群，gourmet美食家、縱食者、饕客，gourmetism美食作風、美食傾向；sadism性虐待狂的行為、虐待狂的作為，masochism性被虐待狂的行為、被虐待狂的心態，baptism洗禮、受洗

22. overgorge＝over字首(過多、過分、超過)+gorge＝過分塞入喉、吃過多。

disgorge離開喉、嘔吐，engorge使⋯飽食、塞滿，engorgement飽食、充血、腫脹，gorge咽喉、峽谷、出入口、嚥下之物，gorge吞吃、暴食、大吃；overbanking金融機構過多的情形，overpass陸橋、高架道路，overbooking超額訂位(餐飲、航空公司)

23. gluttonous＝glutton+ous形容詞字尾(有⋯性質的、屬於⋯的)＝塞入喉的、貪吃的、貪婪的、狼吞虎嚥的。

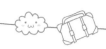

gluttonish=gluttonous貪吃的、貪婪的，gluttonize=gluttonise吃太多、無節制地吃，glutton貪吃者、饕客，gluttony貪食、貪婪，glutted market供應過多的市場；tremendous極大的、很棒的，enormous巨大的、龐大的，glutinous膠黏的，clamorous叫囂的、喧鬧的

義大利詩人Dante Alighieri但丁所著《神曲》(La Divina Commedia, the Divine Comedy)，把gluttony(貪食、貪吃)列為七大罪(Seven Cardinal Sins)當中的第二位；七大罪依序如下：lust(好色、好淫、好性交)，gluttony(好吃、貪食)，greed(好取、好拿、貪得、貪婪、貪心)，sloth(好閒散、好逸惡勞、懶作、懶惰)，wrath(好怒、愛發脾氣、憤怒)，envy(好妒、忌妒、愛計較、見不得他人受益)，pride(好高、自視高、傲慢)。

24. deipnosophism＝deipno+soph(智慧、明智)+ism名詞字尾(行為、現象、主張、特徵、特性)＝用餐時應對言談得體的表現。

deipnosophist深諳用餐時應對言談的人，deipnosophobia對用餐時的應對言談感到恐懼，deipnosophobe對用餐時的應對言談感到恐懼的人，deipnosophilia喜愛在用餐時侃侃而談，deipnosophilist喜愛在用餐時侃侃而談者；philosophy愛智慧、哲學，philosopher愛智慧的人、哲學家，pansophist(Mr. Know-it-all)全智者、泛智者、萬事通先生、懂很多事務的人；perfectionism完美主義，pacifism和平主義、反戰作風，dogmatism教條主義

西方女子名Sophia、Sophie、Sophy、Sofia、Sofi，意指「智慧」。

25. dyspepsia＝dys字首(困難、障礙、有問題)+peps(消化)+ia名詞字尾(病症、狀況)＝消化不良。

eupepsia消化良好，apepsia無消化能力症，bradypepsia消化過慢，tachypepsia消化過快，pepsin消化酶、胃蛋白酶，peptic ulcer消化性潰瘍，peptogenic產生消化的、助消化的；dysfunctional功能障礙的，dysphagia吞嚥

困難，dysmnesia記憶障礙；myopia近視，ophiophobia怕蛇，pithecophilia喜歡猴子、嗜猴癖

 報馬仔

Pepsi Cola百事可樂在品牌取名時，特意找 pepsi 這個字源，意指賣的是「助消化的飲料」。

26. indigestible ＝in字首(不、無、非)+di字首(除去、分開、離開)+gest(運、載、帶著走)+ible形容詞字尾(能夠…的、有…能力的)、名詞字尾(能夠…的東西、有…能力的物品)＝無法帶走的、不能消化的、無法消化的食物、難以摘錄的複雜書籍文件。

 延伸記憶 digest消化、吸收、煮到熟爛使分解，digest消化的產物、文摘、摘要，digestion消化，digestible易消化的，digestive tract消化道；inaccurate不正確，injustice不公義，infinite無限的；digress離題、岔題，divide分開，divest卸下、奪走；credible可相信的，responsible負責任的，convertible可轉化的、可兌換的

報馬仔 著名雜誌 Reader's Digest《讀者文摘》。

27. absorb ＝ab字首(離開、脫出、斷開)+sorb ＝吸收、併入、吸走。

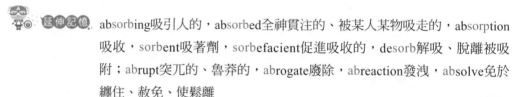 延伸記憶 absorbing吸引人的，absorbed全神貫注的、被某人某物吸走的，absorption吸收，sorbent吸著劑，sorbefacient促進吸收的，desorb解吸、脫離被吸附；abrupt突兀的、魯莽的，abrogate廢除，abreaction發洩，absolve免於纏住、赦免、使鬆離

28. fosterage ＝foster+age名詞字尾(行動或行動結果、狀態、關係、場所) ＝領養的行為、收養的關係或身分。

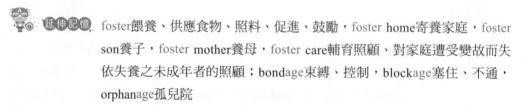 延伸記憶 foster餵養、供應食物、照料、促進、鼓勵，foster home寄養家庭，foster son養子，foster mother養母，foster care輔育照顧、對家庭遭受變故而失依失養之未成年者的照顧；bondage束縛、控制，blockage塞住、不通，orphanage孤兒院

飲食

飲食

29. culinary＝culin+ary形容詞字尾(具…性質的、有…特性的)＝廚房的、烹調的。

 culinary school廚藝學校、餐飲學校，culinary arts academy廚藝專門學院，culinary tourism美食之旅，cuisine料理，Chinese cuisine中國料理，Japanese cuisine日本料理，French cuisine法式料理，haute cuisine上等、高檔料理，cuisine bourgeoisie市民料理、平民料理、中產階級料理，cuisine regionale地方風味特色料理，nouvelle cuisine新式料理、新法烹調料理(重視清淡、新鮮)；legendary傳奇的，inclusionary包容的、涵括的，distortionary扭曲的

30. gastronome＝gastro+nom(法則、定律、管理制度)+e名詞字尾(人、者、物)＝美食者、食物品嚐專家。

 gastronomy美食法、烹調法，gastrology美食研究、胃病研究、胃科，gastrectomy胃切除，gastritis胃炎，gastroptosis胃下垂，gastrorrhagia胃出血，gastroscope胃鏡，gastroscopy胃鏡檢；agronomy=agronomics農業經營管理，economy經濟，taxonomy分類學、分類法則，eunomy管理良善、良好的秩序，graphonomy=graphology書寫的定律、書寫法的研究；metronome定度量衡的規律物、節拍器(音樂)，antidote解毒劑，postlude尾曲，arachnophobe蜘蛛恐懼者

 農政專家：agronome(法文)=agronomist(英文)；管家、總務人員：economome(法文)。

08

衣著服飾打扮之一

字源線索

★ 英文	★ 中文	★ 字綴與組合形式
cloth ; textile	布、織品	fabric
fiber ; fibre	纖維	fiber ; fibr ; fibro
thin transparent cotton	紗、薄紗	gauze
cotton	棉、棉絮、棉線	bomb ; bombo ; gossyp ; lisle
fleece	絨毛	vill ; villi
wool	羊毛	flocc ; floccu ; lan ; lana ; lani ; lano ; lanu
flax	麻、黃麻	byss ; bysso
linen ; cord ; net	亞麻、凸紋織、網狀織	lin ; linen ; linge ; lino
silk	絲	seri ; seric ; serico
thread ; raw silk	線、粗絲	floss
thread ; line	線、絲線、細線	fil ; fila ; filari ; filo ; lin ; line ; lino
glossy smooth fiber	緞	satin
rugged cotton twill textile	粗斜棉織布、丹寧布、牛仔衣褲布	denim
wax cloth	蠟布、膠布、油布	cer ; cera ; cere ; ceri ; cero ; keri ; kero

衣著服飾打扮之一

⭐ 英文	⭐ 中文	⭐ 字綴與組合形式
build ; make ; produce	製造、打造、編造	fabric
make ; do	做出、製造出(風潮、時尚、流行)	fascion ; fashion
weave ; make	編織、紡織、結網、構成、組成、組織	tex ; text
knot ; tie	織牢、編織、編結、打毛線、針織	knit
sew ; suture	縫、縫紉	rhap ; rhaph ; rhapho ; rrhaph
sewing by needlework	針縫、刺繡	seam ; sew ; stitch ; sutu ; sutur
cut ; mend ; patch	剪裁、補綴、裁縫	sartor ; tail ; tall ; talli
adorn	裝飾、裝上、增色、添光采	gar ; garn
get dressed	裝扮、打扮、準備服裝與裝備	dress
clothe ; fit	穿衣、配備	hab ; habil ; habili ; habilit ; habit ; hibit
put on ; wear	穿衣戴帽、塗化妝品、覆蓋、裝上	appar ; clad ; cloth
put on ; wear	穿衣戴帽、塗化妝品、覆蓋、裝上	don ; vest ; wear

衣著服飾打扮之一

★ 英文	★ 中文	★ 字綴與組合形式
measure	規格、標準、模子、尺碼	mod；mode；modi；modu
column；pointed markng	柱、尖標、竿(建立風格與指標)	styl；styli；stylo
beautiful	美	bell；pulchri
follow；get along with	跟著、搭配、成套	secut；sequ；sequi；sue；suit
short	短、短而無法上下身都遮的衣服、襯衫、下裙、短褲	shirt；short；skirt
ready-made clothing	成衣、廉價現成衣	slop

拆字猜義

①	fiberoptic _____	光纖的
②	fabricate _____	編造
③	gauzelike _____	如薄紗般的
④	flossy _____	輕而軟的
⑤	lanigerous _____	有羊毛的
⑥	lingerie _____	亞麻織物
⑦	denimed _____	穿丹寧布衣褲的
⑧	cerement _____	壽衣
⑨	sericulture _____	養蠶
⑩	filature _____	繰絲
⑪	satinette _____	仿緞
⑫	textile _____	紡織業
⑬	stitchery _____	縫紉
⑭	knitwear _____	針織品
⑮	seamstress _____	女裁縫

衣著服飾打扮之一

1. **fiberoptic**＝fiber＋op(光學、眼、視力)＋tic形容詞字尾(屬於…的、有…性質的光學的)＝**光纖的、纖維光學的**。

 延伸記憶　fiber＝fibre纖維，chemical fiber＝chemical fibre化纖，fiber optics＝fibre optics 光纖、纖維光學，fibrillary纖絲的、纖維的，fibroma纖維瘤；opia視力， optic眼睛的、視覺的、光學的，optics光學、光學儀器、眼睛，optical視 力的、光學的，optical art視幻覺藝術，optical effect光學效應，synoptic 一起看的、共觀的、概論的；arthritic關節的，erratic偏離的、閒逛的， Arctic北極、北極的

 報馬仔　visual arts 視覺藝術，optical art＝op art 視幻覺藝術、光效應藝術。

2. **fabricate**＝fabric＋ate動詞字尾(做、從事、進行、造成)＝**巧妙編製、羅織、周詳製造、編造、捏造**。

 延伸記憶　fabric織品、織物、布料，linen fabrics亞麻織品，fabricable可加工製造 的，fabricator羅織者、製造者、編造者、捏造者；rubricate標上紅色、塗 成紅色，dedicate投入，deliberate仔細考量

3. **gauzelike**＝gauze＋like形容詞字尾(如…的、有…性質的)＝**如薄紗般的**。

 延伸記憶　gauze bandage醫療包紮用紗布，gauze mask紗布口罩，gauzy薄紗的， gauzy wings輕薄近乎透明的翅膀；snakelike如蛇的、狡詐的，dovelike 似鴿的、溫馴的，lionlike如獅的、兇猛的，queenlike女王一般的、尊貴 的，childlike孩子般的、童稚的

 報馬仔　薄紗以產於埃及的 Gaza 迦薩而得名，gauze 是 Gaza 在西方語文中流傳 並轉音訛誤而成。

4. **flossy**＝floss＋y形容詞字尾(多…的、有…的、如…的)＝**棉絮般的、輕而軟的**。

 延伸記憶　floss絮狀纖維、繡花線、粗絲、牙線，floss使用牙線剔牙，dental floss牙

衣著服飾打扮之二

線，candy floss =cotton candy棉花糖；gossypose棉子糖(生化)，Gossypium棉屬(植物)，gossypium asepticum=gossypium depuratum=gossypium purifacatum消毒棉、脫脂棉、精製棉；juicy多汁的，messy混亂的，tasty好吃的，catchy引起注意的

cotton thread棉線；lisle thread萊爾棉線、強韌長纖維棉線、絲光雙股棉線，得名自原產地法國Lisle萊爾，即今日法國北部的Lille里耳。

5. **lanigerous** = lani+gerous形容詞字尾(產生…的、帶有…的、含有…的、似…的)**＝有羊毛的、羊毛似的。**

 laniferous有羊毛的、含羊毛的，lanate絨毛狀的，lanolin羊毛脂，lanugo細毛、胎毛、細羊毛，lanuginous覆著細毛的；ovigerous產卵的、帶卵的，ramigerous發枝的、產生枝的、帶有枝狀的，setigerous有剛毛的，dentigerous有牙齒的

6. **lingerie** = linge+erie名詞字尾(具…特質之物、…專賣店、…專業技術廠)**＝亞麻布織物、女性帶蕾絲的性感亞麻製內衣褲。**

 linge麻織品通稱、衣服、布帕，lave-linge洗衣機(法文)，panier à linge洗衣籃(法文)，épingle à linge晒衣夾(法文)，corde à linge晒衣繩(法文)，sèche-linge乾衣機、烘乾機(法文)，Linaceae亞麻科植物，linum亞麻屬植物，linen內衣褲、亞麻織品，linens桌布、床單物品；menagerie動物園、野獸聚集處，patisserie法式糕點店，papeterie文具盒，huilerie=oil refinery煉油廠，draperie=drapery布業、布商，parfumerie=perfumery香水專賣店，rotisserie烤肉店、旋轉式烤肉機

 以 erie 為字尾的字彙源自法文，有些已經正式納入英文。

7. **denimed** = denim+ed形容詞字尾(有…的、如…的、帶著…的)**＝身著丹寧布衣褲的。**

 denims勞動服、工作裝，denim skirt=jean skirt丹寧布裙、牛仔裙，denim

color丹寧布色、靛色、藍色，London Denim英國丹寧布服飾品牌，Blue Blood Denim荷蘭丹寧布服飾品牌；doomed注定滅亡的、一定失敗的，confused感到困惑的，accused被告的、被告者

denim源自 Serge de Nîmes 這個詞的 de+Nîm，意指尼姆的粗縫布；Nîmes是法國南部地名，乃粗斜棉織布原產地。

denim defense丹寧辯護(法律用語)，訴訟辯護方式之一：以女生若穿丹寧布褲、牛仔褲，必然緊繃貼身而難以脫下，想必性行為是兩相情願的行為，所以絕無可能違反性自主而進行強暴；但女權人士指責此乃詭辯，且涉及性別歧視。

8. **cerement**＝cere+ment名詞字尾(行為的過程或結果、事物)＝蠟布衣、壽衣。

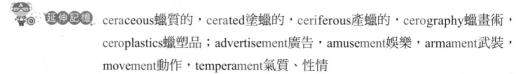

延伸記憶. ceraceous蠟質的，cerated塗蠟的，ceriferous產蠟的，cerography蠟畫術，ceroplastics蠟塑品；advertisement廣告，amusement娛樂，armament武裝，movement動作，temperament氣質、性情

9. **sericulture**＝seric+cult(耕種、開墾、培育)+ure名詞字尾(行為、行為狀態、情況結果)＝絲的養殖、養蠶。

延伸記憶. sericulturist養蠶業者，Seric用絲的民族的、中國的，sericeous絲製的、如絲的，serial像絲連結的、連續的、連續劇，series劇集、套書、系列產品、連續一起的東西；aquaculture水產養殖，pomiculture種水果、果樹栽培，orchidculture種蘭花，equiculture養馬；departure離開，creature生物、活物、受造之物，signature簽名、簽字

10. **filature**＝fila+ture名詞字尾(行為、行為結果)＝繅絲(煮繭抽出絲線)。

延伸記憶. filament細絲線、燈絲，filaria絲蟲，filamentous virus絲狀病毒；adventure冒險，infrastructure下層結構、基礎設施、基礎建設，torture刑求、折磨

11. satinette = satin+ette名詞字尾(…的小者、…的女性；偽造物、代用品) = 緞紋棉毛尼、仿緞、假緞、薄緞。

延伸記憶. satin weave緞子，satinize打光、使像緞子般光滑，satiny似緞的、光滑的；leatherette代用皮革、仿皮革、假皮革，cassette小盒子、卡式錄音匣，etiquette禮節、禮儀、規矩，cigarette小雪茄、香菸，sermonette短篇講道，balconette小陽臺

報馬仔. 以 ette 為字尾的字彙源自法文，有些已經正式納入英文。

12. textile = text+ile形容詞字尾(屬於…的、有…性質的)、名詞字尾(屬於…的物、有…性質的東西) = 紡織的、織品的、紡織物、紡織業。

延伸記憶. text課本、經文、正文、內文，text messaging傳簡訊，textaholic發簡訊成癮者，texture織物或材料的密度、質地、紋理、結構，textile machine紡織機，textile mill紡織工廠；juvenile青春年少的，facile易做到的、隨便說說的，infantile嬰兒的，futile白費力氣的

13. stitchery = stitch+ery名詞字尾(行為、狀況、性質、作品、行業) = 縫紉、刺繡、縫紉品、刺繡物。

延伸記憶. stitchwork=stitching針線活、以針縫製的工作，stitch up縫合，a stitch of一點點，a stitch in time saves nine及時縫補一針就省下九針、及時彌補可免去大麻煩；machinery機械，robbery搶劫，artillery炮兵、火炮，adultery通姦

14. knitwear = knit+wear名詞字尾(特定性別、年齡層、場合、材料的衣物) = 針織品、針織衣襪帽褲。

延伸記憶. knitter針織機、打毛線者，knitting針織、編織、針織法、打毛衣，hand-knitted手工編織的；girlswear少女裝，leatherwear皮製品，sportswear運動服裝，workwear勞動裝、工作服，leisurewear休閒裝，casualwear便服，

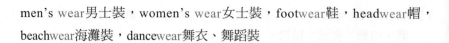

men's wear男士裝，women's wear女士裝，footwear鞋，headwear帽，beachwear海灘裝，dancewear舞衣、舞蹈裝

15. seamstress＝seam＋ster名詞字尾(人、者、從事…行業的人)＋ess名詞字尾(女人、從事…行業的女子)＝女裁縫、女縫衣工。

 延伸記憶. seamster裁縫，seaming-lace網眼花編蕾絲，seamless無縫線的、無接縫的、成一體的，seamy有縫線的、有裂縫的；songster歌手，youngster幼小者、年輕人，master主人、大師，mister先生；songstress女歌手，mistress夫人、情婦，lioness母獅，stewardess女管家、女服務人員、空姐、車掌，actress女演員，princess公主、女性王公貴族，goddess女神

 報馬仔. tiger老虎→tigress母老虎，emperor皇帝→emperess女皇，字母的變化與seamster→seamstress一樣，母音字母略去。

衣著服飾打扮之一

拆字猜義

⑯	tailormade _____	量身訂做的
⑰	garment _____	服裝
⑱	balldress _____	正式宴會裝
⑲	habilitation _____	穿衣
⑳	armour-clad _____	包覆有裝甲的
㉑	vesture _____	衣服
㉒	model _____	模特兒
㉓	embellish _____	裝飾
㉔	pulchritude _____	標緻
㉕	slopshop _____	成衣店
㉖	fashionista _____	追逐時尚者
㉗	stylist _____	髮型設計師
㉘	ill-suited _____	穿著不當的
㉙	bellyshirt _____	中空裝
㉚	mini-skirted _____	穿迷你裙的

16. tailormade ＝ tail＋or名詞字尾(人、者、物)＋made形容詞字尾(…做的、…做成的)、名詞字尾(…做的東西)＝裁縫師傅做的、特別做的、量身訂做的，訂製衣、訂製服。

 延伸記憶. tailor裁縫師傅，tailoress女裁縫，tailored剪裁合身的，tailormake特定製做，tailor's chalk裁縫劃線的粉片；home-made自家做的，ready-made做好的、現成的，self-made自製的、自產的

報馬仔. tailor's muscle＝sartorius muscle縫匠肌(解剖、醫學)，人體最長的肌肉，自骨盆(pelvis)延伸到小腿肚(calf)；取名為縫匠肌是因為以前的裁縫一向盤腿長久工作，該肌肉特別發達；tailor-fashion＝cross-legged裁縫坐姿的、盤腿的。

17. garment ＝ gar＋ment名詞字尾(行為，行為的過程或結果、事物)、動詞字尾(做…行為)＝服裝、添光彩的服飾、外觀，穿衣。

 延伸記憶. garmenture服裝、衣服，garland華飾、花冠、花彩、漂亮裝飾物、錦標，garish穿著炫目的、打扮花俏的，耀眼的，garnish裝飾、配飾，garnishing裝飾、華麗修飾用的詞藻，garnishry裝飾品，garniture裝飾品、陳設；embedment置入、崁入，development發育、發展、開發，establishment建立、設立

18. balldress ＝ ball(舞會、宴會)＋dress ＝ 正式宴會裝。

 延伸記憶. ball正式舞會，ball舞動狂歡、痛快玩樂，ballroom宴會廳，ballroom dancing宴會舞、交際舞，ballroom music宴會音樂；full dress正式全套服飾，national dress國家民族特色服裝，evening dress晚禮服，nightdress睡衣、睡袍，hairdresser打扮頭髮的人、美髮師，dressing服飾、打扮、梳理、調理、調製的佐料，dressing room化妝間、更衣室

衣著服飾打扮之二

19. **habilitation** = habilit+ation名詞字尾(情況、狀態、過程、結果、因行為而產生的事物)＝穿衣、打包好裝備、具備外出進行任務能力。

rehabilitate再次使人具備外出進行任務能力、復建、更生，rehabilitation復建、恢復生活能力、圈養動物回到野地生活的訓練，habilatory服裝的，habiliment服裝、裝備，habilimented著衣的，habilimentation穿著打扮、服飾業，salon d' habillage更衣室、試衣間(法文)，habiller使穿衣打扮(法文)；organization組織，sensation感覺，nomination提名

20. **armour-clad** = armour(裝甲、盔甲)+clad形容詞字尾(穿上…的、披覆…的)、名詞字尾(穿上…的物品、披覆…的東西)＝包覆有裝甲的，裝甲艦、裝甲車。

armor(美式拼音)＝armour裝甲、盔甲，armored＝armoured穿上盔甲的、裝甲的，armoured car裝甲車，armourpiercing穿甲的、穿透裝甲的，armoured dividion裝甲師(軍事)、坦克師、戰車師；ironclad包覆鐵甲的、鐵甲艦，cottonclad以棉包覆的，scantily clad衣不蔽體的、穿著曝露的，pine-clad mountain滿是松樹的山，snow-clad winter白雪皚皚的冬季

21. **vesture** = vest+ure名詞字尾(行為、行為狀態、情況結果)、動詞字尾(進行、從事…行為)＝衣服、服裝，穿衣。

vestment官服、禮服、祭衣、法衣，vestiary衣服的，vestiary衣服儲藏室，vested穿好衣服的、裝上去的，vested interest既得利益(政經社會)，vested right既定權利，vested benefit既定福利，vest背心、衣服、裝束，transvestic變裝打扮的，transvestite變裝癖者；lecture演講，literature文學，manufacture製造

22. **model** = mode+el名詞字尾(小東西、小事物、簡單代表物)、動詞字尾(做出小東西、小事物、塑造出簡單代表物)＝小模子、模型、典型、造型、模特兒，作模型、模特兒走秀。

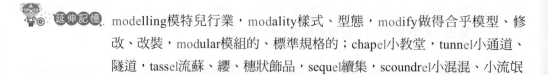

延伸記憶. modelling模特兒行業，modality樣式、型態，modify做得合乎模型、修改、改裝，modular模組的、標準規格的；chapel小教堂，tunnel小通道、隧道，tassel流蘇、縷、穗狀飾品，sequel續集，scoundrel小混混、小流氓

23. embellish = em字首(置於…之內、添加…、飾以、配以)+bell(漂亮、美麗)+ish動詞字尾(致使、造成) = 美化、裝飾、潤飾。

延伸記憶. embellishemnt裝飾、布置、裝飾音(音樂)，belle最美女人，belles-lettres純文學、唯美文學，belletristic 純文學的，belle-mère岳母、丈母娘、美麗媽媽(法文)，La Bella Vita(義大利文)=the beautiful life美麗人生，bella figura美貌、美好形象(義大利文)，bel canto美聲法、美聲唱法(音樂、義大利文)；empower賦予權力，embolden賦予膽量、鼓舞，embalm塗香料、注入防腐劑；distinguish區分，extinguish撲滅，relinguish放棄

報馬仔. 臺北市信義計畫區特頂級「貴婦百貨」的外文名稱就是取為BellaVita。

報馬仔. 義大利大導演 Roberto Benigni 貝尼尼榮獲奧斯卡最佳外語片獎的影片 La vita è bella，字義就是「人生是美麗的」；在華人世界不同地區，該電影譯名有《一個快樂的傳說》與《美麗人生》。

24. pulchritude = pulchri+tude名詞字尾(程度、狀態、性質) = 外型容貌上的美麗、標緻、優雅、俐落。

延伸記憶. pulchritude industry美麗產業、與整形美容時裝服飾模特兒相關的行業，pulchritudinous美的不得了的、好漂亮的(西班牙文)；attitude傾向度、態度，aptitude適合度、性向，latitude緯度，altitude高度、海拔

報馬仔. pulchritude=pulcritud(西班牙文)=pulcritude(中古世紀後期英文)美麗，pulcher、pulchra、pulchrum(拉丁文)=pulcro、pulcra(西班牙文)優雅的、俐落的。

25. slopshop＝slop+shop(店鋪、店面、攤子)＝成衣店。

延伸記憶 slopseller成衣銷售者，sloppy穿著邋遢的、尺碼不合而可笑的、草率的，slopwork成衣製作、草率製作；barber shop理髮廳，beauty shop美容院，coffee shop咖啡店，gift shop禮品店，furniture shop家具行，workshop工作坊、小研討會，sweatshop血汗工廠，100-yen shop每項物品一百日圓的商店，1-$ shop每項物品一美元的商店

26. fashionista＝fashion+ista名詞字尾(某種行為者、某種主義者和某種信仰者)＝追逐時尚者。

延伸記憶 fashionable流行的、時髦的，fashion model時裝模特兒，fashion house時裝公司、時裝店，fashion industry時裝業，fashion designer時裝設計師；Marxista馬克思主義者，Maoista毛澤東思想人士，Fidelista卡斯楚思想人士(古巴領袖全名為Fidel Castro)，Chavista查維茲思想人士(反美的委內瑞拉總統名為Hugo Chávez)

報馬仔 ista源自拉丁文而進到西班牙文、義大利文，再到英文，用法同英文的ist；由於尼加拉瓜的Sandinista桑定黨人(紀念反美的民族主義領袖Augusto César Sandino而建立的社會主義政黨)在西方世界很有名，就被英語世界接受，而且某些字也模仿造出來。

27. stylist＝styl+ist名詞字尾(某種行為者、某種主義者和某種信仰者)＝確立款式者、風格設計者、髮型設計師、自成流派者、文體大師。

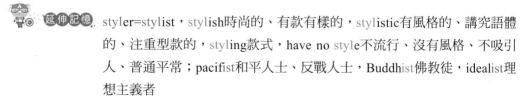

延伸記憶 styler=stylist，stylish時尚的、有款有樣的，stylistic有風格的、講究語體的、注重型款的，styling款式，have no style不流行、沒有風格、不吸引人、普通平常；pacifist和平人士、反戰人士，Buddhist佛教徒，idealist理想主義者

28. ill-suited＝ill字首(有病的、有問題的、不舒坦的)+suit+ed形容詞字尾(有…的、如…的、帶著…的)＝就身分或場合而言服裝穿著有問題的、穿著不當的。

 延伸記憶. suited合適的，suitable合適的、適當的、相配的，suit女人的套裝、男人的西裝，suite成套的設備、套房、家具套組、杯盤套組；ill-equipped裝備不良的，ill-fated命運差的，ill-concieved構想不良的

29. bellyshirt＝belly(肚腹)+shirt＝露肚上身裝、中空裝。

 延伸記憶. belly-dance肚皮舞，bellyflop腹部拍水的跳水、笨拙式跳水，bellyache腹痛，belly button肚臍；undershirt內底上身衫、內衣，T-shirt=tee shirt短袖圓領衫、T字型衫，wet T-shirt contest溼T字型衫撕裂比賽，polo shirt馬球衫，dress shirt=Oxford shirt男士正式禮服的白襯衫，shirtless袒身的、未穿襯衫的、窮酸的，shirt-sleeve上班時輕鬆穿著的、輕便的

30. mini-skirted＝mini(迷你、特小)+skirt+ed形容詞字尾(有…的、如…的、帶著…的)＝穿迷你裙的。

 延伸記憶. short-skirted穿短裙的，tailored skirt西裝裙、西服裙，grass skirt草裙，pettiskirt=petticoat skirt襯裙，skirt chaser=womanizer追裙者、到處找女人的花花公子；minibus小巴士，minicourse簡易課程，miniature小模型、縮影；spoiled被寵壞的，misused誤用的、用錯的，reputed出名的、馳名的

09 衣著服飾打扮之二

字源線索

★ 英文	★ 中文	★ 字綴與組合形式
cover ; footwear	襪子、鞋子、用來包覆的東西	hos ; hose
cover ; footwear	襪子、鞋子、用來包覆的東西	shoe ; sock ; stock
ground ; foot-wear	靴、鞋、腳底、鞋底觸地、碰到土地	boot ; bot ; sole
outer layer ; cov-ering ; shelter	外套、保護層、遮蔽物	coat
outer layer	外層、外膜	chlamyd ; chlamydo
conceal by a bell; mantle	披風、斗篷、遮隱、覆蓋、用鐘狀物罩住	cloak
cloak ; cover	披風、斗篷、遮隱、覆蓋	palli ; pallio ; pallit
cloak ; veil	披風、遮隱、覆蓋	manteau ; mantel ; mantle
light weighted tunic	輕薄上衣、外套	jacket
hats for women	女帽	millin
little accessories for men ; little goods	男用小飾品	haberdash
shoes of finest leather	高檔皮鞋	cordovan ; cordwain

衣著服飾打扮之二

⭐ 英文	⭐ 中文	⭐ 字綴與組合形式
string ; noose	褶編、蕾絲、繩線、細繩、套索、圈環	lace
three routes	褲子、成Y型、分三路	trouser
trousers	褲子、遮臀與腿之物	breech ; pant ; panti ; panty
brace	胸罩、護住、托住	brac ; bras ; brass
arm ; brace	用雙臂或兩帶支撐、懸掛雙臂	brachi ; brachio
belt ; surround	飾帶、腰帶、圍繞、環腰	cinct ; cing ; cingo ; cingul
belt ; surround	飾帶、腰帶、圍繞、環腰	gird ; girt
girdle	腰帶	zon ; zone ; zoni ; zono ; zoster
pack ; bundle ; load	袋子、包包、囊、打包、塞進、裝入	bag ; pack ; sac ; sack
money bag ; fund	錢包、零錢包、款項、金額	bours ; burs ; purs
pastime ; joy ; jewel	珠寶、珍玩、賞玩、欣喜、消遣	jewel ; joy ; jubil
body	身體、肉體	corp ; corpor ; corpus ; cors

衣著服飾打扮之二

★ 英文	★ 中文	★ 字綴與組合形式
little body	緊身、小肉體	corset；corselet
hand	手	cheir；cheiro；chir；chiro
hand	手	man；manda；mandate；mani；manu；manus
foot	腳、足	ped；pedi；pedo；pod；podi；podo；pus
face；front	臉、面、正面、顏	face；faci；facio；fici
lip	唇	cheil；cheilo；chil；chilo
lip	唇	labi；labio；labr；labrum；lip
skin；cutin	皮膚、表皮	cut；cutan；cuti；cutis
skin；cutin	皮膚、表皮	derm；derma；dermat；dermato；dermo
leaf；skin layer	皮膚層、鱗片、葉、葉片狀	foli；folio；folli
arrange；adorn；beautify	整肅儀容、美容、化妝、美化	cosmetic
anxiety；worry；heal；restore	心急、憂心、照顧、修復	care；char；cure
base；bottom	粉底、底部、根基、打底、起造、建立	found；fund

★ 英文	★ 中文	★ 字綴與組合形式
milldust ; particle	細粉、粉狀物、孢子、塵、小粒狀物	pollen ; powder
dust	塵、小粒狀物	coni ; conio ; kon ; koni ; konio ; kono
dust	塵、小粒狀物	pulv ; pulver ; pulvi
anointment ; foam	膏霜、泡沫物、油乳	aphr ; aphro ; cream ; spum
anoint ; smear	塗膏	unction ; unguent
freeze ; frost	凍、膠、凝結	gel ; gela ; gelati ; gelatino ; geli ; gelo ; jel
freeze ; cold ; ice	凍、冰冷	frig ; frigo ; pag ; pago
wet ; juicy	溼、水氣、汁液	humid ; humor ; hygr ; hygro
wet ; damp	溼、潮、水氣	moist ; noter ; notero
wash ; drench ; flow	水洗、浸溼、水流	laund ; launder ; laundr
wash ; clean ; flood	水洗、清靜、大水	lav ; lava ; lavat ; lave ; lavo
wash ; clean ; flood	水洗、清靜、大水	lot ; loti ; lu ; lug ; lut ; luto ; luv
wash ; washtub	洗、洗盆	plyn ; plyno ; plysi ; plyto

★英文	★中文	★字綴與組合形式
wash ; bathe	洗、浴	balne ; balneo
pitch ; shade ; tint	音調、色澤、明暗調和、滋補光澤	ton ; tone ; tono ; tune
arrange ; adorn ; order	整理、裝飾、有條理	cosm ; cosme ; cosmico ; cosmo

拆字猜義

①	pantsuit	_____	褲套裝
②	trousering	_____	褲料
③	brassiere	_____	胸罩
④	corsetier	_____	束腹製造商
⑤	girdle	_____	腰帶
⑥	hosiery	_____	襪類
⑦	sockless	_____	沒襪子的
⑧	gumboots	_____	橡膠靴
⑨	coattail	_____	燕尾
⑩	uncloak	_____	揭露
⑪	haberdashery	_____	小飾品攤商
⑫	straitjacket	_____	束衣
⑬	necklace	_____	項鍊
⑭	baggage	_____	行李
⑮	sackload	_____	一袋的數量、重量

1. **pantsuit＝pant+suit(套裝)＝褲套裝、女性的褲搭式套裝。**

 pantibelt女子束腹褲，panty girdle束腹短褲，pants褲子，underpants內褲，harem pants奧圖曼土耳其帝國後宮嬪妃褲、燈籠褲、垮襠褲、肚皮舞孃褲，hot pants熱褲、超短褲、露臀褲，pants presser燙褲機，caught with one's pants down猝不及防、被看到或逮到時沒穿好褲子、抓姦在床、尷尬場面；swimsuit泳裝、jump suit跳傘衣，gym suit體操服、健身房衣，Gravity-suit＝G-suit＝anti-G suit飛行員重力防護衣

 harem源自阿拉伯文與突厥文(土耳其文)，意指「後宮，禁區」。

2. **trousering＝trouser+ing名詞字尾(材料、行為、狀態、情況、學術、行業、總稱)＝褲料、做褲子的衣料。**

 trousered著褲子的，trouser pocket褲袋，trouser press褲管燙熨斗，trouser snake褲中蛇、男人生殖器的戲稱；skirting裙料，shirting襯衫料，suiting西裝料、套裝料，roofing蓋屋頂的材料，clothing衣料、衣物，stocking長統襪，testing測試

3. **brassiere＝brass+iere名詞字尾(人或物陰性)＝支撐物、托住的東西、保護的裝備、胸罩、乳罩(簡稱bra)。**

 push-up brassiere＝push-up bra集中型胸罩、托高型胸罩、挺乳型胸罩，balconette bra＝balcony bra平臺型胸罩、露臺型罩杯胸罩，peekaboo bra雕鏤薄織型胸罩、若隱若現型胸罩、露點式胸罩，nubra＝nude bra隱形胸罩，wonderbra魔術胸罩，brassard護臂鎧甲，bracer支撐物、護腕、護臂，bracelet臂鐲、手鐲，bracket支架、方括號、合圍、包括、組別、群組；jardiniere花盆、花架，portiere門簾、門帷，premiere電影首映

 nipple covers乳頭遮、胸貼，breast petals乳房遮羞花瓣、胸貼。

4.　**corsetier**＝corset+ier名詞字尾(人或物陽性)＝束腹製造者、緊身胸衣商人。

 延伸記憶. corsetiere製造緊身胸衣的女裁縫，corslet護身甲、胸甲，corselette女用緊身胸衣，corseted穿緊身胸衣的，corsetry緊身胸衣業者；financier理財專員、金融人員，carrier搬運者、運送機、飛機、航空公司，courier快遞者、快遞公司，occupier占據者

5.　**girdle**＝gird+le名詞字尾(進行某行為或動作時使用的東西、小物品)＝圍繞之物、腰帶。

 延伸記憶. engirdle圍繞、環腰圍住，girdlelike腰帶似的，girdle of chastity=chastity belt貞操環、貞操帶，Venus's girdle=Cestum veneris帶櫛、帶水母、透明似腰帶狀的水母，girth樹幹環圍、人的腰；handle把手，tale故事，kettle茶罐、水壺，noodle麵條

 報馬仔.

> Florentine girdle佛羅倫斯的腰帶、翡冷翠的腰帶，就是貞操帶；義大利城市Florence、Firenze、Fiorenza、Florentia佛羅倫斯，在中古時期以把婦女匝上嚴密製作的貞操帶而聞名。

6.　**hosiery**＝hos+iery名詞字尾(人或物的總稱、…業者、…行業、…類商品)＝襪類品、製襪業。

 延伸記憶. hosier製襪者、賣襪商，hosiery association襪商協會，half hose短襪、中統襪，pantyhose褲襪，support hose健康襪、防靜脈曲張的腿部支撐襪；brasiery=braziery銅製品、銅匠業，colliery煤礦業，furriery皮革衣服業，farriery馬蹄鐵匠，glaziery換裝玻璃業

7.　**sockless**＝sock+less形容詞字尾(無…的、不…的)＝沒有襪子的、未著襪子的。

 延伸記憶. sox=socks短襪、半統襪，athletic sock運動襪，wind sock風向袋，wool sock羊毛襪，sock puppet襪型布偶；toothless沒有牙齒的，stainless不生鏽的，homeless無家可歸的，senseless無知的、沒有意義的，失去意識的

衣著服飾打扮之二

8. **gumboots**＝gum(樹膠、橡膠)+boots＝**橡膠靴**。

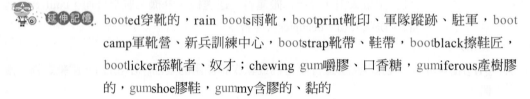
booted穿靴的，rain boots雨靴，bootprint靴印、軍隊蹤跡、駐軍，boot camp軍靴營、新兵訓練中心，bootstrap靴帶、鞋帶，bootblack擦鞋匠，bootlicker舔靴者、奴才；chewing gum嚼膠、口香糖，gumiferous產樹膠的，gumshoe膠鞋，gummy含膠的、黏的

9. **coattail**＝coat+tail(尾部)＝**外套尾部、外衣下擺、燕尾**。

coatless沒穿外衣的，overcoat大衣、最上層的外套，coatroom衣帽間，coatrack衣帽架，coat tree 立柱式衣帽架，coating塗層，raincoat雨衣、風衣；tail light車子的尾燈，tail rhyme押尾韻的詩，cocktail雞尾酒

10. **uncloak**＝un字首(除去、使喪失、使分離)+cloak＝**脫去斗篷、揭露、使無法隱藏**。

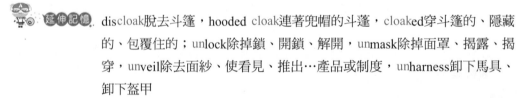
discloak脫去斗篷，hooded cloak連著兜帽的斗篷，cloaked穿斗篷的、隱藏的、包覆住的；unlock除掉鎖、開鎖、解開，unmask除掉面罩、揭露、揭穿，unveil除去面紗、使看見、推出…產品或制度，unharness卸下馬具、卸下盔甲

11. **haberdashery**＝haberdash+er名詞字尾(人、從業人員)+y名詞字尾(場所、地點、工作處、行為、狀況、性質、作品、行業、身份)＝**貨郎業、小飾品兜售業、小飾品攤商業、男士小用品總稱**。

haberdasher貨郎、小飾品攤商，haberdashery store=mens store男士手帕領帶袖扣店、男用小物品店；chandler製燭者，milliner女帽設計製造者，cordvaner=cordwainer高檔皮鞋設計製造者；chandlery蠟燭製造業，millinery女帽設計製造業、女帽總稱，cordvanery=cordwainery高檔皮鞋設計製造業、高檔皮鞋總稱

 millinery的字源是女帽設計生產地義大利Milan(英文)=Milano(義
大利文)米蘭;而cordvanery的字源是高檔皮鞋設計生產地西班牙
Córdoba=Cordova科多瓦。

12. straitjacket＝strait(緊、窄)+jacket＝約束物、束縛衣、使人犯或病患無法自由行動的束縛裝。

延伸記憶. suit jacket西裝外套,book jacket書衣、書封、書套,rain jacket短雨衣,
life jacket救生衣;straitened拮据的、手頭緊的,straitened times經濟衰退
時期,straitlaced用繫帶緊緊束縛住的、嚴謹的、古板的,straits緊窄通
道、海峽

13. necklace＝neck(頸、脖子)+lace＝頸上套索、項鍊、項圈。

延伸記憶. necklet=necklace,shoelace鞋帶,lacy滾蕾絲的、有褶邊裝飾的,lacy lin-
gerie有蕾絲的內衣;necktie領結、領帶,neckerchief領巾、圍巾,neck-
breaking會斷脖子的、不要命的,V-necked領子V型的,high-necked高領
的,turtle-necked烏龜領的、套頭式的,bottleneck瓶頸、交通阻塞處

14. baggage＝bag+age名詞字尾(數量、費用、金額、動作的結果)＝打包之物、行李。

延伸記憶. bagged=baggy袋狀的、鼓鼓卻下垂的,eye bags眼袋,hand bag提包,
shouder bag肩背包,clutch bag無帶而用手直接抓握的包包、手拿包,
mailbag= postbag郵袋、郵遞袋,courier bag=messanger bag騎車快遞者用
的包包;mileage里程數,tonnage噸數、噸量,pilgrimage朝聖行程

報馬仔. bag為子音+母音+子音的呈現形式,在添加各種字尾時,必須先重複
末尾子音字母,這稱為「子音重疊、子音重複」(consonantal reduplica-
tion);例:sit→sitting、red→reddish、hot→hottest、wed→wedding。

衣著服飾打扮之二

15. sackload＝sack+load名詞字尾(裝載量、載運數、承重量)**＝一袋子的數量、重量。**

延伸記憶 rucksack=knapsack=packsack=backpack背包、健行包、登山包，sachet香囊、小香袋；boatload舟載人貨的數量、重量，busload客車載客人數、負重，carload汽車載量，planeload飛機載量

衣著服飾打扮之二

拆字猜義

⑯	imburse _____	儲存
⑰	pursy _____	有錢的
⑱	bejewel _____	鑲珠寶
⑲	cosmetician _____	美容師
⑳	manicurist _____	指甲修護師
㉑	exfoliate _____	去角質
㉒	moisturiser _____	保溼劑
㉓	lotion _____	塗液
㉔	toner _____	化妝水
㉕	powdered _____	塗了粉的
㉖	superficial _____	表面的
㉗	overlip _____	上唇
㉘	coldcream _____	護膚霜
㉙	cofounder _____	共同創辦者
㉚	xerogel _____	乾凝膠

衣著服飾打扮之二

16. imburse＝im字首(向內、進入、放入)＋burse＝放進錢包、儲存、支付、資助。

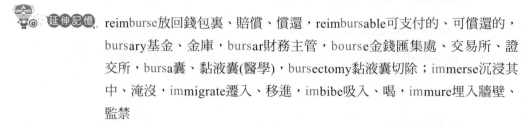

延伸記憶 reimburse放回錢包裏、賠償、償還，reimbursable可支付的、可償還的，bursary基金、金庫，bursar財務主管，bourse金錢匯集處、交易所、證交所，bursa囊、黏液囊(醫學)，bursectomy黏液囊切除；immerse沉浸其中、淹沒，immigrate遷入、移進，imbibe吸入、喝，immure埋入牆壁、監禁

17. pursy＝purse＋y形容詞字尾(多…的、有….的、如…的、屬於…的)＝錢包塞得鼓鼓的、有錢的、有錢而傲慢的、腫脹肥胖的。

延伸記憶 purse-proud以錢傲人的、財大氣粗的，murse＝man purse男用錢包，privy purse樞密費、私密金、國會撥予國王的私房錢，pursiness富有、肥胖；dirty髒的，lucky好運的，wealthy富有的，healthy健康的，greasy油膩的

報馬仔 wallet文件與證件及錢放一起的隨身夾、皮夾。

18. bejewel＝be字首(加…裝飾、加…點綴、使…顯得、使…成為、使具有…)＋jewel＝以珠寶點綴、鑲珠寶。

延伸記憶 jewel case珠寶盒，jeweler＝jeweller珠寶製造販售者、珠寶商，jeweler's＝jeweller's珠寶店，jewelery＝jewellery珠寶業、珠寶製品，costume jewelery＝fashion jewelery飾品珠寶、時尚珠寶、半實料珠寶；belie掩飾、使成謊言、辜負，belittle小看、看貶、輕視，becloud遮蔽、加上雲霧、使看不清楚，behead斬首、砍頭

19. cosmetician＝cosme＋tic形容詞字尾(具某性質的)、名詞字尾(具某特性的物品)＋ian名詞字尾(某種職業、地位的人)＝美容師、化妝師、化妝品業者、化裝品商人。

延伸記憶 cosmetic化妝品、美容品、修飾表面的，cosmetic repairs表面修補、稍微補妝，cosmetic surgery整形美容手術，cosmetics化妝品(複數形)、彩妝，cosmetology美容學、化妝研究，cosmetologist化妝研究專家、美容師；

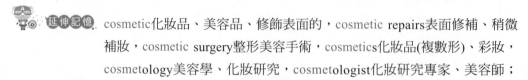

magician魔術師，librarian圖書館員，mortician葬儀社從業人員、殯儀館工作者

20. **manicurist** = **mani(手)+cure(看護、修護、照顧、關心)+ist名詞字尾(某種行為者、某種職業或研究的人)＝修或塗手指甲的人、手指甲修護師。**

manipulate用手巧妙操作、操縱、推拿，manual手的、手工的，manual手冊；pedicure足療、護腳與腳趾，pedicurist足療師，beyond cure超過療護範圍、無可救藥；novelist小說家，cellist大提琴家，violinist小提琴家，racist種族歧視者，psychiatrist精神科醫師

21. **exfoliate** = **ex字首(出、外、弄出、除去)+foli+ate動詞字尾(做、從事、進行、造成、使之成為)＝去角質、剝去外皮。**

foliate長葉子、形成片狀、形成表皮層，foliaceous葉狀的、薄層的、薄片的，foliage葉狀裝飾、葉飾(建築)，trifoliate三葉的、具有三葉的、三葉形飾的，defoliate去葉、除去葉子；extract拉出、萃取、開採出來，exterior外表、外部，extrude突出；locate找出位置，eliminate排除，discriminate歧視

22. **moisturiser** = **moist+ure名詞字尾(行為、行為狀態、情況結果)+ise動詞字尾(從事…行為、進行…動作)+er名詞字尾(人、者、物)＝使保持溼氣的物品、保溼面霜、保溼劑、潤溼乳。**

moisturizer=moisturiser，moist溼的，moisture溼度、溼氣，moisturise=moisturize提供水氣、使溼潤；temperature溫度，gesture手勢，literature文學；acculturise=acculturize同化、使接受文化，dramatise=dramatize戲劇化、誇張化，materialise=materialize具體化、實現；texturiser=texturizer造型霜，fertiliser=fertilizer使多生產的用劑、肥料，womanizer濫情摧殘女性者

23. lotion＝lot＋ion名詞字尾(行為過程或結果、情況、物品)＝醫療或化妝用的水劑、洗劑、塗液、水、露、霜。

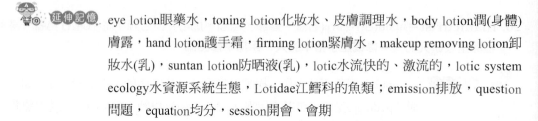

eye lotion眼藥水，toning lotion化妝水、皮膚調理水，body lotion潤(身體)膚露，hand lotion護手霜，firming lotion緊膚水，makeup removing lotion卸妝水(乳)，suntan lotion防晒液(乳)，lotic水流快的、激流的，lotic system ecology水資源系統生態，Lotidae江鱈科的魚類；emission排放，question問題，equation均分，session開會、會期

24. toner＝ton＋er名詞字尾(人、者、物)＝化妝水、清淨臉部皮膚並收斂毛細孔而使色澤變好的水劑、調理色澤的用劑。

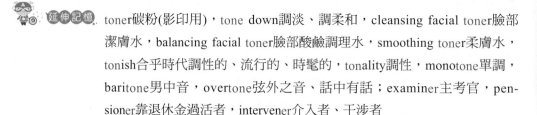

toner碳粉(影印用)，tone down調淡、調柔和，cleansing facial toner臉部潔膚水，balancing facial toner臉部酸鹼調理水，smoothing toner柔膚水，tonish合乎時代調性的、流行的、時髦的，tonality調性，monotone單調，baritone男中音，overtone弦外之音、話中有話；examiner主考官，pensioner靠退休金過活者，intervener介入者、干涉者

25. powdered＝powder＋ed形容詞字尾(已…處置的、被…處理的)＝塗了粉的、擦了粉的。

powdery粉狀的，powder room塗粉間、化妝室、女廁，pressed powder＝powder cake擠壓的化妝粉、粉餅，shimmering powder亮粉，brow powder眉粉；wanted通緝的，suspended中止的，excited感到興奮的

26. superficial＝super字首(超越、在上)＋fici＋al形容詞字尾(…的、屬於…的)＝表面的、膚淺的。

surficial地表的、表面的、表層的，facial cleaner洗面乳，facial spray噴霧式臉面柔膚水，facial mask面膜，face powder面粉、撲臉粉，facelift拉皮、整臉，façade房子正面、外觀；supernational國家之上的、超越國家

衣著服飾打扮之二

的，supersede取代，superscribe寫在上方，supercharge增壓、負荷超過，superfine特優、特精美；industrial工業的，local在地的，ecological生態的

27. overlip＝over字首(在上面、在外)+lip＝上唇。

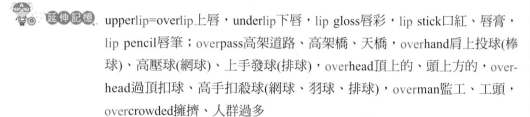

upperlip=overlip上唇，underlip下唇，lip gloss唇彩，lip stick口紅、唇膏，lip pencil唇筆；overpass高架道路、高架橋、天橋，overhand肩上投球(棒球)、高壓球(網球)、上手發球(排球)，overhead頂上的、頭上方的，over-head過頂扣球、高手扣殺球(網球、羽球、排球)，overman監工、工頭，overcrowded擁擠、人群過多

28. coldcream＝cold(冷)+cream＝冷霜、護膚霜、清潔並使臉部感覺涼涼舒服的香脂乳膏狀物。

whitening cream美白霜，day cream日霜，night cream晚霜，face cream面霜，ice cream冰淇淋、霜淇淋，creamy霜狀的；cold drink冷飲，cold front冷鋒(氣象)，cold-hearted淡漠的，cold-blooded冷血的

29. cofounder＝co字首(一起、共同)+found+er名詞字尾(人、者、物)＝共同創辦人、一起打基礎的人。

foundation粉底、粉底霜、粉底液(化妝)，foundation地基、基礎、基本款額、基金，foundation stone礎石、奠基石，founder's shares發起人股份(財經)，foundress女創辦人、女奠基者；copilot副駕駛、副飛行員，coauthor共同執筆人，cosponsor共同贊助人、協辦單位；pitier憐憫者，pitcher投手，reader讀者

30. xerogel＝xero(乾旱、乾燥)+gel＝乾凝膠。

glitter gel亮粉膠，silica gel矽膠、乾燥劑，hair gel=styling gel髮膠，hair jelly髮膠、髮雕，coffee jelly咖啡果凍，gelatin膠質，gelation凝結、凍

衣著服飾打扮之二

結，gelatinous膠狀的、含膠的；xeroderma皮膚乾燥症，xerophthalmia乾眼症，xerophyte旱生植物

 美國著名的影印機廠牌Xerox，在臺灣登記為「全錄」，在中國登記為「施樂」；該公司創立時取名，是把xerography乾式書寫、靜電印刷，與xerocopy乾式複製、非油墨式複製，縮寫成Xerox當商標，xerox現在已經被當成影印同義字。

10 環境房屋與居住

字源線索

★ 英文	★ 中文	★ 字綴與組合形式
city ; citizen	城市、市民、公民	cit ; citi ; civ ; civi
city	都市、城市	abad ; grad ; urb ; urban ; urbia
city ; government	城市、市政、治理	poli ; polis ; polit
town ; village	市鎮、城鎮、村鎮	bourg ; ton ; ville
country ; rural area	鄉野、鄉下	pag ; pagan ; pago
country ; countryside	鄉野、鄉下	rura ; ruri ; rus ; rust
around ; about ; near	周圍、邊緣、外膜、接近	peri
near ; close	鄰近、接近、趨近	proch ; prop ; proxim ; proximo
neighborhood	鄰近、村、里	vicin ; vincini
home ; house	家、房屋	dom ; domat ; domato ; domes ; domo
home ; house ; lord of house	家、房屋、主人	domic ; domici ; domin
home ; dwelling	家、居住	oico ; oik ; oikio ; oiko
household ; environment	家戶、環境	eco ; ecu ; oec ; oeco ; oecu
hut	茅屋、村屋、畜棚、禽欄	cot ; cott

環境房屋與居住

英文	中文	字綴與組合形式
door ; gate ; entrance	門、入口、關卡	jan ; jani
door ; harbor ; gate ; opening	門、入口、港口、開口	port ; pyl ; pyle
window ; small opening	窗、小開口	fenestr ; fenestra
wind ; air	風、空氣	anem ; anemo ; vent ; venti
fence ; obstruction	圍籬、擋牆	fen ; fend
fence off	隔開、擋開	phrag ; phragm ; phragmo ; phrax ; phraxis
wall	牆、牆壁	mur ; mura ; pariet ; parieto
face	正面、顏面、面對、正前方	face ; faci ; facio ; fici ; front
furnish ; adorn	裝潢、裝飾	decor ; orn
in ; inside	內、內部、裡面、中間	en ; endo ; enter ; entr ; ester ; eso
in ; inside	內、內部、裡面	im ; in ; inter ; intra ; intro ; under
out ; outside	外部、出去、超出	e ; ec ; ef ; ex ; exo ; exter ; exto
out ; outside	外面、外部、出去、超出	out ; ultra

環境房屋與居住

★ 英文	★ 中文	★ 字綴與組合形式
before ; in front of	早先、前面	ant ; ante ; antero ; anti ; ere ; fore
before ; in front of	早先、前面	por ; prae ; pre ; pro ; pros ; proso
before ; in front of	早先、前面	prior ; proter ; protero
after ; behind ; rear	後面、晚、尾、末	post ; poster ; postero ; retro
around ; surrounding	周遭、圓周	circ ; circa ; circu ; circul ; circum
around ; surrounding	周遭、周圍	cycl ; cycle ; cycli ; cyclo
sit ; seat	坐定、坐落、所在	sed ; sedat ; ses ; sess ; set ; sid ; sit
live ; dwell	居住、待住	hab ; habil ; habili ; habilit ; habit ; hibit
hold ; occupy	守住、持有	hab ; habil ; habili ; habilit ; habit ; hibit
keep ; hold ; grasp	租用、持守、抓取	tain ; ten ; tent ; tin
share ; divide ; side	共用、分開、部分、側邊	part ; parti
sleep	睡覺、睡眠	dorm ; dormi ; hypn ; hypno
sleep ; dream	睡、夢	somn ; somni ; somno

⭐ 英文	⭐ 中文	⭐ 字綴與組合形式
sleep ; numb	睡、昏、麻醉	narc ; narco ; narcotico
deep sleep	酣睡、迷睡	sop ; sopor
lie ; lie down ; lie asleep	躺臥、躺下、躺睡	cub ; cubi ; cubit ; cumb
shelter ; protect ; care	遮蔽、保護、看顧	gar ; guar ; war
cover	頂蓋、遮蔽、保護	tect ; tecto ; teg
wash ; drench ; flow	水洗、浸溼、水流	laund ; launder ; laundr
wash ; clean ; flood	水洗、清靜、大水	lav ; lava ; lavat ; lave ; lavo
wash ; clean ; flood	水洗、清靜、大水	lot ; loti ; lu ; lug ; lut ; luto ; luv
wash ; bathe	洗、浴	balne ; balneo

環境房屋與居住

拆字猜義

①	domestic _____	家庭的
②	condominium _____	有公設的大樓
③	economy _____	經濟
④	intramural _____	牆內的
⑤	habitant _____	居民
⑥	apartment _____	公寓
⑦	dormitory _____	宿舍
⑧	tenant _____	房客
⑨	fencing _____	柵欄
⑩	janitor _____	門房
⑪	portico _____	入口
⑫	ventiduct _____	風管
⑬	fenestrated _____	有窗子的
⑭	city-bred _____	在城市長大的
⑮	suburb _____	近郊

1. **domestic** ＝ **domes＋tic**形容詞字尾(屬於…的、有…性質的)＝家庭的、居家的、家內的、國內的。

. domestic cat家貓，domestic partner有性關係的同居人，domestic science＝home economics家政，domestic violence家暴，domestic affairs家務事、內政，Ministry of Domestic Affairs內政部，domesticated馴養的、馴化的，dome圓頂屋、圓頂室、穹蒼，domicil戶籍、法定住所，domiciliary care居家照顧，domatophobia居家嫌惡、討厭待在家；sadistic虐待的，ballistic彈道的，statistic統計的

2. **condominium** ＝ **con**字首(共同、一起)＋**domin＋ium**名詞字尾(場所、建物、地點)＝分戶租售的住宅大樓、有共用公共設施的高宅大廈、共管的大樓。

 dominate當屋主、主控、支配，dominant支配的、優勢的、顯性的(生物)，dominion當主人、統治、管轄、領土，domineer顯示主人作風、跋扈、作威作福、盛氣凌人，domineering專橫的、霸道的，dominical主的、主耶穌的，domain主控的的地盤、地產、領域；gymnasium體育館、健身房，alluvium沖積扇、淤積層(地理)，pandemonium群魔殿、妖鬼房、亂七八糟的地方、嘈雜混亂的地方

 易混淆字彙：condo是condominium的簡稱；condom保險套，源自發明者名字；condone寬恕，字源是don給予、恩賜。

3. **economy** ＝ **eco＋nomy**名詞字尾(管理、規範、定律)＝操持家務、家政、量入為出、經濟、儉約、便宜、划算。

 ecology居家環境研究、生態學，eco-friendly對生態友善的、環保的，ecophobia＝oecophobia＝oikophobia厭惡居家生活、懼怕居家環境，ecocentric以家為中心的、以生態為中心的，economy class經濟艙，economy pack量販包，economic經濟的、划算的、可獲利的，economical節約的、省錢的，economics經濟學；agronomy農政、農業管理、農業經營，aeronomy

大氣物理，autonomy自律、自治、自主，heteronomy他律、他人治理

4. **intramural**＝**intra**字首(在內、入內、向內)＋**mur**＋**al**形容詞字尾(…的、關於…的)＝**牆內的、屋內的、城內的、機構單位內的、壁內的(醫學)。**

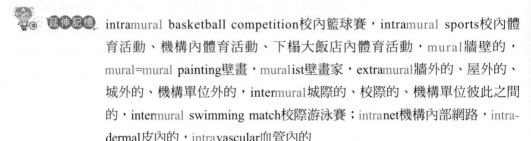

延伸記憶. intramural basketball competition校內籃球賽，intramural sports校內體育活動、機構內體育活動、下榻大飯店內體育活動，mural牆壁的，mural＝mural painting壁畫，muralist壁畫家，extramural牆外的、屋外的、城外的、機構單位外的，intermural城際的、校際的、機構單位彼此之間的，intermural swimming match校際游泳賽；intranet機構內部網路，intradermal皮內的，intravascular血管內的

報馬仔. 法國的存在主義(existentialism)哲學家暨文學家沙特(Jean-Paul Sartre)，著有名為《牆》(Le Mur)的小說集。

5. **habitant**＝**habit**＋**ant**名詞字尾(人、者、物)＝**居民、住民。**

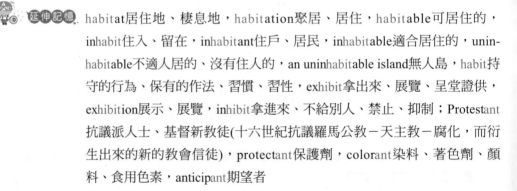

延伸記憶. habitat居住地、棲息地，habitation聚居、居住，habitable可居住的，inhabit住入、留在，inhabitant住戶、居民，inhabitable適合居住的，uninhabitable不適人居的、沒有住人的，an uninhabitable island無人島，habit持守的行為、保有的作法、習慣、習性，exhibit拿出來、展覽、呈堂證供，exhibition展示、展覽，inhibit拿進來、不給別人、禁止、抑制；Protestant抗議派人士、基督新教徒(十六世紀抗議羅馬公教－天主教－腐化，而衍生出來的新的教會信徒)，protectant保護劑，colorant染料、著色劑、顏料、食用色素，anticipant期望者

6. **apartment**＝**a**字首(向著、對著、強化、添加)＋**part**＋**ment**名詞字尾(行為的結果、事、物)＝**公寓、間隔房。**

延伸記憶. apartment building公寓大樓，apartment hotel＝aparthotel＝apart-hotel＝serviced apartment飯店式管理的公寓，apart分隔的，department部門、科

環境房屋與居住

系、分門別類、行省(法國行政區)，department store百貨公司，compartment隔間、隔艙、車船飛機的行李艙，partition隔間、辦公室分格位置，impartible不可分割的，impartial不採取部分立場的、不偏不倚、公正無私的，particle粒子，parts零件，particular個別的、特別的；abode住所、居留處，aboard登機、上船，ashore向著海岸、上岸

apartheid南非曾實施的種族隔離，源自Afrikaans(斐語、荷蘭裔南非語)。

7. dormitory = dorm+it(去、進行、從事)+ory名詞字尾(場所、地方) = 睡覺處、大寢室、團體房、宿舍。

dorm=dormitory的簡稱，dormancy休眠、蟄伏，dormant休眠的、不動的，dormificent催眠的、產生睡眠的，dormobile可當臥房的汽車；obdormition神經受壓性麻木、受壓而不動，predormitum熟睡前的迷糊狀態，postdormitum熟睡與醒來之間的迷糊狀態；deposit去擺下來、去做放下的動作、存放、儲存，exposit去擺出來、顯示、解釋、說明，territory行走的陸地、領土、疆域；laboratory實驗室，lachrymatory淚壺，conservatory溫室、暖房

dormant volcano休火山，active volcano活火山，extinct volcano死火山。

8. tenant = ten+ant名詞字尾(者、人) = 持用人、承租戶、房客、佃農。

tenantless沒人承租的、無租戶居住的，tenancy租用、租期、付錢短期占用，tenement給貧民的廉價出租住宅、社會住宅，tenure任期、保有權、占有權，tenet座右銘、一直持有的訓誡，tenacious緊抓不放的、死纏的，untenable守不住的、把持不住的，abstention棄權、不保有權利；assistant助理、助手，defendant被告，Puritan清教徒、宗教儀式簡化派、衛道人士、嚴謹道德派

環境房屋與居住

9. **fencing** ＝fence+ing名詞字尾(行為、狀態、總稱、材料)＝**柵欄、籬笆、防撞欄、築柵欄的材料。**

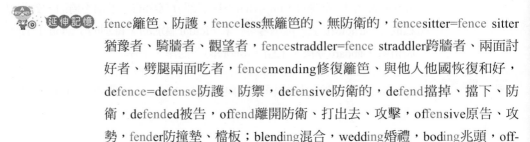

延伸記憶. fence籬笆、防護，fenceless無籬笆的、無防衛的，fencesitter=fence sitter 猶豫者、騎牆者、觀望者，fencestraddler=fence straddler跨牆者、兩面討好者、劈腿兩面吃者，fencemending修復籬笆、與他人他國恢復和好，defence=defense防護、防禦，defensive防衛的，defend擋掉、擋下、防衛，defended被告，offend離開防衛、打出去、攻擊，offensive原告、攻勢，fender防撞墊、檔板；blending混合，wedding婚禮，boding兆頭，offing遠處海面，sobbing啜泣

報馬仔. fencing另一意思為「擊劍、西洋劍比賽」。

10. **janitor** ＝jan+it(去、進行、從事)+or名詞字尾(行為者、行動者)＝**大廈或機關學校的守門人、門房、入口管理員。**

延伸記憶. Janus羅馬宗教的門神、有兩張臉可以瞻前顧後的神，Janus-faced兩面人的、欺騙的，Janus word兼具正反兩面意思的字彙(例：離開、留下leave，批可、禁止sanction)，January一月、門神月、鑑往知來月；editor編輯，auditor旁聽生，suitor原告、打官司者、訴訟人，traitor叛徒

11. **portico** ＝port+ico名詞字尾(物、人)＝**入口、進出孔道、柱廊、門廊(＝porch)。**

延伸記憶. portal門、入口、入口網站，portiere門簾，porter門房，porthole城牆的炮口、射擊孔，portcullis城的吊門、吊閘，seaport海港、海口，opportunity到出入口看看情況、時機、機會、機運，importune強求、硬要進入、拉客；medico醫科學生，politico政客，fantastico絕妙之人

報馬仔. 若porter意指「行李員，搬運員」，其字源是port、portat=carry、bear攜帶，扛運；若porter意指「門房」，字源是port=gate門。

加勒比海的波多黎各原屬西班牙，1898年美西戰爭後割予美國，其西班牙文地名Puerto Rico等於英文Rich Port，意思是「富庶港口，富裕門戶」。

12. ventiduct ＝ **venti+duct名詞字尾(管、管道、通道、路徑)** ＝ **風管、通風道。**

ventilation通風，ventilator通風設備，ventilating fan通風扇，badly-ventilated通風不良的，well-ventilated通風良好的，vent煙囪、排放口，vent pipe排氣管，ventage指孔(管樂器)、排氣孔；aqueduct渠道、引水道，viaduct路道、鐵路跨山道路，tearduct=tear duct淚管

window窗戶=wind hole風口。

13. fenestrated ＝ **fenestr+ate動詞字尾(進行、造成、使之成為)+ed形容詞(有…的、如…的、經過…處理的)** ＝ **有窗子的、窗狀的。**

fenestra窗孔、昆蟲的膜孔，fenestrate打孔、穿通、配上窗子，defenestrate拋出窗外、跌出窗外，defenestrator跌出窗外者，autocide-defenestration跳窗自殺，fenestella小型窗；frustrated感到挫折的，castrated被閹割的，demonstrated已證明的

窗子：fenêtre(法文)、finestra(義大利文)。

14. city-bred ＝ **city+bred形容詞字尾(在…地方成長的，用…方式養成的)** ＝ **在城市長大的。**

city城市，city state城邦，city hall市政府，citizen市民、平民、公民，citadel堡壘、有牆垣護守的城，civic城市的、公民的，civics公民科目、公民課、市民公民權利與義務的學習，civil公民的、人民之間的、民事的，civil law民法，civil war內戰，civilian平民的、非軍警政人員的，civilize開化、教化、市民化、使遵守權利與義務，civilized開化的、文明的，

環境房屋與居住

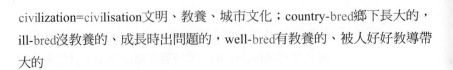

civilization=civilisation文明、教養、城市文化；country-bred鄉下長大的，
ill-bred沒教養的、成長時出問題的，well-bred有教養的、被人好好教導帶
大的

15. **suburb＝sub字首(在下、亞於、近於、從屬)+urb＝近郊、郊區、都市外圍、接近城
市地帶。**

 suburban郊區的，suburbanite郊區居民，suburbia近郊住宅區，urban城
市的、都市的，urbanization都市化，urbane都市禮儀的、彬彬有禮的，
urbanology城市研究、都會學，urban renovation=urban renewal=urban rede-
velopment城市更新、都市再造，urbiculture城市文化；subarctic亞北極區
的，subbranch支店、分店，subtropical亞熱帶的、臨熱帶的

拆字猜義

⑯	metropolitan _____	大都會的
⑰	rustic _____	鄉下的
⑱	Libreville _____	自由市
⑲	village _____	鄉村
⑳	garage _____	車庫
㉑	resident _____	定居者
㉒	lavatory _____	洗手間
㉓	ablution _____	沐浴
㉔	circumstance _____	環境
㉕	periphery _____	邊緣地帶
㉖	decorate _____	裝潢
㉗	interior _____	室內
㉘	façade _____	外觀
㉙	exit _____	出口
㉚	procumbent _____	匍匐的

環境房屋與居住

16. **metropolitan＝metro字首(母親、源頭、主要)+polit+an形容詞字尾(屬於…的)、名詞字尾(某地的人)＝大城市的、中心城市的、宗主國的、都區大主教的，大城市居民、宗主國民、都區大主教。**

metrosexual=metropolitan heterosexual都會美型異性戀男子、重視打扮乃至做臉化妝的都會男子，metropolitanism都會特質，metropolis大城市、首府、宗主國、大教區，megalopolitan特大型都市的、特大都市居民，cosmopolitan世界性的、具國際視野的、世界公民；the Metropolis(英國)=the Metropolitan Railway (in London)=Metro倫敦地鐵，Métro de Paris=the Paris Métro巴黎都會捷運，metro=metro system都會捷運系統；veteran老兵、熟手，historian史學家，Asian亞洲人

電視影集Sex and the City「慾望城市」，呈現的是wo-metrosexual=women-metrosexual=female metrosexual都會美型異性戀女子，熱愛美好外表、服飾與流行風潮的都會女性

17. **rustic＝rus+tic形容詞字尾(屬於…的、有…性質的)、名詞字尾(屬於…的人、有…性質的人)＝鄉下的、農村的、質樸的、無修飾的，鄉巴佬、鄉下人、質樸者、粗俗者。**

rustic brick粗面磚，rustic home簡陋村屋，rusticism鄉下舉止、鄉下思維，rusticity鄉下特性、鄉下風味、樸素，rusticate下鄉去、鄉居，pain rustique(法文)=rustic bread鄉村麵包、平民麵包，rustication粗面石工；tactic有某種排列模式的、有陣勢的、有策略的、策略、手法，synthetic合成的、綜合的、合成物，cosmetic化妝的、修飾的、化妝品，dialytic透析的，analytic解析的、分析的

《鄉村騎士》(Cavalleria Rusticana)，義大利作曲家馬斯卡尼Pietro Antonio Stefano Mascagni的歌劇作品。

rust鏽，rusty生鏽的，出自另一字源rusta=reddish略紅，與鄉下無關。

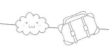

18. Libreville＝libre(自由、解放)+ville＝自由市、自由城、音譯「利伯維爾」。

 延伸記憶. libre自由的、不受拘束的(法文、西班牙文)，libre arbitre(法文)＝ free will 自由意志，comercio libre(西班牙文)＝free commerce＝free trade自由貿易，circuler librement(法文)＝circulate liberally＝move freely隨意兜圈走、自在到處走、自由通行，liberty自由，liberate得自由、解放，liberated被解放的、已經得到自由的，liberation解放、擺脫束縛、得自由，liberationist解放論者、爭取自由者，liberal自由派人士、自由的；Nashville納許市、音譯「納許維爾」(美國田納西州首府、鄉村音樂之都，紀念獨立戰爭殉國的將軍Francis Nash)，Fayetteville法葉市、音譯「法葉維爾」(美國北卡州城市，紀念獨立戰爭時助戰的法國將軍La Fayette)

 報馬仔. Libreville是法國釋放的巴西運奴船上之奴隸建立的城市，中西非濱海國家Gabon加彭的首都。

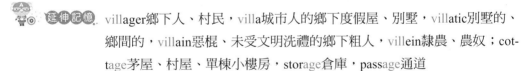 **報馬仔.** Liberia自由之邦、自由國、音譯「賴比瑞亞」，這是早在美國南北戰爭前就於北方獲得自由的黑奴，得美國協助返回非洲建立的國家；字源liber、libre、liver＝free自由，ia＝state、land邦國、土地。

19. village＝vill+age名詞字尾(場所、地點、住處)＝鄉下住處、鄉村。

 延伸記憶. villager鄉下人、村民，villa城市人的鄉下度假屋、別墅，villatic別墅的、鄉間的，villain惡棍、未受文明洗禮的鄉下粗人，villein隸農、農奴；cottage茅屋、村屋、單棟小樓房，storage倉庫，passage通道

20. garage＝gar+age名詞字尾(場所、地點、住處)＝遮蔽處、保護車免於日晒雨淋的地方、車庫。

延伸記憶. garret守望小塔、簡陋閣樓，garreteer簡陋閣樓租戶、窮苦棲身的文化人，garrison衛戍、警備，guard守衛，guardian監護人，guarantee擔保、保證；hermitage隱修處，anchorage下錨處，rivage岸、臨水處，stage舞臺

環境房屋與居住

21. **resident**＝re字首(在後、再次、重新)+sid+ent名詞字尾(人、物)、形容詞字尾(具有…性質的)＝坐定者、定居者、常駐官員、常駐記者、住院醫師，定居的、常駐的、住院的、住校的。

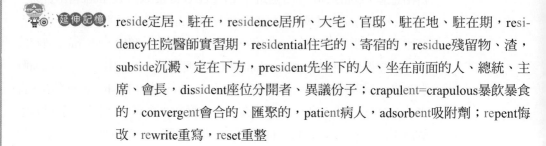

延伸記憶. reside定居、駐在，residence居所、大宅、官邸、駐在地、駐在期，residency住院醫師實習期，residential住宅的、寄宿的，residue殘留物、渣，subside沉澱、定在下方，president先坐下的人、坐在前面的人、總統、主席、會長，dissident座位分開者、異議份子；crapulent＝crapulous暴飲暴食的，convergent會合的、匯聚的，patient病人，adsorbent吸附劑；repent悔改，rewrite重寫，reset重整

22. **lavatory**＝lav+atory名詞字尾(場地、地點)、形容詞字尾(有…性質的、具有…的)＝盥洗室、洗手間、廁所，洗滌的、盥洗的。

延伸記憶. lavatory paper廁所用紙、衛生紙，lavage灌腸，gastric lavage洗胃，lavacultophilia浴袍愛慾、看人著浴袍就會引發的性衝動，lavation洗去法、灌入而洗除，lavabo洗手禮、洗手儀式、洗手盆，lava如水沖下的岩石漿、岩漿、火山熔岩，lavish亂花錢、花錢如流水，lavipedium足浴；observatory天文臺、天文館、觀測站，purgatory靈魂淨化所、滌罪處、煉獄，explanatory解釋的、說明的，respiratory呼吸的

報馬仔. lavender薰衣草，lavender oil薰衣草油，lavender water薰衣草水，Lavandula薰衣草屬植物；據說羅馬人泡浴或洗衣時，有時候會將薰衣草放入浴池或洗衣盆，以增加芳香，而致該名稱的字源和洗滌有關。

23. **ablution**＝ab字首(離開、脫出、斷開)+lut+ion名詞字尾(行為過程、結果、情況、物品)＝沐浴、洗澡、洗禮、淨禮。

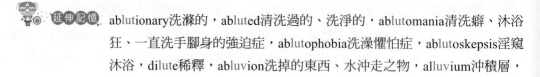

延伸記憶. ablutionary洗滌的，abluted清洗過的、洗淨的，ablutomania清洗癖、沐浴狂、一直洗手腳身的強迫症，ablutophobia洗澡懼怕症，ablutoskepsis淫窺沐浴，dilute稀釋，abluvion洗掉的東西、水沖走之物，alluvium沖積層，

環境房屋與居住

alluvial plain沖積平原，deluvial洪水的，abluent洗滌劑；revision修正、solution溶劑、解決，resolution決議，revolution革命；absent脫離存在狀態的、缺席的、缺乏的，abscind割除、切掉，abrade磨蝕、磨損

24. circumstance＝circum+stance名詞字尾(位置、立場、站立、存在)＝環境、情況、處境。

延伸記憶 circumstantial依環境而定的、依情況而定的，circumambulate繞圓走、迂迴表達，circumnavigate繞圓航行、環航世界，circumscribe畫圓圈、限制，circumspect環顧的、謹慎的；stance站的姿勢、步法(拳術)，attention stance立正姿勢，riding stance=sitting stance蹲馬步(拳術)，instance立在裡面的東西、實例、例證，irresistance=nonresistance不站在反對立場、不反抗、不抵抗

報馬仔 西方常見女子名Constance、Constance、Constanze、Konstanze，男子名Constantine、Constantin、Costantino、Konstantin、Konstantinos，意思是「堅定站立」。

25. periphery＝peri+pher(帶著、帶走)+y名詞字尾(情況、性質、狀態)＝邊緣地帶、外圍地區。

延伸記憶 peripheral邊緣的、外圍的，periscope看周遭的望遠鏡、潛望鏡，pericarditis心包炎，periodontitis牙周炎、牙周病，peripatetic四周走動者、周遊者、逍遙派；telpher=telfer到遠處的載運者、索道車、纜車，pheromone=phero+hormone帶著的賀爾蒙、信息素、外激素、音譯「費洛蒙」，pheresis析離、取出，plasmapheresis血漿析離術

報馬仔 西方常見男子名Christopher、Christophe、Christoph、Kristopher、Kristofor，意思是「帶著基督、顯現基督」。

26. decorate＝decor+ate動詞字尾(從事、進行、使之成為)＝裝潢、裝飾、布置、弄整齊漂亮、授勳章。

 decorative裝飾的，decorative arts裝飾藝術，decorative surgery=cosmetic surgery美容手術，decoration裝潢、裝飾，dedecorate去除裝飾，redecorate重新裝飾、再次裝飾；inflate灌氣進去、膨脹，stipulate明文規定，congratulate恭賀

27. interior＝inter+ior名詞字尾(人、者、物)、形容詞字尾(屬於…的、有…性質的)＝室內、屋內，室內的、內部的。

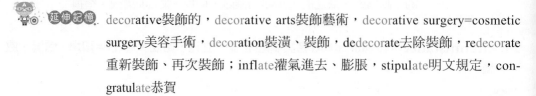 interior designer室內設計師，interior decoration室內裝潢，internal內部的、國內的，internal affairs內政；exterior室外、外貌、外觀、外部的、外觀的，anterior前部的、前頭的，posterior後面的、尾部的、臀部、背部

28. façade＝fac+ade名詞字尾(人、事、物、行為、果汁)＝建物正面、外觀。

 face臉、顏、正面，baby-faced娃娃臉的，facet寶石琢面、問題的面向，prima facie=first face初看的、初步的、第一印象的；arcade拱廊、拱型建物，barricade柵欄、障礙物，ballade歌謠、敘事曲，robinsonade魯賓遜漂流記一類的故事，lemonade檸檬汁，limeade萊姆汁

29. exit＝ex+it(走、動、進行、驅策)＝出口、安全門，離開、走出去。

 exile放逐、出亡、流亡，expel開除、逐出，extract萃取、抽出、開採，exhale吐氣，exhume掘墳、挖屍，expect看外面、期盼，external外界的、外部的；transit走過去、過境，itinerary行程表、走路計畫，init入口、走進去，initial入口的、最初的，initiate走入、進入、加入、開始、創制

 法國的存在主義哲學家暨文學家沙特，出版名為《絕路》、《沒有出路》、《無路可出》(英文No Exit、法文Huis Clos)的著名劇本，描繪人類絕望的生存困境。

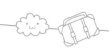

30. procumbent＝pro字首(向前、在前)+cumb+ent形容詞字尾(具有…性質的)＝**向前平伏的、趴著的、爬地的、匍匐的。**

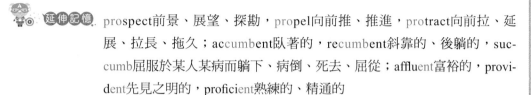

延伸記憶．prospect前景、展望、探勘，propel向前推、推進，protract向前拉、延展、拉長、拖久；accumbent臥著的，recumbent斜靠的、後躺的，succumb屈服於某人某病而躺下、病倒、死去、屈從；affluent富裕的，provident先見之明的，proficient熟練的、精通的

11
行走交通旅行

字源線索

英文	中文	字綴與組合形式
way ; channel ; road ; course	路、道、路程	duct ; vey ; vi ; via ; voy
path ; going ; traveling	道路、路徑、旅行	hod ; hodo ; od ; ode ; odo ; odu
move	動、移動、行動	mob ; mobi ; mobil
motion	動、移動、行動	mot ; moti ; moto ; mut ; muti ; mov
carry ; cart	載運、帶走	fer ; pher ; phor ; phora ; phore ; phori ; phoro
carry ; bring	載運、帶著	port ; portat ; vect ; veh ; vehi
depart ; move away	遷徙、搬遷	migr ; migrat
circuit ; travel from place to place	環遊、遊覽、觀光、巡迴	tour
guide ; guiding	導遊、導覽	agog ; ciceron
guest ; host	客人、以主人身分待客	hosp ; hospit ; host ; hot
guest ; foreign ; alien	客人、外來者	xen ; xeno
go ; travel ; journey	走、遊、旅行	it ; itiner

★ 英文	★ 中文	★ 字綴與組合形式
walk ; wander ; go astray	漫遊、閒逛、迷路	amble ; ambul ; ambulat
wander ; unsettled	迷走、亂走、不定	vag ; vaga ; vago
travel slowly ; to and fro	緩行、巡航、往返	cross ; cruci ; cruis ; crus ; crux
intersection	交叉狀、十字形	cross ; cruci ; cruis ; crus ; crux
run ; race	奔馳、疾走、急流、跑	cor ; cour ; curr ; cur
run ; course	奔、奔途	drom ; drome ; dromo
drift ; wander ; roam	飄動、漂泊、漫遊、游動	plan ; plankt ; plankto ; plano
sailing ; ship ; sailor	行船、船艦、航員	nau ; naus ; naut ; nauti ; nav
gate ; entrance ; harbor	港口、機場、口岸、出入口、關卡	port
fly like a bird ; bird	飛行、飛翔、鳥、禽	av ; avi
skill ; technics ; build	技能、技術、建造	techn ; techno ; tect
technics ; vessel	工藝、技術製造的機船	craft

行走交通旅行

★ 英文	★ 中文	★ 字綴與組合形式
sit ; seat	座位、轎子、坐定、座落	sed ; sedat ; ses ; sess ; set ; sid ; sit
axis ; wagon ; chariot	車軸、車、馬戰車	axi ; axl ; chari
wagon ; wheel ; vehicle	汽車、車輪、載具	amathi ; amax ; amaxo
car ; wagon ; vehicle	車、汽車、載具	car ; cari ; carr ; carri ; chari
wheel ; ring ; round	車輪、環狀、圓圈	circ ; circa ; circum
wheel ; ring ; circle	車輪、環狀、環繞	cycl ; cycle ; cycli ; cyclo
fast ; speed ; swift ; rapid	速度、車速、快速	celer ; tach ; tacho ; tachy
fast ; speed ; swift ; rapid	速度、車速、快速	velo ; veloc ; veloci
use ; practice	用途、作法、利用、動用	us ; ut
fall ; befall ; happen	落下、臨到、機運	cad ; cas ; cay ; chance ; chute ; cid
slope ; slant	斜坡、斜升、斜降	clin ; cline ; clino ; cliv ; clivi
flat ; level	平坦	plan ; plani ; plano
flat ; broad	平坦、扁闊	plat ; platino ; platt ; platy

行走交通旅行

★ 英文	★ 中文	★ 字綴與組合形式
divide ; cut	分段、分開、割開、斷開	sec ; sect ; seg

行走交通旅行

拆字猜義

①	sedan ＿＿＿＿＿＿	房車
②	carriage ＿＿＿＿＿＿	運輸工具
③	ferry ＿＿＿＿＿＿	渡輪
④	vehicle ＿＿＿＿＿＿	車輛
⑤	motorcycle ＿＿＿＿＿＿	摩托車
⑥	automobile ＿＿＿＿＿＿	汽車
⑦	locomotive ＿＿＿＿＿＿	火車頭
⑧	convoy ＿＿＿＿＿＿	護送
⑨	hodomania ＿＿＿＿＿＿	不安於室
⑩	hovercraft ＿＿＿＿＿＿	氣墊船
⑪	navigable ＿＿＿＿＿＿	可航行的
⑫	utility ＿＿＿＿＿＿	功用
⑬	migratory ＿＿＿＿＿＿	移居的
⑭	tourism ＿＿＿＿＿＿	觀光
⑮	deviate ＿＿＿＿＿＿	離經叛道的

1. **sedan**＝sed+an名詞字尾(人、者、物)＝**轎車、房車、四門車、寬敞座位車、轎子。**

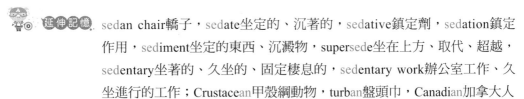
延伸記憶　sedan chair轎子，sedate坐定的、沉著的，sedative鎮定劑，sedation鎮定作用，sediment坐定的東西、沉澱物，supersede坐在上方、取代、超越，sedentary坐著的、久坐的、固定棲息的，sedentary work辦公室工作、久坐進行的工作；Crustacean甲殼綱動物，turban盤頭巾，Canadian加拿大人

2. **carriage**＝carri+age名詞字尾(物品、用具、數量、費用、金額)＝**運輸工具、運費、火車車廂、四輪馬車。**

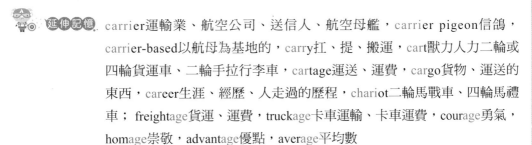
延伸記憶　carrier運輸業、航空公司、送信人、航空母艦，carrier pigeon信鴿，carrier-based以航母為基地的，carry扛、提、搬運，cart獸力人力二輪或四輪貨運車、二輪手拉行李車，cartage運送、運費，cargo貨物、運送的東西，career生涯、經歷、人走過的歷程，chariot二輪馬戰車、四輪馬禮車；freightage貨運、運費，truckage卡車運輸、卡車運費，courage勇氣，homage崇敬，advantage優點，average平均數

3. **ferry**＝fer+ry名詞字尾(工具、場所、處所、地點)＝**渡口、渡輪，擺渡、運送。**

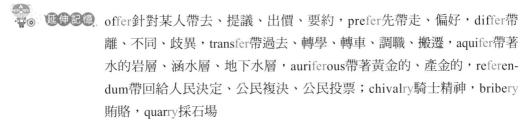
延伸記憶　offer針對某人帶去、提議、出價、要約，prefer先帶走、偏好，differ帶離、不同、歧異，transfer帶過去、轉學、轉車、調職、搬遷，aquifer帶著水的岩層、涵水層、地下水層，auriferous帶著黃金的、產金的，referendum帶回給人民決定、公民複決、公民投票；chivalry騎士精神，bribery賄賂，quarry採石場

4. **vehicle**＝veh+icle名詞字尾(工具、器具)＝**載具、車輛、飛行器、工具、手段。**

延伸記憶　vehicle traffic車流量，vehicle distance行車車距，motor vehicle機動車輛、汽車，space vehicle宇航機、航天器，investment vehicle投資工具，waste collection vehicle=dustcart=garbage truck垃圾車、清潔車，utility vehicle(UV)休旅車、多用途車，vehicle electronic=vectronic車用電子系

統，vehicular車輛的、行車的，vehicular homicide車禍致死；ventricle心室，article冠詞、文章，canticle讚歌、頌歌，reticle光罩，testicle睪丸

Mahayana=Great Vehicle Buddhism大乘佛教，Hinayana=Lesser Vehicle =Theravada Buddhism小乘佛教、上座部佛教。

5. **motorcycle**＝motor(發動機、馬達、動能器、車輛、汽車)+bicycle＝機動二輪車、馬達驅動二輪車、機車、摩托車。

motorbike=motorcycle摩托車，motorcyclist機車駕駛人，motor+hotel=motel汽車旅館，motorist汽車駕駛人，motordrome賽車場，motorized機動化的、有車輛的，motorcade車隊，electric motor=electromotor電動馬達；recycle再次轉動、循環使用、回收，tricycle三輪車，cyclone氣旋、龍捲風，cyclic圓的、循環的，tetracyline四環黴素

6. **automobile**＝auto字首(自己、本身)+mob+ile名詞字尾(屬於…的物、有…性質的東西)、形容詞字尾(屬於…的、有…性質的)＝汽車、自動車(日文漢字)、自身有動力之物體、汽車的、自己推進的。

automobile+suicide=autocide撞車自殺，automobile+parts=autoparts汽車零件，automobilist汽車駕駛人，automotive汽車的，mobile移動式的、行動式的、流動的、手機，mobile library流動式圖書館，hippomobile馬車，electromobile電動車；autocracy自己統治、獨裁，automation自動化，autonomy自律、自治，autograph自己寫、親筆簽名，autobiograph自己寫生活、自傳；missile飛彈、射出物，projectile拋物體、子彈、炮彈，infantile嬰兒的、幼兒的，sterile不孕的，ductile可延展的、柔軟的

automobile+bahn= autobahn(德文)汽車道路，高速公路。

行走交通旅行

Oldsmobile為美國豪華車品牌之一,為創辦人Ransom E. Olds以其姓氏 Olds+mobile而取名,其母公司General Motors通用汽車於2004年終止該品牌車款的生產。

7. **locomotive** = loco字首(地方、地方之間的移動、位置)+mot+ive形容詞字尾(有…性質的、有…傾向的)、名詞字尾(有…性質的物品、有…傾向的東西、屬於…的藥劑) = **火車頭的、有移動能力的、推移用的、到處遷徙的,火車頭、機動車頭。**

electric locomotive電力火車頭,locomotion移動、運行、旅行,locomotory 有運動能力的、能自行移動的,pedomotive腳踩動的,motive動機、目的,motivate激勵、使動起來;loco citato=loc. cit.=in the place cited在上述引文中(論文寫作術語),local地方的、在地的、局部的,locate座落於、位於、找到所在,location位置、地段,dislocate離位、位移、脫臼,allocate放進一定位置、編配人員或款項;active積極的、活躍的,passive消極的、被動的,cursive潦草的,inclusive包容的

Location Based Service=LBS位基服務,打卡,位置標示,智慧型手機與社交網站功能之一。

8. **convoy** = con字首(一起、伴隨、共同)+voy = **車隊、船團、同行而相互保護的車隊或船隊,護送、護航、隨扈保安。**

convoyed=escorted受到保護的,military convoy軍車隊,naval convoy海軍護航船團,humanitarian aid convoy人道救援車隊,envoy=in the road上路的人、特使,voyage旅程、旅途,bon voyage(法文)=good journey祝你旅途愉快;convey一起上路、載送、傳送,convolute全都捲在一起的、盤繞的、迴旋的,contend一起拉扯、搏鬥、爭奪

9. **hodomania** = hodo+mania名詞字尾(狂躁症、躁症、瘋狂、痴迷) = **上路狂躁、旅行痴、不安於室。**

行走交通旅行

延伸記憶. hodophobia上路恐懼症，hodophilia喜歡旅行，hodoscope瞄跡器、帶電粒子軌跡追蹤器(物理)，hodometer=odometer旅程計、計程表，method循路、找到的路、方法、辦法、途徑，methodology方法論、方法學，synod匯集的路、大會、教會會議，diode走兩路的物體、二極體；kleptomania偷竊狂，eroticomania色情狂，lexicomania辭書收集狂，ailuromania愛貓痴，cynomania愛狗痴，bibilomania愛書成痴

報馬仔. 舊約聖經第二部書Exodus《出埃及記》，依字源解釋是「出去的路，走出去」，也可延伸為某一民族的大量遷徙。

報馬仔. Methodism指基督新教循道宗，該教派又依創立者John Wesley之名字而稱為Wesleyans衛斯理宗，是十八世紀在英國對聖公宗(Anglicism，英國國教)不滿而衍生出來的教派，Methodist Church指循道會或衛理公會。

10. hovercraft＝hover字首(氣墊、墊高、飛騰、盤旋、徘迴)+craft＝氣墊船、氣墊車。

延伸記憶. hovercraft=air-cushion vehicle (ACV)氣墊載具，hoverferry氣墊渡船，hoverbarge氣墊駁船，hoverport氣墊船港口、氣墊船碼頭，hoverplane=helicopter盤旋機、直升機；aircraft飛機、飛行器，spacecraft太空船、宇航機，landing craft登陸艇，swordcraft劍術，witchcraft巫術，handicraft手工藝，craftwork工藝品，craftsman工匠

11. navigable＝nav+ig(進行、從事、動起來)+able形容詞字尾(能夠…的、有…能力的)＝可行船的、可航行的。

延伸記憶. navy舟師、水師、船艦部隊、海軍，navigation航行，navigator領航者，navicular舟狀的，naumachy模擬海戰表演，nausea行船病、噁心、嘔吐，nautical航海的、船舶的，internet+naut=internaut網路航行者、搜尋網路者，astronaut星星航行者、太空人、美國太空人，cosmonaut宇宙航行員、宇航員、俄羅斯太空人；litigation進行法律事務、訴訟、打官司，malignant往壞的方面動的、惡性的，benignant往好的方面動的、良性的；

行走交通旅行

atonable可贖罪的、可補償的，donable可贈與的，reliable可靠的，measurable可衡量的，unbearable無法忍受的、無法承受的

 中國在2003年將其太空人楊利偉送入太空，英語世界出現結合中文的新創字彙taikong(太空)+naut=taikonaut中國太空人。

12. utility = ut+ility名詞字尾(性質、狀態、情況、用具)＝多用途車輛、多用途用具、功用、效用、公用事業(水電瓦斯等)。

 utility vehicle=utility多用途車、休旅車，Sport Utility Vehicle (SUV)運動型多用途車、運動型休旅車，utility knife多用途小刀，utilize=utilise利用，utensil用具，useful有用的，abuse濫用，misuse誤用，peruse徹底使用、仔細閱讀，usage用法、慣用語，usual在使用的、平常的、慣有的；tactility觸覺、觸感，contractility收縮力度、收縮性，volatility揮發性，erodibility可蝕性、沖蝕性，ignitability可燃性，

13. migratory = migr+atory形容詞字尾(有⋯性質的)＝移居的、遷徙的、流動的。

 migrant遷居者、移民工、流動工人、移棲動物、候鳥、移居的，migrant workers移民工、中國內地到沿海發達城市的勞工、農忙季節由墨西哥進入美國打工的人，migrate遷徙、移居，immigrate移入、遷入、通關入境，Immigration Tower入境事務大樓(香港)，Immigration Agency入出境及移民署(臺灣)，emigrate移出、遷出、通關出境，émigré流亡海外人士；compensatory補償的、彌補的，amatory愛情的，mandatory強制的

14. tourism = tour+ism名詞字尾(想法、主張、做法、行為、現象、思想)＝旅遊、觀光、到處玩、走馬看花。

 tourist旅遊者、觀光客、遊覽的、觀光的，tourist industry觀光業，tourist trap遊覽陷阱、騙觀光客掏錢的地方，touristic旅遊業的、觀光的，grand tour壯遊、盛大旅遊，ecotour生態之旅，detour繞行的路、迂迴車道，改

行走交通旅行

道、繞其他路走；ruralism鄉土性、田園風味，sensualism感官為主的行為、沉溺肉慾，idealism理想主義

 Tour de France環法單車大賽，世界最知名的公路單車競賽，賽程環繞法國一周。

 Grand Tour壯遊，指歐洲貴族子弟環遊歐洲各大城市的見識與成長之旅，具有啟發性與教育性，被視為通識教育的一部分，在鐵路運輸興起之後漸漸沒落。

15. deviate＝de字首(離開、脫離)＋via＋ate動詞字尾(做、從事)、形容詞字尾(有…性質的)、名詞字尾(人、者、物)＝離開道路、偏離、背離，偏差者、異常者，異常的、離經叛道的。

 deviant異常的、離經叛道的，deviant偏差者、異常者，via經由、藉著，道路、管、道(解剖學)，viaduct高架道路、高架鐵路，viatic路程的、旅行的，viator旅客，devious偏離道路的、遠離正道的、誤入歧途的，previous走在路前方的、早先的，obvious擋在路上的、明顯的，pervious一路穿過去的、可滲透的、透光的；derail出軌、脫軌，detrain下火車，debark下機、下船、下車；medicate用藥、施藥，annotate加註、註釋，allocate分配、撥配

 via crucis十字架之路；via dolorosa受苦之路，苦路：指朝聖者或觀光客到耶路撒冷必看的一段行程，就是耶穌背十字架走到刑場的路程。

行走交通旅行

拆字猜義

⑯	itinerary _____	行程表
⑰	accident _____	意外事故
⑱	cicerone _____	導遊
⑲	platform _____	月臺
⑳	hospitality _____	殷勤款待
㉑	deceleration _____	減速
㉒	acclivity _____	斜坡
㉓	perambulate _____	漫步
㉔	cruiser _____	遊艇
㉕	transport _____	運輸
㉖	passport _____	護照
㉗	aviatrix _____	女飛行員
㉘	intersection _____	十字路口
㉙	excursion _____	遠足
㉚	aeroplane _____	飛機

行走交通旅行

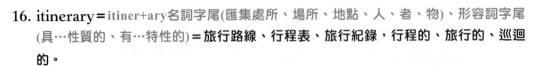

16. itinerary＝itiner+ary名詞字尾(匯集處所、場所、地點、人、者、物)、形容詞字尾 (具…性質的、有…特性的)＝旅行路線、行程表、旅行紀錄，行程的、旅行的、巡迴 的。

 itinerate巡遊、巡迴傳教，intineration=intinerancy傳教或審判的巡迴制、 巡迴進行方式，itinerant巡迴的、流動的，ambition行走天下、闖天涯、 鴻鵠之志、壯志、雄心、抱負、野心，ambitious有抱負的、有野心的， circuit環遊、巡迴、到處走，sedition走到異方、離異、謀逆、叛亂，sedi- tious謀逆的、鼓動叛亂的；obituary人走掉了的告知、訃聞、訃告、訃聞 的，missionary傳教士，emissary特使，culinary烹飪的，parliamentary國會 的

17. accident＝ac字首(向著、對著)+cid+ent名詞字尾(人或物)＝車禍、意外、橫禍、事 故、落過來之事物、摔過來之事物。

 accidental事故的、意外的、偶發的，accident-prone頻繁出事的、常發生 意外的，incident掉進來的事物、事情、事件、發生的事，incidence發生 率、(疾病)罹患率，coincident=coincidental一起發生的、巧合的，coinci- dence湊巧、符合，occident(太陽)落下的那方、西方、歐美國家，occiden- tal西方的；acclaim對著喊好、讚美、喝采，access對著目標走、接近、進 入，accord心對心、和諧、一致

 orient=ori上升+ent=(太陽)升起的那方、東方，oriental東方的。

18. cicerone＝ciceron+e名詞字尾(人、物、者)＝導遊、導覽、嚮導、萬事通、滔滔不絕 者。

 cicerones=ciceroni導遊(複數)，ciceronage導遊的行為、解說名勝古蹟， ciceronize=ciceronise擔任導遊，Ciceronian=ciceronian導遊的、萬事通的、 滔滔不絕的、有羅馬雄辯家希塞羅樣子的，Ciceronianism=ciceronianism 滔滔不絕的風格、希塞羅文體；bibliophile愛書者，cynophobe怕狗者，

algophobe怕痛者

古羅馬哲人Marcus Tullius Cicero希塞羅，博學多聞，精通哲學、政治、法律，涉獵語言研究與翻譯，又是散文家，口才又很好，談論事務旁徵博引雄辯滔滔，因而義大利文根據這位好口才的萬事通造出cicerone這個字，而且被英語世界接收，代表具備類似特質的導遊、導覽人員tour guide。

19. platform＝**plat＋form**名詞字尾(形體、樣貌、外觀)、動詞字尾(使…具有某種形體、樣式)、形容詞字尾(有…形狀的)＝**月臺、講臺、平臺。**

platform ticket月臺票，platform scale臺秤、地磅，platform shoe麵包鞋、厚平底鞋，marine-cut platform海蝕平臺，plate盤子、平板、車牌，plateau高的平坦地、高原，platypodia扁平足；uniform單一樣式、制服、一律化、一致化、一貫的、劃一的，reform再次像個樣子、改革、改造，transform轉換樣貌、轉型，formal形式的、正式的，format格式、版型，formation隊形、陣式

20. hospitality＝**hospit＋ality**名詞字尾(狀態、情況、性質)＝**殷勤款待、善加接待、好客的行為、膳宿與娛樂的提供。**

hospitality industry餐旅業、飯店業與餐飲業，hospitable好客的、樂於接待人的、適於居住的，inhospitable待客冷淡的、愛理不理的、不適合居住的，hospital醫院、把病人當客人好好照顧的地方，hospital=hospice客人招待所、旅店、慈善收容所，hostel青年旅館、青年招待所，host旅館老闆、主人、宿主，hotel旅館、客棧、大飯店、酒店；feudality封土建國、封建制度，mentality心智、精神，lethality致命能力、致死率、殺傷力

21. deceleration＝**de**字首(向下、降低、減少)＋**celer＋ation**名詞字尾(情況、狀態、過程、結果)＝**減速、放慢。**

延伸記憶 decelerator減速裝置，decelerometer減速計，celerity迅速、敏捷，celeripedean飛毛腿，accelerate加速、加快、促進、促發，accelerant促進劑、催化劑，accelerometer加速度計，accelerando漸快、速度漸漸加快(音樂)；deciduous落葉的，decay墮落、衰落、爛掉，decrease減少，devalue貶值、降值；alluviation沖積，information消息

22. acclivity＝ac字首(向著、對著)+cliv+ity名詞字尾(性質、情況、狀態)＝斜坡、斜升坡、上坡。

延伸記憶 acclivous=acclivitous斜升坡的、上坡的，declivity斜降坡、下坡，declivous=declivitous下坡的、斜降的、陡峭的，proclivity傾向、癖好；accept對著人取物、接受，accede走向對方表示願意、答應、加入，accumulate堆積、積存；eligibility資格性、合格條件，heredity遺傳性、遺傳特質，legality合法性

23. perambulate＝per字首(完全、穿過)+ambul+ate動詞字尾(進行、從事)＝到處走、步行走過、漫步。

延伸記憶 ambulate走動、移動、行走，ambulant=ambulatory可走動的、不需臥床的、流動的、到處走的，ambulance可到處走的救護者或裝置、救護車，preambulate走在前面、作序、說導言，preambulous序文的、導言的，preamble序文、導言，somnambulator睡眠中步行者、夢遊者，funambulist走鋼索者；perspective透視、看穿，permanent完全留住、永恆，pernoctate徹夜禱告、通宵、守夜；conciliate安撫、懷柔、請人別生氣，translate翻譯，undulate波動、起伏

24. cruiser＝cruis+er名詞字尾(行為人、者、物)＝遊輪、遊船、遊艇，巡洋艦、巡航機、巡邏車、重型機車、導航系統。

延伸記憶 missile guided cruiser導向飛彈巡洋艦，cabin cruiser有艙房的遊艇，cruise

漫遊、巡航、巡弋，cruise ship遊輪，cruise car巡邏車，cruise missile巡弋飛彈，cruising漫遊的、巡航的，cruising radius巡航半徑，cruciverbalist縱橫填字謎(crossword puzzle)的玩家，crucify釘十字架，crucifer十字花科植物，cruciform十字形的，Crusade十字軍；ocean liner海洋定期航線輪船，airliner定期班機，streamliner流線型火車，Berliner柏林人、柏林居民

日本Toyota豐田的一款四輪驅動車取名為Land Cruiser。

25. transport＝trans字首(變換、轉移、橫過、超越)+port＝運輸、運送，運輸工具、交通系統。

transportation運輸、運送、運輸業、運輸系統，transportable可運輸的、可搬運的、可攜式電視、電腦、計算機，portable可攜帶的、手提式的、輕便型產品、手提式電器，porter行李員，import進口、運進來、進口的物品與服務，export出口、運出去、出口的物品與服務，deport送走、驅逐出境，report回報、送回消息、報導，reporter送回消息的人、記者；transact交易，transect橫切，transit運輸、載運、交通系統、過境，transsexual變性人，transmute變質

Mass Rapid Transit=MRT大眾捷運，臺北、高雄、新加坡、曼谷、馬尼拉的都會運輸系統名稱；Mass Transit Railway=MTR港鐵，香港的大眾運輸系統。

26. passport＝pass(穿過、通過)+port＝通過關卡的證件、經過口岸的護持身分說明書、護照。

pass關口、隘道，passable可通行的，passage通道、航道、通過，passenger乘客、旅客，passerby路人、過路人；airport空路的進出關卡、機場、空港(日文)，seaport海路的進出關卡、港口，river port河港，home port母港、基地港、航空公司的營運基地所在機場

行走交通旅行

葡萄牙Portugal，原意為Port of Count Alfonso Gaya，指建立葡萄牙王國的Count Alfonso Gaya艾方索伯爵的港口；而葡萄牙第二大城Porto、Oporto波多、波爾圖，意思就是「門戶、港口」；Port Wine波特酒、波多酒，指的是葡萄牙北部生產，以Porto港為集散地的葡萄酒。

Cathay Pacific Airways (CX) 國泰航空的home port是香港赤鱲角機場 (HKG)，Singapore Airlines (SQ) 新加坡航空的home port是樟宜機場 (SIN)，China Airines (CI) 華航的home port是桃園機場 (TPE)，China Eastern Airlines (MU) 中國東方航空的home port是上海浦東機場 (PVG)，美國華盛頓號核子動力航空母艦(USS George Washington CVN-73)的home port是日本橫須賀軍港。

27. aviatrix＝avi+ate動詞字尾(從事、進行)+rix名詞字尾(女性、婦女)＝**女飛行員、飛機女駕駛**。

aviatrixes=aviatrices女飛行員(複數)，aviator飛行員，aviatress女飛行員，aviate飛行、駕駛飛機、乘坐飛機，aviation航空、飛航、飛機，civil aviation aircraft民航機，avion飛機(法文)，aviary鳥舍、鴿舍，avian flu=bird flu禽流感，aviculture飼養鳥，Aves鳥綱；translatrix女翻譯員，ancestrix女祖先，autocratrix女獨裁者

男飛行員：aviator(英文)，aviateur(法文)，aviador(西班牙文)，aviatore(義大利文)；女飛行員：aviatress(英文)，aviatrix(英文)，aviatrice(法文)，aviadora(西班牙文)，aviatrice(義大利文)。

28. intersection＝inter字首(相互、彼此、在…之間)+sec+tion名詞字尾(行為、行為結果、行為過程)＝**十字路口、交叉路口、相互分段、彼此切開**＝crossway、crossroad。

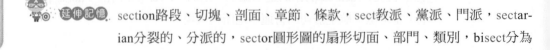
section路段、切塊、剖面、章節、條款，sect教派、黨派、門派，sectarian分裂的、分派的，sector圓形圖的扇形切面、部門、類別，bisect分為

行走交通旅行

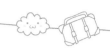

二份、切成兩塊，trisect分為三份，insect身體內部分段的動物、昆蟲，Insecta昆蟲綱，vivisect活體動物解剖，antivivisectionist反對活體動物解剖的人士，segment斷片、切片、體節、環節，分割，segmentation分割、切斷、區隔、市場區隔，segmentable可分割的，segmental斷片的、零碎的；interactive互動的，intercollegiate(大學)校際的、二家或以上大學之間的，interdependent互賴的、彼此依賴的，interception在兩者之間抓住、攔截

報馬仔．法文carrefour=four forked四叉的、四岔的，就是十字路口、交叉路口，分布全球的法商量販店家樂福，就是取名為Carrefour。

29. excursion＝ex+cur+sion名詞字尾(行為、行為的過程或結果)＝跑去外面、遠足、短程遊覽、優惠短途集體旅遊，離題、偏差。

延伸記憶 excursionist短程遊覽團員，excurse去遠足、跑掉，recur跑回來、重現、再發生，occur跑過來、發生、出現，incur跑進去、蒙受、招惹，cursor跑動的東西、游標(電腦)，current流動的、通行的、時下的、水流、電流，currency通貨、貨幣，course行程、課程，courier跑腿者、快遞者；vision遠景、視力，affusion灌水、注水、滴水(宗教洗禮)、滴藥(打點滴)，illusion幻覺、假象，suspension中止、擱置

30. aeroplane＝aero(空中、空氣)+plan+e名詞字尾(人、者、物)＝airplane飛機。

延伸記憶 aerodrome=airdrome機場、航空站，aeronautics飛行術、航空學，aerobatics特技飛行，aerodynamics空氣動力學；hydroplane水上飛機，warplane戰機，cargoplane貨機，passenger plane客機，planomania漂泊狂，planet行星，planetary行星的、漂泊的，plankton浮游生物；xylophage食木動物(例：白蟻termite)，informivore=informavore=information+vore=食用資訊的人、資訊消費者，palindrome跑回去的東西、迴文

  aerobics=aero+bio+ics=空氣+生命+實踐方法、研究學問=有氧健身、有氧運動。

palindrome迴文，指的是正讀反讀都一樣的字詞，例：radar雷達，level程度，kayak愛斯基摩獨木舟，madam女士，If I Had a Hi-Fi假如我有一臺音響。

12

教育教導教養

字源線索

★ 英文	★ 中文	★ 字綴與組合形式
place of learning	學校、學苑、學院、學園	school ; schola
old ; elder	高年、年長、資深	sen ; sene ; seni ; sir
young ; youthful	低年、年輕、青春	jun ; juni ; juv ; juven
pupil ; apprentice; teach and learn	學生、學徒、教與學	discip
child ; boy	小孩、兒童、男童	paed ; paedo ; paid ; paido ; ped ; pedo
child education	子女的教育	paedeia ; paideia ; pedeia
child upbringing	養育子女	pedi ; pedia
flowing path	課程、行程、流經路徑、奔馳次序	cor ; cour ; course
running sequence	課程、學程、歷程、奔馳次序	cur ; curr ; curri
course of racing-chariot	歷程、二輪馬戰車競奔過程	curri ; curric ; curricul
know ; discern	知道、通曉	gno ; gnom ; gnomon ; gnor ; gnos; gnost ; gonto
know ; learn	知道、認識、學習	cogn ; cogni ; cognosc
know ; learn ; knowledge	學習、科學、知識	sci ; scient

教育教導教養

⭐ 英文	⭐ 中文	⭐ 字綴與組合形式
learn ; science ; knowledge	學習、科學、知識	math
choose ; pick out	選擇、挑選	lect ; leg ; legi ; lit
wise ; clever ; discerning	有智慧、聰明、有辨別能力	intellect ; intellig
clever ; wise	聰明、智慧	sap ; sapi
care for ; till ; cherish	栽培、教化、鍛鍊、耕種	cult ; cultiv
awareness ; illumination	明白、知曉、照亮、開示	light
clarify ; light ; shine	闡明、照亮、照耀	lum ; lumen ; lumin
lead ; guide ; promote	帶領、指導、引發、促進	agog
lead ; bring ; draw	帶領、引領、指引、拉拔	duce ; duct
teach ; instruct ; show	教導、指導、說明、出示	doc ; doct ; doctr ; docu
teach ; moral lecture	教學、教誨、說教	didact
drag ; draw ; pull	拉拔、拖動、帶動	tra ; trac ; tract ; trai ; treat
right ; straight ; lead ; rule	拉直、導正、帶領、管理	rect ; recti ; reg ; rig

教育教導教養

★ 英文	★ 中文	★ 字綴與組合形式
look after ; guard; watch over	照顧、守望、看守、導護	tuit ; tut
accumulate ; build ; pile	聚積、發展、建立、堆疊	struct
scrape ; scratch ; shave ; rub	擦、刮、磨	rad ; ras ; raz
clarify ; explain; light up	說明、解釋、照亮	lust ; lustr
say ; read ; speak; account	說話、讀出來、演講、敘述	lect ; leg ; legi
talk ; speak ; acknowledge ; claim	談、講述、聲稱、承認	fess
unpolished ; rough ; ignorant	未經琢磨、粗糙、粗魯、簡陋、無知	rud ; rudi
spirit ; breath ; life ; soul ; mind	精神、氣息、生命、靈魂、心智	spir ; spiro
endeavor ; eager-ness ; diligence	奮進、熱切、勤勉	stud ; studi
art ; skill ; craft	技巧、技術、工藝	tech ; techn ; techni ; techno ; tect
letter	文字、字母、知識	liter
step ; stage ; degree	行走、步伐、階段、級別	grad ; grade ; gradu ; gred

教育教導教養

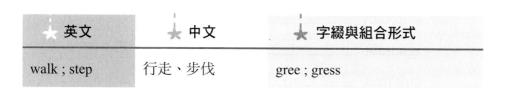

英文	中文	字綴與組合形式
walk ; step	行走、步伐	gree ; gress

教育教導教養

拆字猜義

① illiteracy ＿＿＿＿＿＿＿＿

② ignorant ＿＿＿＿＿＿＿＿

③ cultured ＿＿＿＿＿＿＿＿

④ unenlightened ＿＿＿＿＿＿＿＿

⑤ illuminating ＿＿＿＿＿＿＿＿

⑥ illustration ＿＿＿＿＿＿＿＿

⑦ lecturer ＿＿＿＿＿＿＿＿

⑧ elective ＿＿＿＿＿＿＿＿

⑨ intelligent ＿＿＿＿＿＿＿＿

⑩ coeducation ＿＿＿＿＿＿＿＿

⑪ indoctrinate ＿＿＿＿＿＿＿＿

⑫ pedagogy ＿＿＿＿＿＿＿＿

⑬ encyclopedia ＿＿＿＿＿＿＿＿

⑭ instruction ＿＿＿＿＿＿＿＿

⑮ erudite ＿＿＿＿＿＿＿＿

文盲

無知的

有教養的

未啟蒙的

啟發的

圖示

講師

選修的

聰明的

男女合校教育

傳授

教育學

百科全書

講授

博學者

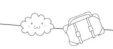

1. **illiteracy**＝il字首(不、無、非)+liter+acy名詞字尾(性質、狀態、行為)＝文盲、不識字、不懂。

 computer illiteracy不懂電腦，cultural illiteracy沒有文化素養，functional illiteracy功能性文盲、有受教育但讀寫能力不足者、不會使用現代生活基本工具者，illiterate文盲的、無讀寫能力的、不識字者、未就學者，aliterate識字但無興趣閱讀者，transliterate轉譯、轉為不同語言的對應字母，literal字母的、字面的，literary文謅謅的、文學的、著作的，literature文獻、文學；illicit違禁的、不正當的，illegal非法的、違法的，illogical不合邏輯的；privacy隱私，legacy傳承，candidacy競選活動

2. **ignorant**＝i字首(不、無、非)+gnor+ant形容詞字尾(屬於…的)＝無知的、未啟蒙的、不懂的、不知情的。

 play ignorant假裝無知，ignorance無知、愚昧，ignoramus無知之人，ignore當成不知道、不理會，agnogenic不知原因的，diagnosis辨識病情、診斷，prognosis預後、預測病情未來發展、預知，physiognomy面容解讀、面貌判讀、面相，chirognomy手貌解讀、手相；ignoble不光彩的、不高尚的、低賤的，ignominious不名譽的、丟臉的，Ig Nobel Prizes非諾貝爾獎、另類諾貝爾獎；vigilant警醒的，valiant英勇的，pleasant愉快的

 字首in代表「不、無、非」時，隨著所接字母不同，而有i、ig、im、il、ir等變形，i+gn開頭的字，ig+n開頭的字，im+m或b或p開頭的字，il+l開頭的字，ir+r開頭的字。

 the Ignorance＝the Time of Ignorance蒙昧時期，依伊斯蘭歷史說法，指在先知穆罕默德帶來伊斯蘭信仰前，阿拉伯世界所處的時期。

3. **cultured**＝cult+ure名詞字尾(行為、狀態、情況、結果)、動詞字尾(進行、從事)+ed形容詞字尾(具有…的、有…特質的)＝有教養的、有知識的、人工培育的。

教育教導教養

 culture文化、文明、開化、教養、培育，puericulture兒童栽培教育，infanticulture嬰幼兒栽培教育，subculture次文化，urbiculture都會文化，cultured pearl人工培育的珍珠，uncultured未開化的、無教養的，acculturate使適應新文化、同化，cultivate栽培、教化、陶冶，cultivated有教養的，cultivable可栽培的；conjecture猜測、揣測，moisture溼氣，prefecture州、省(日本)、專區，procedure程序；lead-coloured鉛色的，ill-fated命運不好的、倒霉的，cherry-flavored櫻桃口味的，enamoured迷戀的

4. **unenlightened**＝**un**字首(不、無、非)+**en**字首(施加、使變成)+**light**(光明、燈光、知識)+**en**動詞字尾(使具有)+**ed**形容詞字尾(受到…處理的)＝**未被點亮的、未被開示的、未啟蒙的、無知愚昧的。**

 unenlighten不提供亮光、不開示、不教導，enlightened已被啟蒙的、已脫離無知的，enlightening帶來開示的、有啟蒙作用的，lighten點亮、照亮，lighter打火機，lighting燈具、照明設備，lightning閃電，lighthouse燈塔，lightyear光年；uncoil使不捲曲、解開、伸直，unlock解開鎖、打開，unconscious無知覺的、無意識的，unconditional無條件的，uncompetitive無競爭力的；encrypt加密，enchain上腳鐐，enchant施魔法，enforce強化、增援；strengthen變強，lengthen變長，toughen變堅韌，smoothen變平滑、使平順；closed關起來的、封閉的，underpaid低薪資的，occupied有人占用的，blessed受祝福的

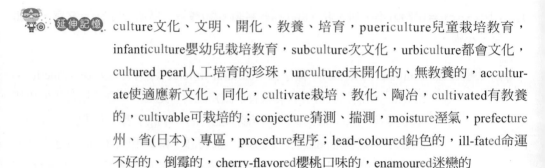

the Enlightenment=the Age of Enlightenment=the Age of Reason=Siècle des Lumières啟蒙時代、理性時代。十八世紀以理性科學思維，針對中世紀各種信仰教條法則規範，提出質疑與反駁歐洲時代。

5. **illuminating**＝**il**字首(進入、使呈現)+**lumin**+**ate**動詞字尾(做、從事、進行)+**ing**形容詞字尾(具…性質的)＝**啟發的、闡明的、照亮的、光輝的。**

 illuminator啟迪者、發光體、反光板，illuminated受啟發的、點亮了的，

教育教導教養

有燈飾的，unilluminated無知的、不懂的、沒有亮光的、背光面的，illuminate闡釋、說清楚、照亮、加上燈飾，luminiferous發光的、傳出光線的，luminous清楚的、易懂的，transilluminate用強光透照，lumen流明、光的強度單位；illuvium=il+alluvium沖積而停在裡面的東西、澱積物、澱積層；impress壓入、蓋印，impel推動、推進；irradiate照亮；interesting有趣的，embarrassing令人尷尬的，flagging下垂的，exciting刺激的

字首in代表「進入，使呈現、使成為」時，隨著所接字母不同，而有im、il、ir等變形，im+m或b或p開頭的字，il+l開頭的字，ir+r開頭的字。

6. **illustration**＝il字首(進入、使呈現)+lustr+ation名詞字尾(情況、狀態、過程、結果、行為而產生的事物)＝說清楚、講明白、舉例解說、用圖示解釋、圖示、插圖。

延伸記憶 illustrated有插圖的，illustrative解說性的、當例證的，illustrator解說者、舉例的事項、插畫家，lustre光澤、光彩，lustrous光輝的、燦爛的；illude進入遊戲花招當中、置入幻象中、欺騙，install裝進去、安裝、就職、上任，irrigate灌溉，irritate惹怒；clarification澄清，explanation解釋，illumination闡明、啟發、照耀

7. **lecturer**＝lect+urer名詞字尾(相關行為者、行為人、從事者)＝講師、講演者、訓誡者。

延伸記憶 lecture講課、講演、講座、講稿、訓誡、斥責，lecture tour巡迴講演，lecture hall講堂、講演廳、大教室，lectureship=lectorate講師教職，lection經文朗讀，lectern直立而有橫斜板可放書籍或講稿的講演架、教會的讀經臺架，legible易讀的、可辨認而說出來的，illegible難讀的、難以辨認的，legend傳說、傳奇、述說的故事；venturer冒險家，torturer行刑者，manufacturer製造業者，sculpturer雕塑家

教育教導教養

8. **elective**＝e字首(出、外)+lect+ive形容詞字尾(有…性質的、屬於…的)、名詞字尾(有…性質的的物品、有…傾向的東西)＝**選修的、有選擇的、選舉的，選修課程。**

elect選出來、選擇、選舉、決定、推選，elector有選舉權的人、選民，select選而分開來、精挑、精選、選拔，collect選而放在一起、收集、募集、收齊、網羅，neglect看到但沒選、忽略、不理會、疏忽，elegant上選的、精美的，eligible有被選舉資格的、夠格的、合格的，ineligible不合格的、不具候選資格的，elite(英文)=élite(法文)菁英分子、精選的優秀人才；prohibitive禁止的、令人望而卻步的，coercive強制的、脅迫的，comprehensive廣泛的，fugitive逃亡者、亡命天涯的

Eslite誠品書店，意指「菁英」，是源自拉丁文的十二世紀古法文。

9. **intelligent**＝intellig+ent形容詞字尾(具有…性質的)＝**聰明的、有才智的、通曉的。**

intelligence智力、領悟力、聰穎方式得到的知識與訊息、情報，intelligence quotient智商，intelligence test智力測驗，unintelligent不聰明的、愚蠢的，intelligible易明白的、可理解的、可用智力瞭解的，unintelligible晦澀難解的，intelligentsia知識分子、知識階層，intellect理解力、領悟力、明辨是非力、知識界，intellectual用腦力的、智力強的、智性的、知識分子、動腦工作者；ancient古代的，fluent流利的，impotent性無能的

intellig=intel+lig，intellect=inter+lect，因接lig、lect，故inter轉音為intel；intellig或intellect意指在種種事物、問題、解釋之間(inter)，進行選擇與分辨(lect、lig)，引申為聰穎，智慧，較高層次的智能。

Central Intelligence Agency (CIA)美國中央情報局。

10. **coeducation**＝co字首(一起、共同)+e字首(出來)+duce+ation名詞字尾(行為過程、行為結果、進行情況)＝**一起帶領出來、男女合校教育。**

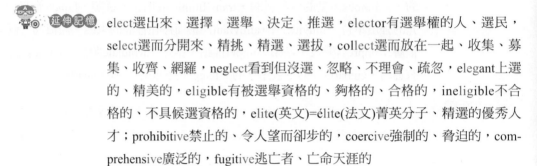

educate引領出來、使不陷入迷惘、教育，well-educated受過良好教育的，

educator教育工作者，self-education自我教育、自學，continuing education
=further education=adult education繼續教育、成人進修教育，vocational
education職業教育，primary education=elementray education初等教育、小
學，secondary education中等教育、中學教育，tertiary education=higher
education高等教育、大學和大學以上的教育；coexistence共存，codriver副
駕駛、共同駕駛，coevolve共同進化；abnegation自我克制，abrogation廢
除，coronation加冕

11. indoctrinate＝in字首(內、入)+doctr+ine名詞字尾(狀態、物品、原則、準則、理念、抽象概念)+ate動詞字尾(做、從事)＝把要教導的理念放入他人腦中、傳授、灌輸。

 indoctrinatory灌輸的、教導的，doctrine教條、學說、教誨，doctor有學問
可教導別人者、學者、教師、博士、醫師，doctorate博士學位，docile孺
子可教的、願意學的、聽話的，docility溫順特質，indocile不受教的、不
聽話的、難管教的，documentary可用來說明或教學的紀錄、紀實片、紀
錄片，紀錄的、紀實的；infuse注入、灌輸，inspire把生命氣息灌入、鼓
舞、激勵，instill滴入；coordinate協調、聯繫，contaminate污染，semi-
nate播種、散布精子；medicine醫學、醫術、醫藥，migraine偏頭痛，dis-
cipline紀律，machine機器、機具，gasoline汽油

12. pedagogy＝ped字首(小孩、兒童、學童)+agog+y名詞字尾(行為、狀態、技術)＝兒童帶領術、教育學。

 paedagogy(英式拼法)=pedagogy，paedagogics=pedagogics教育學，paedago
gue=pedagogue=paedagog=pedagog學童帶領者、老師、教學者；pedeutics
=paedeutics=paideutics教育學，propaedeutic預備學科的、基礎學習的，
pedant學究、書呆子，pedantic迂腐的、讀死書的，pedophilia戀童症，pe-
dophile戀童癖者，pedophobia厭童症，pediatrics小兒科，pediatrician小兒
科醫師；psychagogy心理教育、精神教育，mystagogy傳授奧祕、密法的
教導，demagogy人民帶動術、蠱惑的手法、煽動的行為；beggary乞討，

教育教導教養

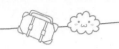

inquiry調查，sentry步哨、哨兵站、警戒

13. encyclopedia＝en字首(使成為)+cyclo字首(圓、循環、完整)+pedia＝總體的教育內容、完整的知識學習、百科全書、具有廣博知識的人。

延伸記憶　encyclopaedia＝encyclopedia百科全書，macropaedia＝macropedia百科全書裡的大詞條、以耗繁或完整方式呈現的百科詞條，micropaedia＝micropedia百科全書裡的小詞條、以簡明刪節或濃縮方式呈現的百科詞條，hypnopedia＝sleep learning睡眠學習法、睡眠時播放外語錄音的學習法，encyclopedian＝encyclopedic百科全書的、總體知識的、學識廣博的，encyclopedist百科全書撰稿者、總體知識編撰者、知識研究範圍廣博者；cyclometer旋轉計數器、週期計，cyclograph全景式環轉攝影機，encyclic＝encyclical廣泛流傳的、到處傳閱的、教皇通論、教宗發布予教會的公開信，cyclic＝cyclical循環的、週期的、環形的；entrap使人家入陷阱、誘捕，entrench用壕溝圍住，entwine盤繞、糾纏

報馬仔　Wikipedia＝Wiki Encyclopedia維基百科，Encyclopedia Britannica大英百科全書，Encyclopedia Americana大美百科全書，Encyclopedia Nipponica日本大百科全書。

14. instruction＝in字首(入、內)+struct+ion名詞字尾(行為過程、結果、情況)＝將信息或知識放入腦中聚積、教育、教導、講授、指示、說明。

延伸記憶　instructed受過教育的、奉派的、得到指示的，uninstructed未受教育的，instructor教練、教員、指導者，instructive有教育作用的、具啟發性的，construction營造、建設，destruction破壞、毀壞，obstruction阻擾、妨礙，structure結構、組成樣式，infrastructure基礎建設、水電道路通訊等基礎設施的建設；inaugurate就職、上任、開始執行，inbasket收文籃(機構放置待處理文件的容器)，indent壓進去、打凹

教育教導教養

15. **erudite**＝e字首(脫離、除去、出來)+rud+ite名詞字尾(人、者、居民)、形容詞字尾(具有…性質的)＝脫離粗魯教養的人、離開簡陋知識的人、超脫基礎知識的人、琢磨知識的人、博學者、有廣博而精緻知識的人，博學的、有學問的。

erudition淵博知識、博學，eruditionist致力於取得廣博知識的人，omnierudite各種學科都學習的人，inerudite沒有精煉知識的、不博學的，rude粗魯、粗糙、簡陋，rudiment入門、基礎、簡單的知識；elapse(時間)跑掉、流逝、消逝，elaborate耗盡心力的、苦心計畫的，elicit引出、誘出；exquisite精美的、精湛的、賞心悅目的，favorite偏愛的、比較喜歡的，Jerusalemite耶路撒冷市民，Vancouverite溫哥華市民

教育教導教養

拆字猜義

⑯ correct _____ 正確的

⑰ inspiring _____ 啟發的

⑱ intractable _____ 不聽話的

⑲ student _____ 學生

⑳ didactic _____ 教學的

㉑ telecourse _____ 遠距的

㉒ extracurricular _____ 課外的

㉓ scholarship _____ 獎學金

㉔ tutorial _____ 輔導的

㉕ polytechnic _____ 理工的

㉖ graduate _____ 畢業

㉗ professor _____ 教授

㉘ eraser _____ 板擦

㉙ discipline _____ 紀律

㉚ progress _____ 進步

教育教導教養

16. correct＝cor字首(完全、一併、共同)+rect＝更正、糾正、校正、改錯、懲戒、感化、改造，正確的、無誤的、正當的。

延伸記憶　correction批改、糾正、改造，correction fluid修正液、立可白，correction center=correction facility改造中心、改造設施、感化院、拘留所、監獄，corrective用來糾正的、與矯正有關的、糾正方式、矯正措施，incorrect不正確的、有誤的，rectifier糾正者、矯正器，direct指導、指示、直接的、筆直的；corrigible可以改正的、能變好的，incorrigible無可救藥的、無法改造的、冥頑不靈的，correspond互相回應、彼此聯絡、通信，correlate相互關聯

17. inspiring＝in字首(內、入)+spire+ing形容詞字尾(具…性質的)＝注入精神的、激勵人心的、給予靈感的、鼓舞的、啟發的。

延伸記憶　inspire激勵、鼓舞、引發、注入氣息，inspired得到靈感的、得到啟示的、受到鼓舞的，inspiration靈感、妙點子，expire氣息跑掉、斷氣、死亡、契約或信用卡到期，respire一再有氣息、呼吸，transpire氣息轉變、蒸發，aspire針對某目標使出精神、嚮往、渴望成為，conspire互通聲息、共謀、協力、沆瀣一氣，spirit精神、靈魂、志氣、妖魔、聖靈，spiritual精神的、心靈的，dispirited氣餒的、沮喪的；intrinsic內在的、內部的、固有的，intrude闖入、侵擾，inundate水一波波進來、淹沒、發大水、氾濫；creeping蠕動的、慢慢爬行的，dashing有衝勁的，daring大膽的、勇敢的

報馬仔　esprit de corps(法文)團隊精神。

18. intractable＝in字首(不、無、非)+tract+able形容詞字尾(能夠…的、有…能力的)＝帶不動的、不聽話的、倔傲不馴的、難處理的。

延伸記憶　intractability=intractableness人無法管、病很難治、問題難以處理的情況，tractable聽話的、溫馴的、可以教導的，attract朝著你要的方向拉過去、

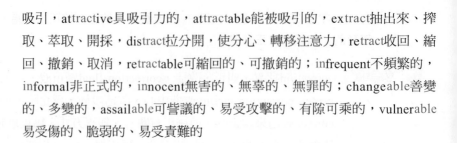

吸引，attractive具吸引力的，attractable能被吸引的，extract抽出來、搾取、萃取、開採，distract拉分開、使分心、轉移注意力，retract收回、縮回、撤銷、取消，retractable可縮回的、可撤銷的；infrequent不頻繁的、informal非正式的，innocent無害的、無辜的、無罪的；changeable善變的、多變的，assailable可訾議的、易受攻擊的、有隙可乘的，vulnerable易受傷的、脆弱的、易受責難的

19. **student = stud+ent名詞字尾(人或物)、形容詞字尾(具有…性質的) = 奮勉上進者、熱中學習者、學生、研究人員，學生的。**

students' union學生會、學代會、學生自治組織，student activity center學生活動中心，exchange student交換學生，honor student優等生、榮譽生，graduate student讀研究所的學生，study研讀、詳閱、細究、探查，課業、課程、科目、書房，home study自修、自學，directed study有人指導的學習，work-study program工讀方案，studio奮勉上進的地方、工作室、攝影棚、排練房、音樂教室，studious用功的、勤學的、上進的；dependent依賴的、掛在別人名下的、依賴別人養育者、家屬，dissident坐分開的、意見不同的、異議人士，indulgent縱容的、放縱的

20. **didactic = didact+ic形容詞(…的) = 教學的、教導的、教誨的、說教的。**

didactic literature教誨文學、富道德說教的文學作品，didactic teacher愛說教的老師，didact說教者、性好訓話的人，didactics教學法、教學論，autodidact自學者、自己教自己的人，autodidactic自學的，tachydidactic趕課式教學的；atactic無規則的，galactic銀河的，syntactic語法的，climactic高潮的

21. **telecourse = tele字首(遠方、遠距、遠方傳送、電視、電器傳送)+course = 遠距課程、透過電視或網路而不用師生當場上課的課程。**

orientation course新生訓練課程、公司新進人員課程，refresher course復習

課程，correspondence course函授課程，compulsory course=required course 必修課程，elective course選修課程，vacation course度假旅程，golf course 高爾夫球場(一洞一洞打完的行程)，chemistry course化學課程，water-course水道、河道，racecourse競賽道、賽跑場、賽車場，on course機船在航道上，off course偏離航道，of course=of the ordinary course平常的路線、本來的作法、當然，concourse兩河匯流處、集合點、匯集處，recourse回頭求助、求償、追索；telephone遠方的聲音、電話，telescope看遠方的管鏡、望遠鏡，telecommunication遠方聯繫、遠地傳訊、遠距通訊

intercourse相互流動、交流、社交。十八世紀末引伸為體液的相互流動，意指「性交」，一語雙關。

22. extracurricular＝extra字首(額外、以外、超過)+curric+ular形容詞字尾(具…性質的) ＝在正式排定的學習歷程之外的、課外的、課餘時間的、業餘的、在正式工作項目以外的、業外的。

 extracurricular activities課外活動，extracurricular dramatics課外戲劇表演，extracurricular athletics課外體育活動，curriculum(單數)、curriculi(複數)課程，curricular課程的，curriculum vitae=CV=whole course of life生命完整過程、履歷、學經歷；extraordinary超出平常的、卓越的，extramarital婚外的，extraterrestrial地球外的、外星人；binocular雙筒的(望遠鏡)、兩個眼周的，avuncular舅舅的、叔叔的，singular單數的

23. scholarship＝schol+ar名詞字尾(…的人、…的物)+ship名詞字尾(關係、身分、職位、性質)＝得獎學金的身分或資格、獎學金、學術成就。

 scholar學者、學員、獎學金得主，scholarly學者風範的、博學的、好學的，scholastic學校的、學習的、學術的、教育的，interscholastic校際的，school學校、學院、學員、學派、研究所，school district學區，school board學校董事會、教育委員會，school system教育體制，scholionophobia=school phobia上學恐懼症，nursery school托兒所，boarding school寄宿

教育教導教養

學校，home schooling居家教育，law school法學院，medicine school醫學院，business school商學院；liar騙子，titular有頭銜的人，pillar柱子，vicar教區牧師；tutorship家教老師的身分、家教職務，regentship攝政身分、攝政職務，friendship友誼、友善特性

Scholastic Aptitude Test(SAT)學術能力測驗、Scholastic Assessment Test(SAT)學術評估測試：美國中學生的學測，評斷是否具備進入大學的基本評量，已被很多英語系國家接受。

school=école(法文)、escuela(西班牙文)、scuola(義大利文)、schule(德文)。

24. tutorial＝tut+or名詞字尾(人、者、物)+ial形容詞字尾(屬於…的、具有…的)、名詞字尾(進行的事務、文件、過程、狀態)＝家教的、導師的、輔導的、監護的，家教課、個別輔導課、指導手冊。

tutorial system個別指導制、導師制，tutorial course輔導課，tutor家教、導師、指導教授、監護人，tutor指導、輔導、當家教、當導師，tutoress女家教、女導師、女指導教授，tutorage=tutorhood輔導費、家教費、家教老師的職位、導師職位，tutelar守護者，tutelage守護、指導、輔導，tuition教導、指導、教學的費用、學費，tuition fee學費，tuition loan=student loan就學貸款；donor捐獻者，govenor州長、總督、中央銀行總裁，chiropractor脊椎師、指壓治療師；accessorial附屬的、增補的，extraterritorial疆界以外的、治外法權的，pictorial繪畫的、畫家的、用圖表示的、畫報、畫刊

就學的費用包括學費與雜費(tuition and fees)、住宿費與伙食費(room and board)、書本費與生活費(books and supplies)，前四項一起簡稱TFRB。以美國哈佛大學商學院的企管碩士班而言，2012年時學生一年的綜合支出約九萬美元，約270萬臺幣。

 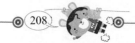

教育教導教養

25. polytechnic＝poly字首(多、多種、眾)+techn+ic形容詞字尾(屬於⋯的、具⋯特質的)、名詞字尾(⋯物、⋯人、⋯學、⋯術、⋯時代)＝綜合工藝的、多種技術的、理工的，工藝學校、理工大學。

 延伸記憶 technic技藝、技術、工藝，technics工藝學，technician技師，technique技巧、技能、技術，technocrat專家治國論者、技術專家，technology技術、技術研究、技術應用、專門術語，technomania技術狂，technophobia技術恐懼，pyrotechnic技術像放煙火般的、(唱歌或彈琴)技巧絕妙的、燦爛的，mnemotechnic記憶術的、增進記憶的，atechnic無技術的、不懂技術的、無一技之長的人；polytheism多神論、多神信仰，polysepalous多萼片的，polychrome多色物、彩色作品；carbonic碳的、含碳的，ionic離子的，iodic碘的、含碘的，laic外行的、行外人士的、俗人的

 報馬仔 Taiwan University of Science and Technology臺灣科技大學，The Hong Kong Polytechnic University香港理工大學，Massachusetts Institute of Technology(MIT)美國麻省理工學院。

26. graduate＝gradu+ate動詞字尾(從事、進行、使之成為)、形容詞字尾(有⋯性質的)、名詞字尾(人、者、物)＝進到新階段、畢業、取得文憑、取得資格，畢業的、有學位的，畢業生、得到學位的人。

 延伸記憶 undergraduate大學部的、大學在學的、大學肄業的、大學部的學生，undergraduate course大學部的課程，graduate school大學畢業生就讀的學校、研究所、研究生學院，postgraduate大學畢業後的、研究生的、研究學院的，postgraduate course研究所課程，graduation畢業，gradual逐步的、漸進的，gradient坡度、斜度，gradate漸層變化、分出層次，centigrade百度測量、攝氏，degrade向下走、貶抑、降低、退化；probate處以緩刑，reprobate譴責、拒絕、摒棄，rotate原地轉、自轉，accurate正確的，Latinate從拉丁文衍生的，rabbinate猶太經文教師(拉比)身分、拉比職務，certificate證書，sulphate硫酸鹽，episcopate主教身分

教育教導教養

27. **professor**＝pro字首(向前、在前、公開)+fess+or名詞字尾(人、者、物)＝公開表述知識學問者、教授、老師、公開表白信仰者。

 associate professor副教授，assistant professor助理教授，adjunct professor兼任教授，visiting professor客座教授，professor emeritus＝emeritus professor榮譽退休教授，professorate教授職位，profess公開講授、授課、教學，profess表白信仰、聲稱具有某種可以公開呈現的知識、執行某種專業，profession專業、專門知識行業、信念的表白，professional專業的、專業人員，confess完全講出來、招供、自白、承認、懺悔，confessor自白者、懺悔者；provident看到前方的、看未來的、未雨綢繆的、有遠見的，protrude突出向前、伸出、隆起，protract向前方拉、拖長；operator操作者，speculator投機者，benefactor施惠者、行善者

28. **eraser**＝e字首(出、外、除去)+ras+er名詞字尾(人、者、物)＝板擦、橡皮擦、消磁器。

 erase抹掉、擦掉、刮掉、清除、消磁，erased被擦掉的、被塗抹掉的，erasable可擦掉的、可消除的，abrase＝abrade磨蝕、磨傷、磨損，abrasive傷人的、粗暴的、磨蝕的，corrade水流與風等的侵蝕、刻蝕，corrasion侵蝕作用、刻蝕作用，raze刮、剃，razor剃刀、刮刀、刮鬍刀，razor-sharp剃刀那麼利的，razer edge剃刀邊緣、危險境地；efficacy藥劑或物品使用出來的結果、效力、效驗，ejecta噴出物、排出物，elate神色顯得興高采烈、得意洋洋

29. **discipline**＝discip+le名詞字尾(進行某行為或動作的人或物)+ine名詞字尾(物品、原則、準則、理念、抽象概念)＝學徒該守的規矩、紀律、風紀、訓導、懲處，學生該學習的科目、學科。

 disciplined恪守紀律的、受過訓練的，undisciplined沒有紀律的、未受訓練的，disciplinary紀律的、懲處的、學科的，disciplinarian風紀股長、執行紀律者，disciplinable可受教的、可訓練的，indisciplinable不受教的、懲

教育教導教養

處沒有用的，disciple學生、門徒、信徒、追隨者，multidisciplinary牽涉眾多學科的、結合多種學科的，interdisciplinary=transdisciplinary跨學科的、科際整合的；principle原則，example例子，rimple皺紋，ripple漣漪；doctrine教義、信條，glassine玻璃紙、半透明紙，butterine人造奶油，glycine甘氨酸、氨基乙酸、乙氨酸

屬於多學科(multidisciplinary)或跨學科(interdisciplinary=transdisciplinary)的研究很多。例：cultural studies文化研究，media studies媒體研究，cinema studies電影研究，sex and gender studies性與性別研究，fashion studies時尚研究，national development studies國家發展研究。

30. progress＝pro字首(向前、在前)+gress＝向前走、進步、發展。

progressive進步的、發展的、累進的，progression進展、接續、成長，progressionist進步論者、主張人類不斷進步的人士，aggressive針對目標一直走的、積極的、鍥而不捨的、侵略性的，aggressor侵略者，digress走偏、離題，egress走出去、出口，ingress走進去、入口，transgress走過去、踰越、違犯、犯法、犯罪；propeller推向前的東西、推進器、螺旋槳，propose擺到前面來的東西、提案、提議、求婚，prospective看前方的、展望的、預期的，protection擋在前面、在前面遮蓋著、保護

教育教導教養

13 休閒娛樂消遣

字源線索

英文	中文	字綴與組合形式
read aloud ; summon ; rouse	朗讀、召喚、激發	cit ; citat
write ; record ; draw ; describe	書寫、畫畫、描繪	gram ; graph ; grapho
write ; record ; draw ; describe	書寫、畫畫、描繪	scrib ; scribe ; script
carve ; engrave	雕、刻	glyph ; glypt ; glypto
see ; view ; peep	觀看、觀察、窺視	vid ; video ; vis ; visu ; visuo ; voy
hear ; listen ; sound	聽、聆聽、傾聽、聲音	aud ; audi ; audio ; audit
music ; arts ; inspiration	音樂、藝術、靈感、思索	muse ; music ; musico
poem ; song ; verse	詩、歌、韻文、詩劇	ode ; ody
sing	唱、吟、詠	cant ; cent ; chant
disk ; plate	唱片、盤狀物、碟	disc ; disci ; disco ; dish ; disk ; disko
behold ; stage	觀賞、舞臺、劇場	theat ; theatr
dance ; spasm	舞蹈、痙攣	chore ; chorea ; chorei ; choreo ; choro ; orches
movie	移動、動畫、電影	cine ; cinema ; cinema ; cinemat ; cinemato ; cines

★ 英文	★ 中文	★ 字綴與組合形式
moving picture ; movie	移動、動畫、電影	kine ; kinet ; kineto
motion	運動、身手協調	kin ; kine ; kinesi ; kinesio ; kinet ; kineto ; kino
happy ; fortunate	快樂、幸福	felici ; felicit ; felix
rejoice ; delight	歡樂、喜悅	gaud ; joice ; joy
loose ; slack	鬆弛、閒散	langu ; lax
pleasure	享樂、快樂	hedon
please ; satisfy ; calm	取悅、滿意、安寧	plac ; placi ; plais ; pleas
life ; activity ; banquet	生活、活動、宴會	viv ; viva ; vive ; vivi ; vivo
loiter ; idle ; stare; meditation	消磨時間、混時間、發呆、冥想	muse
make ; produce	創造、製作、產生	creat ; create
beautiful	美麗、漂亮	cali ; calli ; callo ; calo ; kali ; kalli; kalo ; kaleido
light ; radiation	光、輻射	phot ; photo
different ; change ; diverse	不同、多樣、變化	var ; vari ; vario

★ 英文	★ 中文	★ 字綴與組合形式
succession ; sequence ; connect	連續、順序、接合	ser ; seri ; series ; sert
associate ; companion ; friendly	結社、成群、陪伴、親善	soci ; social ; socio
carry ; bring ; bear	載運、搬運、攜帶、扛著	port ; portat
free ; allow ; permit	自由、空閒、聽任、允准	leis ; licen ; licit
walk ; step ; pass	步行、踩步、走過	bas ; bat ; bet
bend ; twist ; turn	扭彎、曲折、兜繞	torque ; tors ; tort ; tortu ; tour
place ; venue	地方、場所	arium ; orium ; ory
case ; capsule	盒、箱	tecs ; the ; thec ; thecae ; theci ; thecium
container ; storage	容器、儲藏處	theco ; thecs ; theque ; tique

拆字猜義

①	recite _____	朗誦
②	calligraphy _____	書法
③	photograph _____	照片
④	petroglyph _____	石刻
⑤	television _____	電視
⑥	variety _____	綜藝
⑦	miniseries _____	迷你影集
⑧	vidblog _____	視像部落格
⑨	audience _____	觀眾
⑩	parody _____	滑稽的模仿表演
⑪	chanteur _____	歌手
⑫	choreograph _____	編舞
⑬	amusement _____	娛樂
⑭	recreate _____	消遣
⑮	infelicitous _____	不幸的

1. **recite**＝re字首(再次、重新)+cite＝將已準備好的文句大聲再念出來、朗讀、朗誦、背誦，將已準備好的說明事實再次激發出來、陳述、詳述、列舉，將準備好的節目再次呈現出來、演奏、演唱。

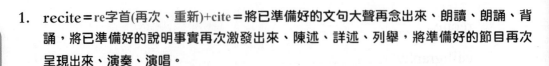

延伸記憶 recital朗誦、詳述、獨奏會、獨唱會，recitation朗誦、背誦，citation引證詳述、列舉，resuscitate使已經躺下者重新受召喚或激發而起來、復甦、甦醒、復活，excite激發出來、使興奮，exciting使人興奮的、令人興奮的，excited感到興奮的、感到激動的，incite煽動、激起、引發、傳喚；reproduce再生產、再製造，reprint再版、重印、轉載，reprivatize再次私營化、恢復民營

2. **calligraphy**＝calli字首(美麗、漂亮)+graphy名詞字尾(書寫行為、描繪性質、書寫技術)＝漂亮書寫、書法、美術字體。

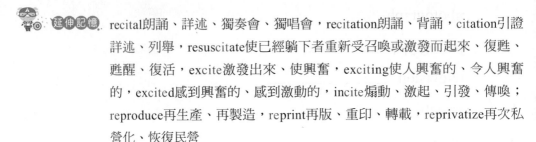

延伸記憶 calligraph寫書法、用美術字體寫字，calligrapher=calligraphist書法家，calligraphical書法的、以書法表現的，callimorphic美形的、形體漂亮的，callipygous具有美臀的，callimammapygian具有美胸美臀的，callinebephile=callinebephilist喜愛漂亮鵝毛筆或鋼筆的人、鵝毛筆或鋼筆收藏家，calligynephobia美女恐懼症、見到美女就不知所措，callomania戀美狂躁、只因對象之美而不考量其他因素就狂迷，kaleidoscope透過管鏡看美麗世界、萬花筒；biography書寫生命、傳記，geography描述土地、地理，cartography繪製地圖，glyptography玉石雕刻、印章雕刻、雕花術

3. **photograph**＝photo+graph名詞字尾(書寫的作品、描繪的結果、書寫或描繪的工具)＝用光影描繪的東西、照片、相片，用光影迷描繪、拍照、攝像。

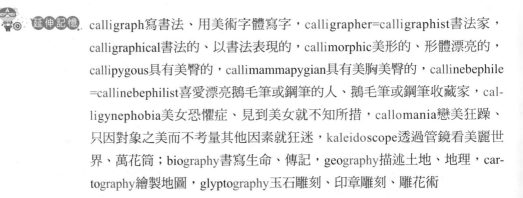

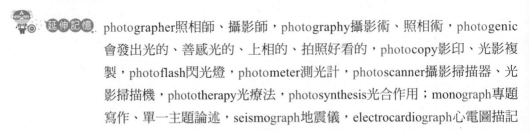

延伸記憶 photographer照相師、攝影師，photography攝影術、照相術，photogenic會發出光的、善感光的、上相的、拍照好看的，photocopy影印、光影複製，photoflash閃光燈，photometer測光計，photoscanner攝影掃描器、光影掃描機，phototherapy光療法，photosynthesis光合作用；monograph專題寫作、單一主題論述，seismograph地震儀，electrocardiograph心電圖描記

器、心電圖儀.，pornographer色情專家、淫蕩作品作家，demographer對人民種種狀況的描述與統計的人、人口學者

4. **petroglyph＝petro字首(石頭、岩石)+glyph＝石刻、岩刻、岩畫。**

 延伸記憶　xyloglyph木雕，glacioglyph冰雕，salinoglyph鹽雕，auroglyph金雕，argentoglyph銀雕，cuproglyph銅雕，geoglyph地景雕刻、地表繪圖，gypsoglyph石膏雕，terracottaglyph陶土雕，hieroglyph神職人員刻寫的文字、祭司占卜文字、象形文字；petroleum石油，petrology岩石學，osteopetrosis骨骼石化症、骨頭石頭化

 報馬仔．　西方常見的男子名Peter，還有相關的Pietro、Petros、Petrus、Pieter、Pedro、Peder、Piers、Pierre，意思就是rock、stone「磐石」；女性版的則是Peta、Petra、Petra。

5. **television＝tele字首(遠方、遠距、電傳)+vis+ion名詞字尾(過程、結果、情況、物品)＝可觀看遠方景象的機器、遠來的影像、電視。**

 　television program電視節目，televisionless不看電視的、沒有電視的，televise用電視播放、電視轉播，televised電視轉播的，televised speech電視轉播的演說，vision視力、目光、影像、願景，visible看得見的，visibility能見度，invisible看不見的、隱形的，visit看看、參觀，vista遠景、視域，visa簽證、核准外國人來看看，visual視力的、視覺的；telepathy遠方感覺、心電感應，telemeter遙測儀，telephotography遠距攝影；percussion敲擊，tension緊張、繃緊、張力，aversion惡感、嫌惡、厭惡

 　déjà vu(法文)＝already seen似曾相識、又發生了令人不愉快的事。

6. **variety＝vari+ety名詞字尾(性質、狀態、情況)＝綜藝、綜合多種表演的節目、變化、種類。**

 　variety show綜藝節目，variety store雜貨店，variform各種型態的，vari-

休閒娛樂消遣

sized各種尺碼的，various各式各樣的，variegated形形色色的、顏色斑駁的，variable易變的、可改的、變數、變量、變項，variant不同的、變異的，variant變種、變體，divaricate使偏離、叉開、分叉，vary改變、修改；society社會，piety虔誠，propriety合適，naivety天真特質

7. **miniseries＝mini字首(迷你、小、微)+series＝迷你影集、集數有一定數量的電視劇。**

 series連續劇、叢書、套票、系列演講，serial連載漫畫、連載小說、連續劇、系列的、連續的，serialize連載、分次進行、分集播映，seriatim依次的、逐個的，uniserial=uniseriate單列的、單排的、單行的，desert人煙不接續的土地、沙漠、荒漠、不接合、不連續、拋開、拋棄；minibus小巴士，minisub=minisubmarine袖珍潛艇，minitank小坦克、小戰車

8. **vidblog＝vid+web(網頁、網版)+log名詞字尾(言詞、說話、思想、編寫、匯集、日誌)＝視頻網誌、視像部落格、影像博客。**

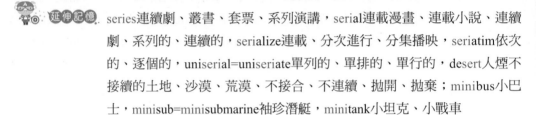 vidblog=video blog=vlog視頻部落格、影像部落格，video視頻、視像、影像、影片，videophile影片喜愛者、愛看電視電影者，videophone影像電話，videochat影像聊天、視頻聊天，videotape影帶、錄影帶、錄像帶，adult video=AV成人影片；website網址，webmaster版主，webpage網頁，webzine=web magazine網路雜誌；web+log=blog部落格、博客、網誌，art blog藝術網誌、藝術博客，photoblog攝影網誌、照片博客，microblog微網誌、微博客、微博

 veni, vidi, vici(拉丁文)「我到來、我看見、我征服」，傳說西元前四七年，羅馬大將凱撒神速攻滅黑海南岸古國本都(Pontus)時，所說的豪語。

 vide et crede(拉丁文)「看見與相信」，見而信、眼見為信。

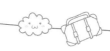

9. **audience＝audi＋ence名詞字尾(性質、狀態、行為、人士)＝聽眾、聆聽者、觀眾、讀者。**

 audibility能聽度、清晰度，audible聽得見的，inaudible聽不到的，audile聽覺型的、對聽覺特別敏銳的人，clairaudient有清晰聽力者、順風耳，dysaudia聽力障礙，audiometer聽力計，audiogram聽力圖，audiology聽力研究，audiophile音響熱愛者，audiotape錄音帶，audiovisual視聽的、視聽教育的、視聽教材，audit聽審、審理、審查、查帳、稽核，audition聽覺、聽力、試聽、試唱、試演，auditor稽查員、查帳員、旁聽生，auditory聽覺的，auditorium演講廳、表演場、禮堂、會堂；imprudence不謹慎、輕忽，confluence匯流處、集合點，insolence無法還債的情形、無償債能力

10. **parody＝para字首(與…並行、在…側、錯亂)＋ody＝滑稽的模仿表演、詼諧戲謔地仿唱仿跳。**

 melody甜蜜的歌、旋律，rhapsody狂想曲，comedy喜劇，situation comedy＝sitcom情境喜劇，farce comedy鬧劇、胡鬧喜劇，tragicomedy悲喜劇，seriocomedy帶有嚴肅意義的喜劇，tragedy悲劇，ode頌、頌歌、頌詩，odeum劇場、表演場、音樂廳；paranoia偏執、妄想、多疑，paraplegia下身麻痺，parotid耳旁腺、腮腺，parorexia食慾倒錯，parosmia嗅覺倒錯

11. **chanteur＝chant＋eur名詞字尾(…人、…者)＝歌手。**

 chant歌、詩、聖歌、讚美詩、唱、吟、反覆呼叫，chanter歌者、唱詩班班員，chantress女歌者、女唱詩班班員，chanteuse女歌手，enchant吟唱咒語入心中、施魔法、迷惑，enchanter唸咒者、施魔法者、迷惑人者，enchanting迷惑人的、使著魔的，enchantress妖女、魔女，disenchant除去咒語、除去迷障、使醒悟，chanson歌、歌曲、香頌(音譯)；flaneur浪蕩子、漫遊者，entrepreneur企業家，connoisseur鑑賞家，restaurateur餐廳老闆，chauffeur司機，coiffeur美髮師，danseur芭蕾舞者

 報馬仔 以eur為字尾而意指某種行業者的字，源自法文。

 報馬仔 法國文學著名史詩La Chanson de Roland=The Song of Roland《羅蘭之歌》。

12. choreograph＝choreo+graph名詞字尾(寫、畫、描繪、紀錄)＝編舞、設計舞蹈動作。

 延伸記憶 choreography舞蹈、編舞術，choreographer編舞者、舞蹈老師，choreo-drama舞劇，choreomania舞蹈狂，choreophobia舞蹈恐懼，chorea舞蹈症、舞蹈病，choreal=choreic舞蹈病的，chorus歌舞隊、合唱團、合唱、動作與聲音一致表現的團隊，orchestra劇場中半圓形的歌舞隊席位、劇場中配合演出的管弦樂團位置、管弦樂團；graphic歷歷如繪的、輪廓分明的、圖示、圖解、圖表，graphite用於繪畫寫字的石頭、石墨，graphology筆跡學

 報馬仔 chorea舞蹈症，是神經系統疾病，症狀是肢體遠端的不自主運動，呈現快速、無目的、不規律的肢體扭動；漢汀頓舞蹈症(Huntington disease, HD)因由美國醫師George Huntington發現而得名，是一種遺傳性的中樞神經退化性疾病。

 報馬仔 Karaoke，卡拉OK，源自日文カラオケ、空オケ，指empty orchestra：空無一人的管弦樂團。

13. amusement＝a字首(使…展開、使…進行)+muse+ment名詞字尾(行為過程、行為結果、事物)＝消遣、娛樂、打發時間的活動、排遣無聊的節目。

 延伸記憶 amusement park遊樂園、遊樂場，amuse提供娛樂、逗樂、打發無聊，amusing逗樂的、有趣的、令人不發呆的，amused感到愉快的、感覺有趣的，bemuse使呆望、使茫然，bemused感到迷惑的、茫然的、呆呆看而不知所措的；abate打下去、減少、減弱，abase使卑微、使謙虛，abash使困

窘、使不安，abet使上當、唆使；management管理，abridgement刪節，enragement震怒

14. recreate＝re字首(重新、再次)+create＝再造、更新，恢復活力、重振精神，娛樂、消遣。

 延伸記憶　recreation再造、娛樂、消遣，recreation room娛樂廳、交誼室，recreational消遣的、娛樂的、恢復精神的，recreational vehicle (RV)露營車、休閒車、露營度假拖車，recreative再造的、休閒的、消遣的、娛樂的，creative創造的、有創意的，creativity創造力、創意，creature受造之物、生物，creation創造，creationism創造論、主張宇宙出於造物主創造，creationist創造論者，precreative創世之前的，postcreative創世之後的；repent後悔、悔改，replay重新比賽，replant重新種植

15. infelicitous＝in字首(不、非、否)+felicit+ous形容詞字尾(有…性質的、屬於…的、充滿…的)＝不快樂的、不幸福的、沒福氣的、不幸的、不吉祥的、不合適的。

 延伸記憶　infelicity不幸、不適合的事情，felicity幸福、快樂、適當、合宜，felicitous幸福的、快樂的、合宜的、恰當的，felicitate慶幸、為…高興、使…快樂，felicific帶來幸福的、產生快樂的，infelicific招致不幸的、引來不愉快的；infinite無限的，infirm不牢靠的、不堅定的、體弱的，infrangible不可能破裂的、不容侵犯的，ingratitude不知感恩圖報、忘恩負義

 報馬仔　Felicitas：羅馬神話的「幸福女神」；英國牛津大學學生座右銘sapientia felicitas=wisdom is happiness「智慧就是幸福」，牛津大學校訓Dominus Illuminatio Mea「上帝給我光明」；pax et felicitas semper omnibus= peace and happiness always to all願平安與幸福與大家同在。

休閒娛樂消遣

⑯ museum ＿＿＿＿＿＿＿＿　　博物館

⑰ social ＿＿＿＿＿＿＿＿　　社會的

⑱ disport ＿＿＿＿＿＿＿＿　　玩耍

⑲ leisure ＿＿＿＿＿＿＿＿　　閒暇

⑳ enjoy ＿＿＿＿＿＿＿＿　　享受

㉑ relax ＿＿＿＿＿＿＿＿　　放鬆

㉒ hyperhedonia ＿＿＿＿＿＿＿＿　　適度快樂症

㉓ pleasant ＿＿＿＿＿＿＿＿　　討喜的

㉔ conviviality ＿＿＿＿＿＿＿＿　　交際

㉕ acrobat ＿＿＿＿＿＿＿＿　　特技表演者

㉖ contortionist ＿＿＿＿＿＿＿＿　　軟骨功表演者

㉗ aquarium ＿＿＿＿＿＿＿＿　　水族館

㉘ theatergoer ＿＿＿＿＿＿＿＿　　愛看戲的人

㉙ discophile ＿＿＿＿＿＿＿＿　　迪斯可愛好者

㉚ bibliothèque ＿＿＿＿＿＿＿＿　　圖書館

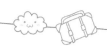

16. museum ＝muse+um名詞字尾(東西、物體、器具、器官、時間、處所)＝藝術女神之家、博物館、陳列館、藝術館、美術館、研究藝術與知識的場所，館藏、收藏品、展覽品。

 延伸記憶 art museum=art gallery美術館，history museum歷史博物館，maritime museum海洋博物館，science museum科學博物館，military museum軍事博物館，muse思索、沉思、找靈感，musing沉思的、找靈感的，music音樂、樂譜，music video=MV音樂影片，Music Television=MTV音樂電視臺，musical音樂的、配樂的、音樂劇、歌舞劇，musicale社交音樂會、社交性音樂活動，musicality音樂性、悅耳特質、音樂鑑賞力，musician音樂家，musicology音樂研究、音樂學；Elysium=Elysian Fields極樂世界(希臘神話)，aquarium水族箱，cerebellum小腦，perigonium圍生殖囊、雄苞器

 報馬仔 Muse謬思，希臘神話主司文藝與知識的女神，共有九位，合稱the Muses，引申為「藝術靈感、藝術天賦」。

17. social ＝soci+al形容詞字尾(屬於…的、關於…的)、名詞字尾(具…特性之物、過程、狀態、活動)＝社會的、群居的、交際的，社交活動、聯誼節目。

 延伸記憶 social networking社交網站，social dance社交舞會，social drink歡飲聚會、社交飲酒會，social worker社工人員，social security社會保障，sociable愛交際的，socialize參加社交活動、社會化，socialism社會主義，socialist社會主義者、社會黨人，asocial不愛交際的、不合群的、孤僻的，antisocial反社會的，society社會、社團，sociology社會學，associate結合、結社、交往、夥伴、同事、合夥的、共事的，association協會、社團、聯誼，consociate聯合、聯盟，dissociate絕交、脫離關係；apical頂端的、頂點的，vertical垂直的、垂直線、垂直面，horizontal水平的、水平線、水平面，farcical鬧劇的，typical典型的

18. disport ＝dis字首(除去、分開、離開)+port＝把心思帶離嚴肅事務、使不煩悶、使輕鬆，娛樂、歡愉、嬉戲、消遣、玩耍。

sport消遣、娛樂、玩興、玩笑、運動、競技，spoil the sport破壞玩興、掃興，sport玩弄、嘲笑、戲弄、揮霍、糟蹋，sportful逗樂的、嬉鬧的、開玩笑的，sportive鬧著玩的、不當真的、體育的，sporting體育的、運動的、冒險的、尋刺激的、放蕩的，sporting house娼館，sports運動的、適合運動的、運動會，sports lottery運動彩券，sportsbook(美國)=race and sports book競賽與運動博彩簽注站，sportsbooker=race and sports booker競賽與運動博彩簽注業者、運動彩組頭，sports car跑車，sports shirt運動衫，sportswear運動裝，sportsmanship運動家精神；dissuade勸離開、說服別做某事，discontinue除去繼續的動作、停止、中斷，disclaim聲明沒有關係、放棄所有權，disclose除去封住的狀態、揭露、揭發內情

英語世界較早的拼法是disport，後來出現的簡化字則是sport，因而sport保留原有的「娛樂、歡愉、嬉戲、消遣、玩耍」等意思，再轉而衍生「運動、體育」等意思。

19. leisure＝leis(自由、空閒、聽任、允准)+ure名詞字尾(行為、行為狀態、情況結果)、形容詞字尾(與⋯行為有關的、屬於⋯行為狀態的)＝餘裕、閒暇、悠哉，空閒的、安逸的、慢慢來的。

leisurewear便服，leisure suit男士便裝，leisure industry休閒產業，leisure time=free time閒暇時間、休閒時間，leisure activity vehicle= LAV休閒車，leisured=leisurable=leisurely從容的、悠哉悠哉的、有閒的，licence執照、許可證、某種自由行事程度的批可證書，license授予許可、發放執照、准許，licenced=licensed有證照的，licentious自行其事的、放肆的、放蕩的、給自己自由胡作非為的，licit得到授權的、合法的、得到許可的，illicit非法的、違禁的、不當的；pleasure愉悅，nunciature教宗使節的職務，ligature結紮、連結，scissure裂口

20. enjoy＝en字首(使進入⋯狀態、使得以⋯)+joy＝享樂、得到快樂、享受。

 enjoyment樂趣、快樂的事物，enjoyable有樂趣的、可以得到快樂的，joy喜悅、歡欣、樂事，joyful=joyous快樂的、高興的，joyride兜風、亂開車、享樂而不顧一切，joyless哀愁的、不快樂的，rejoice感到喜悅、歡欣鼓舞，rejoicing高興、恭賀、慶祝，gaudy慶典、歡宴，gaudy day吉慶之日、歡宴日，gaudy night歡慶夜；encrypt編碼、加密，encumber加以阻止、妨礙，enclose圍困

 西方女性常見名字Joy、Joye、Joi源自法文joie，而joie衍生自拉丁文gaudia，與enjoy有相同字源；但是，西方常見男女通用名字Joyce和其變體Joisse、Jocosa、Jodocus、Judocus、Iodocus、Iudocus，則是源自Josse，再向前推為Iudocus、Judoc，意思為「領主、君上」。

21. relax＝re字首(再次、重新、回復、回去)+lax＝神經或肌肉或腸道緊繃之後回復到鬆弛、放鬆、緩和、休息、通便。

 relaxant鬆弛劑，relaxant=relaxative起鬆弛作用的、緩和的，relaxed輕鬆自在的、感到輕鬆的、悠閒的，relaxation放鬆、緩和、消遣、娛樂，lax鬆的、不嚴密的、馬虎的、放蕩的、容易通便的，laxity肌肉鬆弛、道德放縱、腸道鬆通易瀉，laxation放鬆、排便，laxative通便劑，laxative引起輕瀉的、放鬆的、放肆的；refund退款，retune再次調音，revenge報復

22. hyperhedonia＝hyper字首(超過、過多)+hedon+ia名詞字尾(情況、狀態、病症)＝過度快樂症、欣快症、尋求過多快樂、異常的性快感。

 hedonism快樂至上主義、快樂論、人生以快樂為目的、享樂主義，hedonist享樂主義者、快樂至上論者，hedonics心理學分支的快感研究、快感學，hedonic快感的、享樂的，hedonology快樂研究、快樂學，hedonomania享樂狂、不自禁追求快樂；hyperhepatia肝功能過多、肝功能亢進，hypercholia膽汁過多，hyperfine超細緻的、超精細的，hyperactive過動的、過度活躍的；tachophobia速度恐懼症，paragraphia胡寫亂寫的情況、書寫

 227

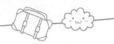

錯亂症，bradycardia心搏過緩、心跳太慢(成人每分鐘不到六十次)

報馬仔．

nikhedonia=Nike+hedonia=預期得勝而感到快樂，Nike是希臘神話的「勝利女神」，著名運動品廠商已註冊品牌。

報馬仔．

hedonism的哲學思想對於什麼才是真正的快樂沒有定論，有些主張要滿足各種欲望，有人認為快樂是免於恐懼與身體疼痛，另有人主張快樂是利他行善；但如果明顯指的是驕奢荒淫、安逸糜爛、豪飲、濫食、縱色的享樂主張，英文是Sybaritism，字源是古希臘在義大利的殖民城市Sybaris，那裡的人過的就是如此的生活。

23. pleasant＝pleas+ant形容詞字尾(屬於…的)＝令人愉快的、討人喜歡的。

延伸記憶．

please高興、喜歡、合意，pleasing令人高興的、討人喜歡的，pleased感到滿意的、覺得高興的，pleasantry逗樂的言談、打趣，pleasure消遣、娛樂、愉悅，displease惹火、得罪、使人不高興，displeasant=displeasing惹人厭的、令人不悅的，displeasure不悅、不合意，placate使人滿意、平撫、安撫，placebo安慰劑，placid寧靜的、安詳的；defiant違抗的、不服的、蔑視的，indignant憤憤不平的、憤怒的，hesitant猶豫不決的

24. conviviality＝con字首(與、和、共同、一起)+vivi+ality名詞字尾(狀態、情況、性質)＝交際、飲宴，愛交際的個性。

延伸記憶．

convivial快活的、歡宴的、好交際應酬的，convivialist愛交際應酬的人、愛歡宴的人、喜歡吃喝玩樂的人，convive一起吃喝、共同歡宴，convive一同吃喝者，bon vivant(法文)=good liver=person living well過舒適生活的人、享受吃喝玩樂的人、講究生活品味的人，bon vivour享受美食美酒美男美女的人、過奢華生活的人、花花公子、花花女郎、紈褲子弟，modus vivendi=way of living=life style生活模式，covivant未婚同居男女；contact一起接觸、聯繫、通信、交往，concoct放一起煮、調製、調和鼎鼐，condense聚在一起、濃縮、凝結

25. acrobat＝acro字首(高點、高處、頂)+bat＝走高空繩索者、走鋼絲者、雜技表演者、特技表演者。

political acrobat政治上技巧高超的人，acrobatic雜技的、走高索的，acro-batics雜技表演、特技表演、高索表演，vocal acrobatics聲音特技、美妙的演唱技巧，aerobatics=aero空中+acrobatics=stunt flying空中特技、特技飛行、翻滾式飛行，aerobat特技飛行員，aerobatic特技飛行的；acrophobia懼高症，acropolis古希臘城邦在高處蓋的防衛設施、衛城，acropetal向頂的、最幼嫩枝葉在頂端的，acrocarpous=acrocarpic果實長在頂端的

funambulist=fun+ambul+ist=走繩索者；fun=rope繩索；ambul=walk走、步行；ist=someone人、者。

糖尿病diabetes mellitus，簡稱diabetes，症狀之一是polyuria多尿頻尿，造字採用字首dia漏、穿、通、篩，字根bet走、行，意指一直在尿尿。

26. contortionist＝con字首(一起、完全)+tort+ion名詞字尾(行為、過程、結果、情況、物品)+ist名詞字尾(人、者)＝軟骨功表演者、柔體特技表演者、扭曲真相者、曲解事物者。

contortion軟骨功、扭曲身體的表演，contort扭曲、歪曲、扭鬼臉，con-torted受到扭曲的，distort扯歪、扭曲、變形，distorted被扯歪的、變形的，retort駁回、反擊，retortion向後彎、向後扭曲，retorsion報復行為，torture彎轉軀體、折磨、刑求，torturous折磨的、磨難的，tortuous彎彎曲曲的(道路)、坎坎坷坷的(人生)，torsion扭轉、扭力，sinistrotorsion左旋、左扭、左繞，dextrotorsion右旋、右扭、右繞，laterotorsion側旋、側扭、外繞；consensual一起有感覺的、合意的、情投意合的、兩情相悅的，connate合生的、連生的、出生時緊連的，conterminous有共同邊界的

27. aquarium＝aqua字首(水)+arium＝水族館、水族箱、養魚缸。

延伸記憶. aquaria水族館(aquarium的複數)，Aquarius水瓶座，aqualung水肺、潛水呼吸器，aquacade＝aquashow水上活動表演，aquafarm水產養殖場，aqueous含水的，aquiculture＝aquaculture水產養殖，aquifer含水層、地下水層；terrarium陸族館、陸生動物館、陸棲動物飼養箱、養鱉盒，vivarium生物館、生物園、動物園、植物園，herbarium植物園、植物館，insectarium昆蟲館，planetarium行星館、天文館，formicarium蟻巢、蟻窩，fumarium吸菸室，fumatorium蒸燻消毒室，cinerarium骨灰甕、骨灰罈、骨灰塔

28. theatergoer＝theater+goer名詞字尾(去…者、參加…活動的人)＝愛去劇場的人、愛看戲的人。

延伸記憶. theater＝theatre劇場、劇院、電影院、戲劇、劇作，theatergoing看戲、觀賞戲劇，theatrical戲劇的、劇場的，theatricals戲劇表演、表演藝術，theatrics戲劇效果、舞臺演出藝術，theatromania戲痴、戲狂、看戲成痴者，theatropolis劇場城市、倫敦或紐約等舞臺劇表演盛行的都市，amphitheater＝double theater＝both side theater古希臘露天的圓形環狀(由兩邊半圓合組)劇場、表演者在中間而觀眾在四周的劇場、古羅馬競技場、斜升階梯式座位場；cinemagoer＝moviegoer常看電影的人，churchgoer常上教堂做禮拜或望彌撒的人，concertgoer常聽音樂會的人，operagoer常去欣賞歌劇的人，partygoer跑趴客、愛趴妹、經常出席餐宴或社交場合的男男女女

29. discophile＝disco+phile名詞字尾(有嗜好的人者物、喜愛者)＝唱片鑑賞家、喜愛唱片者、唱片研究者、迪斯可樂舞愛好者。

延伸記憶. discomania唱片痴、愛樂迷、迪斯可樂舞狂，discography唱片資料、唱片目錄，discothèque放流行音樂的跳舞娛樂場所、迪斯可舞廳，disc jockey＝disco jockey＝DJ迪斯可舞廳唱片操作員；compact disc＝CD壓縮盤、光碟、光盤、壓縮唱片、緻密唱片、雷射唱片，videodisc＝VD影碟，video compact disc＝VCD影音光碟，hard disc＝hard disk電腦硬碟，

disciform=discoid盤狀的，intervertebral disc椎間盤，diskitis=discitis椎間盤發炎，discus盤狀物拋擲運動、擲鐵餅；videophile愛看影片的人，orangeophile嗜橙黃細胞，cinemaphile=cinephile電影迷、愛看愛研究電影的人，necrophile戀屍癖者

30. bibliothèque＝biblio字首(書、書籍)+thèque＝圖書館、藏書室。

 延伸記憶．bibliotheca圖書館、藏書室、藏書、書目，bibliograph編製書目，bibliography書目、參考書目、書目學，bibliomania藏書狂，bibliophile愛書人、藏書家，bibliotherapy讀書療法；xylotheque木材收藏館、林相資料館，wordtheque字庫、多語言的數位圖書館，glyptotheca雕刻品藏館，boutique小店、精品鋪，sex boutique=sex shop情趣用品店、性愛用品小商店

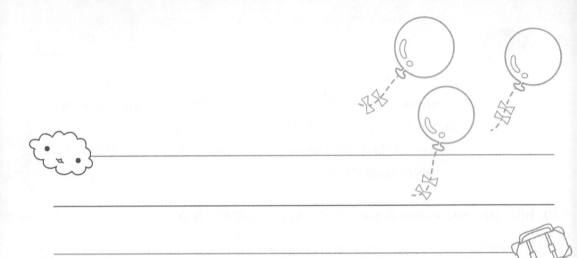

14

消費購物

字源線索

★ 英文	★ 中文	★ 字綴與組合形式
sell ; sale	叫賣、販售、兜售	ven ; vend
price ; value ; worth	價格、價值	prais ; preci ; preti ; pric
price ; reward ; prize	代價、報償、獎賞	prais ; preci ; preti ; pric
mark ; burning ; naming	打印記、烙印記、給名稱、品牌	brand
faithful ; honest; true	忠實、誠實、真心	loyal
do enough ; make full	做夠、弄滿、飽足	sat ; sati ; satis
what ; category ; temperament ; nature	何者、類別、性質、性情	quali ; quality
amount ; number; how many ; how much	數量、數目、多少	quant ; quanti
sift ; discern ; assure	過濾、鑑別、確認	cer ; cern ; cert ; cre ; creet ; cret
hard ; solid ; lasting	堅實、耐用、穩固牢靠、持久	dur ; dura ; duro
take ; use ; spend	消費、使用、耗用	em ; emp ; empt ; sum ; sume ; sump
belief ; faith ; trust	相信、信心、信任	cred ; credit ; creed

消費購物

⭐ 英文	⭐ 中文	⭐ 字綴與組合形式
excess ; abundance ; profusion	過度、豐沛、揮霍	luxur
weigh ; pay	計算量與價、支付	pend ; pens ; pense
see ; look	觀、看、瞧	spec ; spect ; spectat ; spectr ; spectro ; spic
set free ; hand over	使得自由、放手、交出去	liber ; liver
touch ; feel	碰觸、觸摸	tact ; tag ; tang ; tast ; teg ; tig ; ting
think ; reckon	思考、計算	count ; put ; puta ; putate ; pute
work for others ; wait on ; slave	服務、侍候、奴僕	serv
lead ; bring ; shape	引領、帶動、塑造	duc ; duce ; duct
stock ; supply	備貨、儲存、供貨	stor ; store
come ; meet	來、匯聚	ven ; veni ; vent ; ventu
origin ; birth ; nature ; kind	本源、出生、天然、類別	gen ; gene ; genu ; genus
do ; make	做、製作、塑造	fet ; feit ; fic
talisman ; sorcery ; obsession	驅邪物、魔法、迷戀	fetich ; fetish

消費購物

★ 英文	★ 中文	★ 字綴與組合形式
ware ; deal ; trade	貨品、交易、買賣	mark ; merce ; merci ; mercu ; merch
peddle ; seller ; trader	兜售、販售者、交易者	monger
ask ; seek	查詢、要求、索取	que ; quer ; quest ; quir ; quire ; quis ; quisi
set up ; divided partition ; booth	搭設、建立、分隔小間、攤位	stable ; stall

拆字猜義

① vendible　＿＿＿＿＿＿

② priceless　＿＿＿＿＿＿

③ appreciate　＿＿＿＿＿＿

④ co-branded　＿＿＿＿＿＿

⑤ loyalty　＿＿＿＿＿＿

⑥ dissatisfy　＿＿＿＿＿＿

⑦ quality　＿＿＿＿＿＿

⑧ quantity　＿＿＿＿＿＿

⑨ certify　＿＿＿＿＿＿

⑩ durable　＿＿＿＿＿＿

⑪ consumerism　＿＿＿＿＿＿

⑫ accredited　＿＿＿＿＿＿

⑬ luxury　＿＿＿＿＿＿

⑭ expend　＿＿＿＿＿＿

⑮ conspicuous　＿＿＿＿＿＿

有銷路的

無價的

增值

聯名的

忠誠

使不滿

品質

數量

品質保證

耐久的

消費者保護運動

被證明合格的

奢華

花錢

炫耀的

消費購物

1. **vendible** = vend+ible形容詞字尾(可以…的、能…的)、名詞字尾(能夠…的東西或人、有…能力的物品或人) = **好賣的、賣得出去的、有銷路的、適合販售的，易賣品、暢銷品。**

vender=vendor賣主、賣家、攤販、兜售販、貨郎，vendee買主、買家，vendeur店員、銷售員、營業員、推銷員、業務代表、賣者，vendeuse女店員、女銷售員、女營業員，vending machine自動販賣機，vendue拍賣、公開出售，vendue master拍賣者、拍賣官，vendition出售、販售、兜售、叫賣，vendu(法文)已出售的、被收買了的、收賄的，venal拿公權力做買賣的、貪汙的、貪贓枉法的、腐敗的、收賄的、賣官鬻爵的，venality貪汙情況、腐敗狀態；terrible可怕的、具恐懼性質的、edible可食的，gull-ible易上當的，visible看得見的，miscible可雜混的

vendre(法文)、vendere(義大利文)、vender(葡萄牙文)、vender(西班牙文)、vinde(羅馬尼亞文)，都是同源字，意思就是「賣，販售」。

2. **priceless** = price+less形容詞字尾(無…的、不…的) = **無價的、無法估價的、珍貴的。**

priced有定價的，low-priced定價低的，high-priced定價高的，pricey物價高的、貴的，underprice定價過低，overprice定價過高，upset price拍賣底價，trade price同業價、同行價，wholesale price批發價、躉售價，retail price零售價，striking price議定價格、協定價格，spot price現貨價，future price期貨價，sale price廉售價，one price不二價、一口價、沒有討價還價，price fixing價格操縱、價格壟斷、價格作弊，price cutting競爭性的削價，price tag價格標籤、價格；endless無終止的、永不止息的，groundless沒有根據的，doubtless沒有懷疑的

pricing定價策略，penetrating pricing市場滲透定價法、薄利(或虧錢)多銷定價法、以極低價穿透既有廠商把持的市場(例：蘋果日報在臺灣開辦時一份只售新臺幣5元)，market skimming pricing肥油吃乾抹淨定價法、市場榨取定價法、最大利潤定價法(例：智慧型手機與液晶電視剛問世時的高價位)，psychological pricing心理定價法(例：99元、199元，使消費者心理產生價廉的錯覺)。

3. **appreciate**＝ap字首(強化、添加，針對、向著)+preci+ate動詞字尾(做、從事、進行、造成、使之成為)＝**價值增加、增值、漲價，賦予價格、鑑價、鑑別、評價、估價、鑑賞、欣賞、體察、領會、感激**。

appreciation增值、評價、估價、欣賞、感激，appreciable價量大到可感受到的、可觀的、可估計的，appreciative=appreciatory有鑑賞力的、有欣賞力的、表示讚賞的、表示感激的，appreciator欣賞者、鑑賞者，depreciate貶值、減值、跌價，precious有價值的、寶貴的、珍貴的、貴重的，precious stone寶石，precious metal貴金屬(例：金gold、銀silver、白金platinum、鈀金palladium)，appraise=apprize賦予價格、估價、評價，reappraise重新估價、重新評價、再次評估，appraisal=appraisement估量、估價、評價，appraiser估價人、評價人、鑑價人，praise說人家具有價值、表揚、讚美、稱頌、崇拜；annunciate=announce宣布，brecciate使碎裂、使成為角礫岩，enunciate表述、闡明，excruciate折磨、施以酷刑

4. **co-branded**＝co字首(共同、相互、一起)+brand+ed形容詞字尾(具有…的、有…特質的、如…的、經過…處置的、被…處裡過的)＝**品牌在一起的、聯合品牌的、聯名的**。

co-branded card聯名卡、異業結盟共品牌卡、商標合用卡(例：花旗長榮聯名鈦金卡Citibank EVA Airways Co-branded Titanium Card)，co-branding共品牌策略，rebranding品牌再造、品牌重塑，family branding家族名稱品牌策略(例：福特汽車Ford、高露潔牙膏Colgate)，umbrella brand統括式品牌、不同產品皆用同一品牌，individual product branding個別產品各有

品牌的策略，multi-brand strategy多品牌策略(例：多芬洗髮精Dove、麗仕沐浴乳Lux、立頓紅茶Lipton，三者都屬於Unilever聯合利華公司)，brand management品牌經營、品牌管理，brand positioning品牌定位，brand loyalty品牌忠誠度，brand preference品牌偏好，brand switch品牌更換，brand switcher品牌更換者、只在意價格或數量是否划算但沒有品牌忠誠度的顧客，brand equity品牌權益、品牌股票值、品牌價值，brand repositioning品牌重新定位，brand awareness品牌知名度，brand identity品牌識別，brand identification品牌認同，brand image品牌形象，brand impression品牌印象，sub-brand副牌、出於市場區隔或產品定位而從主牌分出的另外品牌(例：「五南」是圖書出版的主牌，分出「書泉」、「博雅」等副牌)，own brand=store brand=house brand自有品牌(例：大潤發量販店RT-Mart推出的FP)，original brand manufacturer=own branding & manufacturing自有品牌生產(例：宏碁電腦Acer、華碩電腦Asus)；co-adapted互相適應的，co-anchored雙主播的、共同當主播的，co-authored合著的、共同著作的；affiliated附屬的，united聯合的、團結的，guided導引的，open-minded開明的

5. **loyalty＝loyal+ty名詞字尾(性質、情況、狀態、人、者、物)＝忠誠、不變心、繼續效命、一直出錢出力。**

 loyalty card忠誠顧客卡=rewards card回饋卡=points card積點卡=discount card折扣卡=advantage card優惠卡=club card會員卡(在英、美、加、澳有不同稱呼，但都是提供某種好處而要把客人和廠商關係連結的一種卡片)，loyalty program顧客忠誠方案、固定來客計畫(為了使客人一直回來消費而非轉到別家廠商，而進行的寄出產品目錄、給予折扣積點禮物等作法)，loyalty marketing忠誠營銷、忠誠度行銷(注意顧客需求並使產生感情與習慣的行銷策略)，loyal忠誠的、堅貞的、矢志不移的、守信的，loyalist效忠派、勤王黨，disloyal不忠實的、不忠誠的、背叛的、欺瞞的，disloyalty不忠心態、不忠行為、背叛、欺瞞；faculty技能、官能，diversity多樣性，brevity簡短

IKEA的會員卡是鑰匙圈狀，稱為keyring card；航空公司的忠誠顧客卡稱為frequent flyer card經常搭機者卡、常旅客卡、常客酬賓卡，其進行的frequent flyer program常客酬賓計畫或方案，包括飛行里程累計、機位升等、優先劃位、貴賓休息室使用等等。

6. **dissatisfy**＝**dis字首(不、無、相反)＋satis＋fy動詞(使成為、使化為、做、進行)＝使不滿、令…感到不滿。**

　dissatisfied感到不滿的、顯露出不滿的，dissatisfactory＝unsatisfactory不令人滿意的、令人不滿的，satisfy使滿意、令…感到滿意，satisfied感到滿意的，satisfactory令人滿意的，satisfaction滿足、滿意度、使人滿意的事物或方式、債務的清償、義務的履行，customer satisfaction survey顧客滿意度調查，employee satisfaction員工滿意度、雇員滿意度，job satisfaction工作滿意度、職業成就感，satiety饜足、過飽、膩，satiation饜足、厭膩、飽和，satiated感到厭膩的、感到過飽的；disagree不同意，disarm解除武裝，disapprove不批准；aurify化為金色，變成黃金，mummify做成木乃伊，vilify汙名化、詆毀

7. **quality**＝**qualit＋y名詞字尾(情況、行為、性質、狀態、制度、技術)、形容詞字尾(多…的、有…的、如…的、屬於…的)＝品類、品質、質量、特質、身分、地位，有品質的、優質的。**

　product quality產品品質、產品質量，service quality服務品質，process quality製程品質、流程質量，human quality人的品質、人力素質，quality assurance品質保證，quality guarantee品質保證、品質保障，quality guarantee period品質保障期、保固期，quality control品質管制，quality management品質管理，total quality management＝TQM全面品質管理，certified quality manager認證的品質管理師，quality and quantity＝Q&Q質與量、品質與數量、質量與數量，quality of experience體驗品質、體感質量、對產品或服務的實際體會與感受，quality of life生活品質，quality time最寶

貴的時間，qualitative性質的、品質的、質量的、定性的，qualify使具資格、使得以擔任、合格、適合，qualified有資格的、合格的、合適的，unqualified不合格的、不具資格的，disqualify使失去資格、取消資格、淘汰，qualifier合格者、具有資格者，qualification資格、合格證書、限定條件，qualifying examination資格考、初試，qualifying round資格賽的回合、初賽、預賽

消費購物

8. quantity＝quanti＋ty名詞字尾(性質、情況、狀態)＝數量、總量。

 quantity of order訂貨量，quantity demanded需求量，quantity delivered已交貨量，quantity undelivered未交貨量，quantity production量產、大批生產，quantity issued發行數量、發出數量，quantity buying大量購買，quantity of output產出量，quantity of sale銷售數、銷售量，quantitative 數量的、定量的，quantitative control數量控制，quantitative analysis定量分析，quantify＝quantitate以數量表示、量化處理，quantifier量詞、表示數量的字，quantum量、總量、額數、量子，quantophrenia＝quantitative(數量的)+o+hebephrenia(青春期痴呆、青春期精神分裂症)＝數量痴迷、過度依賴數字與計算

9. certify＝certi＋fy動詞字尾(使成為、使化為、做、進行)＝證明、證實、保證、擔保、確認合格、保證品質。

 certified確認合格的、有保證的、有證明文件的，certified milk認證牛奶、有品質保證的牛奶，certified safe toy認證安全玩具，certified bed認證床、經有關單位認證合格的床，certified jade有認證的玉，certified organic food認證有機食品，certified cheque＝certified check保付支票，certificate證書、證照、憑證，certificate of origin 貨物產地證明、貨源地證明書，certificated持有證書的、有證照的，certification證明、保證、證明書，certification mark認證標章，International Fair-Trade Certification Mark國際公平貿易認證標章，professional certification＝trade certification ＝professional designa-

tion專業認證，certitude確實性、準確性、必然性 ，certain確定的、無疑的，certainty確定性、必然的事物

10. **durable**＝**dur+able形容詞字尾(能夠…的、有…能力的)、名詞字尾(能夠…的東西、有…能力的物品)＝耐用的、耐久的、持久的，耐用品、耐久財。**

 durables=durable goods=hard goods耐用品、耐久財(例：汽車、冰箱、洗衣機、家具、玩具、珠寶)，durability持久性、耐用性，nondurable不耐用的、不耐久的、非耐用品，nondurables= nondurable goods=soft goods=consumables非耐用品、消耗品、耗用財、耗材(例：食品、飲料、報紙、墨水)，duration持續、持久，during在…期間，endure使耐久、忍受、容忍，enduring持久的、耐久的，endurance耐力、持久性、耐用度、忍受程度，indurate使堅硬、使鞏固，obdurate頑固的、堅硬的、倔強的

11. **consumerism**＝**con字首(一起、完全)+sum+er名詞字尾(人、者、物)+ism名詞字尾(主義、思想、行為、現象、主張、特性、制度)＝消費者保護運動、認為消費者應當受到保護的主張與作為、消費主義、認為社會經濟繁榮有賴大家多多購買物品消費的主張。**

 consumerist消費者保護運動者、消費主義者，consumer消費者、耗用者、食用者、飲用者，consumer price index (CPI)消費者物價指數、消費品價格指數，consumer goods=consumption goods消費品，consumable供消耗使用的、會用掉的、耗用品、耗材，consumable goods=consumables耗材、消耗品，inconsumable不可消耗的、用不盡的、用不壞的(例：銅幣)，consumer credit消費貸款，consumerise=consumerize促進消費、鼓勵花錢購買物品與服務，consuming消費的、耗神的，consumptive消費的、耗體力的、耗心力的、會磨蝕身心的、肺癆的，sumptuosity奢華用品與享受、奢侈行為表現，sumptuary規範消費的、節制消費的，sumptuous奢華的、華麗的，sumptuous villa奢華別墅，sumptuous education昂貴教育；redemption=buy back拿回、取回、贖回、償還、救贖，redeem拿回來用、

取回使用、贖回、償還，redeemer取回者、贖回者、償還者、救贖者

12. **accredited**＝ac字首(向著、對著)＋credit＋ed形容詞字尾(經過…處置的、被…處理過的、具有…的、有…特質的)＝被賦予信任的、經鑑定而可以信賴的、被證明合格的、保證產品沒有問題的。

accredit確認合格、鑑定為沒有問題、認定屬實、認定值得信賴、信託、委託，accredited investor合格投資者、受信賴的投資機構、經認可之投資人，accredited purchasing practitioner合格採購人員、公證採購師，accredited beef檢驗合格的牛肉，accredited milk檢驗合格牛奶，accredited fruit檢驗合格的水果，accredited school認證核可的學校、有立案的學校，accredited jewelry professional diploma專業珠寶家文憑、認證的珠寶專業人士文憑，accredited item認證項目、經認證過的品項，unaccredited＝non-credited未經認證合格的、沒有立案的，credit信用、憑信用而賒欠、信貸、信任、可靠性、聲譽、功績，credit card信用卡、賒帳卡、先用後付卡(例：威士卡Visa、萬事達卡Master)，credit line信用額度、信用上限，credit rating信用評等、債信評級，credit facilities信用便利措施、可供刷卡或分期付款等的便利作法，creditable可稱道的、可歸功的，creditworthy有資格取得信用貸款的、信用可靠的

除了credit card之外，還有一些與消費付款相關的卡：debit card＝check card轉帳卡、借記卡、金融卡、存款帳戶直接扣款卡(例：萬事順卡Maestro)，stored-value card儲值卡(例：臺灣的悠遊卡EasyCard、香港的八達通卡Octopus)，member's card會員卡(具儲值功能，但消費限於特定商店，例：7-11的iCash)，charge card簽帳卡(例：美國運通卡American Express、大來卡Diners；刷卡金額較高或無限，沒有循環信用，但每月帳單必須全額償還)，ATM card＝bank card＝client card＝key card＝cash card提款卡、現金卡，cash advance card現金預借卡、預借卡。

消費購物

13. luxury＝luxur+y名詞字尾(情況、行為、性質、狀態、物品)、形容詞字尾(如…的、屬於…的)＝奢侈生活、奢侈品、縱情享受，奢華的、精美而昂貴的。

 延伸記憶 luxury goods奢侈品，luxury ban禁奢令，luxury tax奢侈稅，luxury yacht豪華遊艇，luxury resort奢華渡假村，luxury box=luxury suite體育館或運動場或表演場的特級包廂或廂房，luxury tour奢華旅行、奢侈旅遊，lap of luxury優裕的環境，luxurious奢華的、奢侈的、超級享受的、精選的、特選的、豐沛的，luxuriate縱情享受、享受奢華，luxuriant華麗的、絢爛的、豐富的、奢華的、特級的、高級的，de luxe=deluxe高級的、奢華的、豪華的，deluxe binding精裝，deluxe edition精裝本，deluxe hotel豪華大飯店、奢華酒店

14. expend＝ex字首(出、外、徹底、完全)+pend＝花錢、花時間、耗盡、用到不剩。

 延伸記憶 expendable可消耗的、可犧牲的，expendable消耗品、可犧牲的人員或裝備，expenditure花費、支出、開銷、經費、費用，spend花錢、消磨時間，spender揮霍者，big money spender花大錢的人，expense價錢、費用、開支，expensive昂貴的、奢華的、花很多錢的，inexpensive不昂貴的，pension衡量計算後的支付金、退休金、養老金，pensionable可領退休金的、有資格領養老金的，pensioner靠退休金維生的人

 報馬仔 dispend把金錢或時間散發出去，dispend後來減縮為spend，其減縮方式與disport→sport一樣；dispensable可散發出去的、可分發的、可分配的，dispense分發、分配、秤重之後發予、配藥、抓藥，dispensary藥房，dispenser配藥者、藥劑師、分配者、分配器、冰淇淋販賣機(可依價錢或體積或操作力道大小而配予一定份量冰淇淋)。

15. conspicuous＝con字首(共同、相互、一起)+spic+uous形容詞字尾(具…傾向的、易於…的、多…的)＝易使大家都看到的、引人注目的、顯眼的、擺闊的、炫耀性的、刻意給大家看到的。

 延伸記憶 conspicuous leisure炫耀型休閒(例：豪華昂貴的下午茶、餐宴、度假、旅遊，而且刻意讓別人知道或看到)，conspicuous consumption炫耀型消費(例：名牌高檔時裝首飾皮包、豪宅名車遊艇私人飛機、限定身分與名額的特級俱樂部、被包養的帥哥美女、購物時隨侍在側拿提袋的外傭等等)，conspicuousness=conspicuity顯眼、炫耀、鋪張，inconspicuous不顯眼的、不引人注目的、沒讓大家看到的，perspicuous完全看到的、清楚易懂的，perspicuity易懂、清楚有條理，perspicacious看穿他人陰謀的、看透問題所在的、睿智的、聰穎的、斷事如包公的、一針見血的，perspicacity睿智腦袋、聰穎思路、銳利眼光；ambiguous曖昧的，tempestuous暴風雨的，strenuous艱辛的，sinuous彎曲的、迂迴的、旁門左道的、不老實的

 報馬仔.

炫耀型消費的主旨在顯示social status社會地位，以凸顯當事人具有與「凡俗之輩」(ordinary people)截然不同的本事與品味，在這群消費者之間會有類似「軍備競賽」(arms race)的「誇富競賽、炫富」(wealth race)，而對社會產生諸多負面影響。

拆字猜義

⑯ deliver ＿＿＿＿＿＿

⑰ intangible ＿＿＿＿＿＿

⑱ discount ＿＿＿＿＿＿

⑲ service ＿＿＿＿＿＿

⑳ product ＿＿＿＿＿＿

㉑ storefront ＿＿＿＿＿＿

㉒ convenience ＿＿＿＿＿＿

㉓ genuine ＿＿＿＿＿＿

㉔ counterfeit ＿＿＿＿＿＿

㉕ unmarketable ＿＿＿＿＿＿

㉖ commercial ＿＿＿＿＿＿

㉗ fishmongering ＿＿＿＿＿＿

㉘ fetishistically ＿＿＿＿＿＿

㉙ requirement ＿＿＿＿＿＿

㉚ installment ＿＿＿＿＿＿

外送

無形的

折扣

服務

產品

店鋪

便利

真品的

仿冒品

滯銷的

貿易的

賣魚的

盲目崇拜地

規定

分期付款

消費購物

16. deliver＝de字首(離開、脫離)+liver＝交出、送出、遞送、外送、送貨、交貨、放出、釋出、排出、投出、擲出、做出、說出、生出、分娩。

delivery交出的動作、送出的行為、遞送、送貨，delivery note提貨單，delivery time交貨時間，delivery term交貨條件，delivery truck運貨卡車，delivery van運貨廂型車，deliveryman送貨員，delivery boy送貨小弟、送報小弟，cash on delivery (COD)貨到付款，pizza delivery披薩外送到家，electricity delivery電力輸送，deliverable可遞送的、可外送的、有送貨到府的，deliverance釋放、釋出、解救，liberty放出來的狀態、釋出、自由、自由的權利，liberal自由的、放手接觸各種思想的、開明的，liberalize自由化、放寬處理，liberation得自由、解放，liberated得到解放的、已經被解放的

17. intangible＝in字首(不、無、非)+tang+ible形容詞字尾(可…的、能…的)、名詞字尾(能夠…的東西或人、有…能力的物品或人)＝無法觸摸的、碰觸不到的、無形的、不具體的、難以理解的，無形的東西、無形的資產。

intangible goods=intangibles無形商品、非物體化貨品(例：網路下載的收費音樂)，intangible assets無形資產(例：專利權patent、商譽business good-will)，tangible goods=physical goods有形商品、實體商品、可觸摸到的貨品(例：印刷出來的書printed book，雷射唱片compact disc=CD，牛排steak)，tangibility具體性、可觸摸性，contiguous彼此接觸的、相鄰的、毗鄰的、共邊的，contiguity相鄰性、毗鄰關係、共邊特質，tact觸覺，tactile=tactual觸覺的、觸覺器官的、觸覺相關的，contact彼此碰觸、聯繫、聯絡，intact沒被觸摸過的、原封不動的、完好無損的

18. discount＝dis字首(取消、除去)+count＝拿掉不要算、少算、少估、折扣、削價。

30% discount拿掉百分之三十不要算、打七折，discount shop=discount store=discounter折扣商店、廉價商店，discountable可享折扣的，seasonal discount季節性折扣，commercial discount商業折扣、商品標價折扣，

quantity discount數量折扣，cash discount現金折扣=sale discount銷售折扣，student discount=educational discount學生優惠價、學生折扣、教育性折扣，military discount軍人折扣，disability discount殘障者折扣，employee discount員工折扣，senior discount老人折扣，toddler discount=child discount=kid discount兒童折扣、兒童優惠價，local resident discount在地居民折扣(例：中油或臺電給煉油廠或發電廠附近居民的油電價折扣)，count計算、記數、數目、總數，countable可數的，uncountable不可數的，countdown倒數、逆序記數，final countdown最後倒數計時，counter計數者、計數器，counter算帳處、算帳桌臺、櫃檯，account帳目、帳單、帳戶、客戶，accounting結帳、結算、會計、會計學，accountant會計師、會計人員，recount重算、重計；compute總和思考、加總計算、推估、演算、計算，computer總和思考者、加總計算器、計算機、電腦

19. service＝serv+ice名詞字尾(事物、行為、意義、狀態、性質)＝服務、幫傭、侍候、效勞、接待、檢修、供人使用、公職、當公僕、兵役。

service sector=service industry服務業、服務產業、服務部門，customer service=client service客服、客戶服務，push-button telephone service=touch-tone phone service電話語音服務，after sales service售後服務，after care service產後或治病後的照護服務，service charge服務費、小費，service area公路旁的服務區、公路休息區，service life器物的使用年限，service animal服務性動物(例：導盲犬guide dog)，service station加油站、(電腦、電器、汽車)檢修站，escort service伴遊服務、隨扈服務，room service客房服務、送餐飲到大飯店房間的服務，lip service動嘴唇說說卻不動手做、口惠、空談、應酬話，secret service祕密服務、暗中服務、特勤單位，self-service=serve-yourself自己動手的、自助的，self-service laundry自助洗衣店，self-service kiosk自助(買票、訂位、查詢)服務亭、自助服務機臺，disservice反向服務、愈幫愈忙、幫倒忙、損害，serviceable耐用的、管用的、可供使用的，unserviceable不耐用的、不管用的，serve效勞、幫傭、接待、伺候、上菜，server侍者、服務員，servant

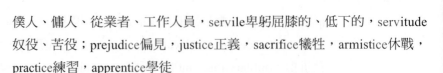

僕人、傭人、從業者、工作人員，servile卑躬屈膝的、低下的，servitude
奴役、苦役；prejudice偏見，justice正義，sacrifice犧牲，armistice休戰，
practice練習，apprentice學徒

20. product＝pro字首(向前)+duct(引領、帶動、塑造)＝生產過程中向前推進一步步做出來的東西、產品、產物、製品、作品。

consumer product消費品，industrial product工業品(加工的原料、零件、
組件、半成品)，byproduct=by-product=side product=副產品、附帶產品，
end product生產線終端產品、製成品、最後產品，agroproduct農產品，
dairy product乳製品，food product食品，beauty product=cosmetics化妝品，
mass product大眾產品，prestige product威望產品、名氣產品、名牌精品、
高檔產品，masstige product=mass+prestige product=大眾精品(例：Zara)，
luxury product奢侈品，product search產品搜尋，product recall產品召回、
產品召修，product placement產品置入、置入式行銷、把產品擺入新聞或
戲劇中，product liability產品責任，product analysis產品分析，productive
有生產力的、豐富的，productivity生產力、生產能力與效率，production
產品、產量、製造的結果，produce生育、生產、製造、做出來、勞動、
勞動結果、生鮮蔬果，producer製造商、生產機構、出產地、製片者、
製作人，producible可生產的、可製造的；conduct帶領到一起、導熱、導
電、指揮(樂團)，deduct往下帶、減少、減免、扣除，ductile可拉扯的、
可延展的、可帶領的、有可塑性的，educt帶出的東西、離析物(化學)、推
論、論斷，introduction帶到內部、介紹、引進、制定，reduction縮小、減
量、簡化

21. storefront＝store+front(前面、正面、前面的、面對的、臨街的、臨河的、臨海的)＝臨街的店面、店鋪，設在店鋪的、設在店面的。

store備用貨品、儲存品、庫存、商店、店鋪，store-bought在商店買現成
的(產品)、不是自己製作的，storehouse倉庫、貨棧、儲藏所，storeroom

儲藏室、材料室、物料間、商品陳列室，liquor store酒類商店，hardware store五金行，grocery store食品雜貨店，general store食品酒品五金日用品都賣的鄉間雜貨鋪，pet store寵物店，department store百貨行、百貨公司，specialty store專門店、專賣店，toy store玩具店，bookstore=bookshop書店，drugstore藥妝雜貨店，wine store葡萄酒商店，tobacco store香菸雪茄商店，antique store古董店，flagship store旗艦店，franchise store加盟店，chain store連鎖商店，factory outlet store清盤暢貨店、過季精品廉售店，duty-free store免稅商店，storage庫存量、儲存量、保管費、倉庫；waterfront水岸地區、臨河而景觀優美的地帶，seafront臨海地帶，lakefront臨湖地帶，oceanfront臨大洋地帶，beachfront臨海灘地帶，battlefront前線、交戰地帶

22. convenience＝con字首(共同、相互、一起)+veni+ence名詞字尾(性質、狀態、行為)＝通通來到、什麼都有、適宜、方便、便利。

convenience store=corner store=corner shop便利商店、街角現代雜貨店，convenience food便利食品、泡熱開水或微波加熱就可食用的食品， convenience noodle=instant noodle方便麵、速食麵，convenience goods便利貨品，convenience fee便利費、使客人透過網路或自動機器可以方便繳款訂票等而收的手續費或處理費，inconvenience不便利的情況、不便之處，convenient方便的，inconvenient不方便的、麻煩的，convene一起來、召集、開會，convener會議召集人，convention大家匯聚、會議、大會、大家同意的事務、習俗、慣例、公約、協議，intervene來到兩者中間、介入、干涉，revenue歸來的錢、收入、收益、稅收，souvenir來到心裡的東西、旅遊紀念品，invent來到腦子裡、有了新點子、發明、創新，circumvent繞路來、兜圈子過來、規避

23. genuine＝genu+ine形容詞字尾(屬於…的、具有…的、如…的)＝本源的、原產的、真品的。

延伸記憶 genuine goods真品，genuine leather真皮，genuine affection真摯的感情，genuine Tibetan真正的西藏人，genuine parallel import真品平行輸入、水貨、貨品為同品牌同品質但不經由代理商進口，ingenuine=ungenuine=non-genuine非真的、假冒的、仿製的，generic同類的、通同的、非特有的、不受專利權保護的，generic drug通用名藥物、通同藥、學名藥、與原廠藥品內容一樣但不可以用原廠品牌名稱的藥，generic city通同城市、景觀看來很類似的城市，genetic起源的、發生的、遺傳的；marine海的，divine神的，sanguine紅潤的、有血色的，murine鼠的，piscine魚的，galline雞的

報馬仔. genuine的同義字：original、authentic、real、true、unfeigned、unfaked。

24. counterfeit＝counter字首(重複、代替、相反、對抗、相對)+feit(做、製作、塑造)＝做重複的物品、做代替的物品、做對抗的東西、假冒、仿造、偽造，偽貨、仿製品，仿冒的、偽造的。

延伸記憶 counterfeit money偽錢，counterfeit US dollar bill偽造美鈔，counterfeit watch仿冒錶，counterfeit designer brand仿冒名牌，counterfeit diamond偽鑽，counterfeit medication=counterfeit drug=counterfeit medicine偽藥，counterfeit signature偽造簽名，counterfeit illness假病、裝病，counterfeiter偽造者、仿冒者，surfeit =do over做過多、過度沉溺、暴食，forfeit(做錯事的懲處)罰款、罰鍰、追繳金、沒收物；counterbalance抗衡，counteract對抗、抵制、抵銷，counterattack反攻，countercoup反政變，counterevidence反證

報馬仔. counterfeit的同義字：fake、sham、imitative、feigned、forged、spurious、unauthentic、knock off。

25. unmarketable＝un字首(不、無、非)+mark+et名詞字尾(地方、物品)+able形容詞字尾(能夠…的、有…能力的)＝沒有市場能力的、滯銷的、賣不出去的。

market買賣貨品的小地方、市集、市場，marketable可銷往市場的、賣得出去的，flea market跳蚤市場(舊衣物可能藏汙而有跳蚤，故得名)、二手品市場，black market黑市、地下市場、非法市場，gray market灰色市場、介於法律模糊地帶但價格比正式市場低一些的市場，upmarket高檔市場、高金額消費者市場，downmarket低檔市場、廉價市場，supermarket超市，hypermarket特大型超市、大賣場，night market夜市，mart=market市場、賣場(源自中古荷語)，farmer's market=greenmarket農產品市場，open-air market露天市場，market price時價、市場價、季節價，marketer=marketeer市場銷貨員、市場商人，marketing行銷、行銷學，marketbasket市場一籃子貨品、市場指數總覽、生活費用計算基準；cracket低凳，cullet碎玻璃，turret小塔樓，pricket燭臺，basket籃子；comfortable舒適的，inevitable不可避免的，impeachable可彈劾的

市場、市集：mercâtus拉丁文、Markt德文、markt荷蘭文、marché法文、mercato義大利文、mercado西班牙文與葡萄牙文，都是同源字。

26. commercial＝com字首(共同、相互、一起)+merci+al形容詞字尾(屬於…的、關於…的)、名詞字尾(具…特性之物、過程、狀態、活動)＝彼此買賣的、大家進行交易的、商業的、商務的、貿易的、大量供應的、交往的、交流的，商業廣告、商品宣傳。

commercialize商業化、商品化，commerce商業、商務、貿易、交往、交流，English for commerce商用英文、商業英文，chamber of commerce商會，E-commerce=e-commerce=ecommerce=electronic commerce電子商務，M-commerce=mobile commerce行動商務、手機電子商務，T-commerce=television commerce電視商務、電視購物，V-commerce=voice commerce語音商務、辨識確認語音之後即可進行交易的商務，Commerce Department=Department of Commerce商務部(美國)，Commerce Secrtary=Secretary of Commerce商務部長(美國)，mercantile商業的、商人的、愛錢的、貪財的，mercenary唯利是圖的、貪財的、買賣性的、有錢就可以賣命打仗的、傭兵、打仗賺錢者，merchant商業的、商人，mer-

chandise商品

27. fishmongering＝fish+monger+ing名詞字尾(行為、活動、狀態、情況、學術、行業)、形容詞字尾(具…性質的)＝賣魚業、販魚，賣魚的、販售魚的。

 延伸記憶. fishmonger魚販、賣魚者，fashionmonger時尚推陳出新者、時尚倡導者，cheesemonger乳製品商人、乳酪商販，carpetmonger地毯商人，whoremonger＝whoremaster兜售妓女性交易者、老鴇、皮條客，whore-mongery老鴇業者、拉皮條業者，starmonger兜售星星運勢者、算命者，costermonger推著車叫賣的小販，ironmonger鐵器販者、五金商人，iron-mongery五金業者、五金店；gossipmonger八卦散播者、八卦傳揚者，rumormonger傳聞散播者、造謠者，scaremonger驚人消息散播者，smut-monger淫詞穢語散播者，scandalmonger醜聞散播者，hatemongering散播仇恨的行為，warmonger鼓吹戰爭者、戰爭販子，peacemonger鼓吹和平者

28. fetishistically＝fetish+ist名詞字尾(某種行為者、某種主義者和某種信仰者、某種職業或研究的人)、形容詞字尾(某種主義的、某種信仰的、某種作為的)+ical形容詞(…的)+ly副詞字尾(如…地)＝盲目崇拜地、認定有某種事物就可升官發財保平安地、戀物癖地、因某物就會引發性快感地。

 延伸記憶. fetishistic＝fetichtic戀物癖的、盲信某物具有特效的、盲信某物可引發性快感的，fetishist＝fetichist戀物癖者、盲目相信物品具有特異功能的人、盲信某物可引發性快感的人，fetish＝fetich物神、神奇物品、迷戀之物、迷信之物，money fetish戀錢、拜金、相信金錢萬能，punctuality fetish準時戀癖，cleanness fetish清潔戀癖、潔癖，growth fetish成長迷戀、以為經濟成長可以解決一切政經社會問題，fetish fashion＝fetishwear用皮革或乳膠皮或橡膠皮或合成皮做成而貼身使一切凹凸一覽無遺而引發性快感的衣服，fetish model穿引發性快感衣服的模特兒，fetishism＝fetichism拜物教、對物品的盲信行為、物神崇拜儀式、戀物癖，commodity fetishism商品拜物教、商品迷戀(Karl Marx馬克斯批評資本主義是一種商品拜物教，一切

消費購物

人事物都是商品、都可買賣)，clothing fetish=garment fetish對特定衣物可引發快感的迷戀，uniform fetishism制服迷戀、制服快感狂戀(餐廳服務員穿女傭或空姐制服，就是要滿足這種戀物癖)，fur fetishism皮草迷戀、獸皮衣迷戀、狂戀獸皮衣引發的快感，shoe fetishism戀鞋癖，pantyhose fetishism褲襪戀物癖，fetishize=fetichize崇拜、迷戀

29. requirement＝re字首(一再、重複、反覆)+quire+ment＝要求的事項、需要的東西、規定。

require需要、要求、堅持、想要，required受到要求的、指定的、規定的，acquire針對某事物要求取得、獲得、拿到、學到、買到，acquirable可取得的、可獲得的，inquire=enquire詢問、垂詢、打聽、探查、調查，inquiry=enquiry詢問、探索、打聽、質詢，inquiring=inquisitive好奇的、好問的、愛打聽的，inquisition審訊、調查、宗教審判，requisite必要的、必需品，requisition需要、需求、徵用、徵調使用，request要求、請求、點播、點唱，quest探索、尋求、探險，question問題、疑問、提問、詢問、盤問，questionnaire意見調查表、問題清單，questionable有問題的、可疑的，acquisitive渴求的、貪求的，acquisition購買之物、買入的東西、購買的行為、取得，query問題、詢問、質問

30. installment＝in+stall+ment名詞字尾(行為、過程、結果、事物、組織、機構)＝以分隔小間(時間或空間)方式進行、分期付款、連載刊登、分集演出。

installment buying分期付款購買，installment loan分期償還的放款、分期付款貸款，stall有隔欄分間的牛舍或馬廄、攤位，stallholder攤商、持有攤位者，stallage攤租、攤稅、攤位權利金，shower stall淋浴小間，toilet stall廁所小間，install搭設在裡面、安裝、設置、就任、就職，installation裝置、設備；stable有隔欄分間的牛舍或馬廄或羊圈、一間間的課堂或教室，establish搭設起來、立起來、建立、確立

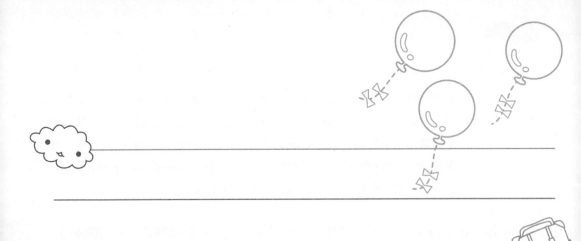

15 就業謀職

字源線索

★ 英文	★ 中文	★ 字綴與組合形式
body ; frame ; organization	身體、架構、組織、公司	corp ; corpor ; corpus
good ; welfare ; award	良好、美善、福利、獎賞	ben ; bene ; beni ; bon ; boun
weigh ; estimate; pay	衡量、估算、薪給	pend ; pens ; pense
work ; practice ; produce	工作、執行、製作	oper ; opus
toil ; hardship ; suffer	辛勞、費勁、受苦	labor ; laborat
fatigue ; toil ; pain	疲累、勞苦、痛苦	pon ; pono
deserve ; entitled	配得、值得、夠格	mere ; meri ; merit
order ; rank ; arrange	次序、位階、安排	ord ; ordain ; ordin
move	變動、調動、遷移	mot ; mote ; moto ; mut ; muti ; mov
carriage road ; course ; race	車路、路程、競速	car ; cari ; carr ; carri
running sequence	歷程、奔馳次序	cur ; curr ; curri
perform ; execute; purpose	進行、執行、職能、用途	funct ; fungi
hand ; handle control	手、操持、管控	main ; man ; mani ; manu

就業謀職

⭐ 英文	⭐ 中文	⭐ 字綴與組合形式
handle ; control	操持、管控	mand ; manda ; mandate
send ; let go ; hurl	派遣、寄送、放行、拋擲	mess ; mis ; miss ; mit ; mitt
answer ; promise; pledge	應允、承諾、擔當	spon ; spond ; spons ; spouse
bargain ; agree-ment ; promise	講好、說定	stipul
old ; elder	年長、較老	seign ; sen ; sene ; seni ; sir
old age ; many years ; a long time	老齡、老練、歷久	veter
nephew ; grand-son ; descendant; family member	甥侄、後代、親屬	nepo ; nepot
strengthen ; grow ; enlarge	增多、成長、加大	crease ; cresc ; cret
induce ; grow ; enlarge	強化、引入、變大	crue ; cruit
sift ; distinguish; conceal	過濾、藏匿	cer ; cern ; cert ; cre ; creet ; cret
fold ; bend	摺疊、折腰、使用、裹捲	plect ; plex ; pli ; plic ; plicat
fold ; wrap	摺疊、折腰、為人工作、包覆	ploy ; ply

就業謀職

★ 英文	★ 中文	★ 字綴與組合形式
see ; view ; peep	觀看、觀察、窺視	vid ; video ; vis ; visu ; visuo ; voy
ball ; sphere ; mass	球、球體、團塊	glob ; glom ; glomera ; glomus
flow ; wave ; billow	流動、波動、翻騰	ound ; seat ; sit ; ude ; und ; undu
mark ; token ; seal	註記、標誌、用印、確認	sign
carry ; bring ; bear	載運、帶著、產生	fer ; pher ; phor

①	employee _____	員工
②	career _____	職業生涯
③	cooperate _____	合作
④	incorporation _____	企業
⑤	benefit _____	福利
⑥	bonus _____	獎金
⑦	secretary _____	祕書
⑧	meritocracy _____	功績制
⑨	seniority _____	年資制
⑩	veteran _____	老兵
⑪	nepotism _____	裙帶關係用人術
⑫	collaborate _____	協力
⑬	ponopalmosis _____	勞力性心悸
⑭	irresponsible _____	不負責的
⑮	recruit _____	新手

就業謀職

1. **employee**＝em字首(置於…之內)+ploy+ee名詞字尾(受到行為影響的人或物、行為的被動者)＝進入為五斗米折腰的行列者、被使用者、受雇者、雇工、雇員。

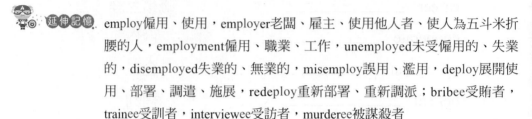

延伸記憶 employ僱用、使用，employer老闆、雇主、使用他人者、使人為五斗米折腰的人，employment僱用、職業、工作，unemployed未受僱用的、失業的，disemployed失業的、無業的，misemploy誤用、濫用，deploy展開使用、部署、調遣、施展，redeploy重新部署、重新調派；bribee受賄者，trainee受訓者，interviewee受訪者，murderee被謀殺者

2. **career**＝car+eer名詞字尾(從事…的人、與…有關的人、進行…的事務)、動詞字尾(從事、進行)、形容詞字尾(從事…的、與…有關的、進行…的)＝事業前程、職業生涯、謀生進程、人生經歷，奔馳、疾走，專職從事的、致力走某一特定生涯的。

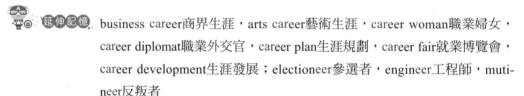

延伸記憶 business career商界生涯，arts career藝術生涯，career woman職業婦女，career diplomat職業外交官，career plan生涯規劃，career fair就業博覽會，career development生涯發展；electioneer參選者，engineer工程師，mutineer反叛者

3. **cooperate**＝co字首(共同、一起)+oper+ate動詞字尾(從事、進行)＝合作、一起執行。

延伸記憶 cooperation合作、互相效力，cooperative合作的、具合作精神的，cooperative合作社、合作商店，cooperant=cooperator合作者、支援者，operate作業、運行、行動、操作、動手術，operation業務、經營、管理、手術，operator營運者、業者、操作員、接線生，operable可動手術的、可操作的、可運行的，opera歌劇(由很多歌唱與曲樂加上布景服裝舞蹈的諸多作品組合成的大作品)，opus音樂作品，magnum opus=great work大作、傑作，opus number=op.音樂作品編號，Opus Dei=God's Work主業會、上主事工會(天主教會的一個修會)

 opus源出於拉丁文，進入義大利文，成為音樂術語，opera是opus的複數形，因為opera是集合很多opus的作品；一般音樂作品編號採拉丁文之op.，就是opus縮寫，但莫札特作品是由Ludwig Ritter von Köchel精心編輯目錄，而由其姓Köchel=K.為代號；作品編號不是用op.而另有代號的音樂家，還有巴哈、韓德爾、海頓等。

 Reformation Symphony No. 5 in D major and D minor, Op. 107, by Felix Mendelssohn編號107孟德爾頌作品，第五號D大調與D小調交響曲《宗教改革》；此曲的開始部分是D大調，但主題部分是D小調。

4. **incorporation＝in字首(納入、放進)+corpor+ation名詞字尾(行為結果、狀態、事物)＝吸納、合併、組成，公司、企業、社團。**

 incorporated=Inc.股東組合的股份有限公司，incorporate併入、混合、組成、使成為具體樣子，corporate法人的、公司的，corporation法人機構、公司，corporatocracy=corporation+democracy=企業治國、企業控制政府進行統治，corporeal肉體的、軀體的、有形的，corps團隊、部隊、行動團體，corpse屍體，corpus屍體、身軀，corpulent胖到只讓人看到一團而分辨不了五官的、肥胖的、肥腫的，corpus全集、大全、完整收錄

 Marine Corps海軍陸戰隊，Peace Corps美國海外和平工作團；Corpus Christi基督身體、聖體節，Ave Verum Corpus in D major, K. 618, by Mozart 編號618莫札特作品，D大調《聖體頌》。

 「股份有限公司」在不同語系或國家的簡稱不同：Inc.美國、Plc.英國與大英國協國家地區的上市公司、AG.德奧兩國和瑞士與比利時部分德語區、SA.法國與比利時及瑞士部分法語區、SE.歐盟(向歐盟註冊而非向單一國家註冊)、NV荷蘭與比利時部分荷語區。

5. **benefit＝bene＋fit名詞字尾(行為結果、產生之物、製造之物)、動詞字尾(產生、製造)
＝好處、利益、福利、救濟金、補助金，使受益、使享受福利。**

 beneficial有利的、有益的，benefactor提供好處的人、給予利益的人、施
惠者、恩人，beneficiary得到好處的人、受益人、受惠者，benediction說
好話、祝福，Benedictus頌歌、祝福曲(彌撒中的一段曲式)，benevolent
善意的、慈心的，benign＝benignant慈祥的、宜人的、有益的、良性的
(瘤)，Bene vale＝good farewell＝goodbye再見；profit得以使個人或企業進
步的行為結果、利得、利潤，outfit外出做事所需裝備、用品、服裝，ret-
rofit對舊東西進行改型翻新，comfit蜜餞、摻混各種材料做出的東西

6. **bonus＝bon＋us名詞字尾(東西、物體、時間、處所)＝獎金、獎勵金、賞金、紅利。**

 bonanza＝rich lode蘊藏豐富的礦脈、大好運、大賞、大繁榮、大財富，
bonheur＝good fortune幸運、好運道，bon voyage＝good journey祝你旅途
愉快，bon mot＝good word說得好，bona fide＝bona fides＝good faith真實、
真誠、誠心誠意，bon appétit＝good appetite＝enjoy your meal請享用，
bonjour＝good day日安，bonsoir＝good evening晚安，bonne nuit＝good night
夜安，bonhomme＝good man好男人、好先生，bonne femme＝good woman
好女人、好太太，bon ami＝good friend好友，bonne amie＝good female
friend好的女性友人，bonne année＝good year＝ happy new year，debonair＝of
good air溫文儒雅的、紳士風度的，bountiful慷慨的、大方的、豐富的，
bounty賞金、獎金、贈禮，bounty hunter為賞金追捕逃犯者；abacus算
盤，genius天才、天賦，deinonychus恐爪龍(恐怖爪子龍，化石於美國猶
他州一帶發現)，lactobacillus乳酸菌，sucubus與凡間男人交媾的妖豔魔
女，circus馬戲團

良好、美善，在法文為bon、bonne，西班牙文為bueno、buena，義大利文為buono、buona，屬於同源字。阿根廷首都Buenos Aries音譯為布宜諾斯艾利斯，其原意就是good air「清新空氣」或fair wind「順風」；瘧疾的英文是malaria=mal+aria=壞空氣狀態、瘴癘之氣，在醫學不發達時期，人們不知該病由蚊子叮咬引發，以為是空氣惡劣造成；mal、mala、male惡劣、低劣、不良、惡性。

7. **secretary**＝se字首(分開、拉開)+cret+ary名詞字尾(事物匯集所在的人或地)＝篩檢來往文書記錄的人、過濾資料予以保管者、區分紀錄重要性的整理人、收藏機密重要文件者、受付託處裡機密者，祕書、文書、幹事、機要人員，(社會主義國家的)黨委書記、(美國的)部長。

general secretary(共黨)總書記、(一般政黨)祕書長、幹事長，Secretary-General of the United Nations聯合國祕書長，secretarial祕書的、機要的、書記的、部長的，secretariat祕書處、書記處、處理機要事務的部門，Secretary of State=State Secretary(美國)國務卿、相當於外交部長，Secretary of Treasury=Treasury Secretary(美國)財政部長，secret祕密、機密、機密的、暗中的，secret service特勤局、祕密勤務處，secret agent特務、特勤人員，secrecy 保密作為、隱藏；severance切斷、割斷、分離、斷絕(勞雇關係、夫妻關係、外交關係等的結束與了斷)，separatism分離主義、獨立建國主張，segregation族群分隔、種族隔離

8. **meritocracy**＝merito+cracy名詞字尾(統治制度、管理制度)＝依表現及才幹決定獎勵與升遷的管理制度、功績制、英才制。

meritocratic才幹表現制的、功績制的、英才出頭制，meritocrat主張功績制的人、憑優秀表現出頭者，merit功績、功德、優點，merit system考績制、才幹表現考核制，merited受之無愧的、應該得到的，meritorious有功的、有表現的、有本事的，unmeritorious沒有功績的、缺乏表現的，unmerited受之有愧的、不應該得到的，demerit過失、罪過、缺點，immerit

不值、無功、沒優點，emeritus有功夠格而可保留頭銜的人、榮譽退休教授；plutocracy財閥統治、有錢人掌權的政治，punditocracy學者統治，gerontocracy老人統治(年高者當國家政府領袖)

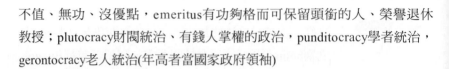
報馬仔．功績制、英才制是進步機構與社會的特色之一，使英才不會因為拒絕依附派系、資歷較淺，或沒有私人關係，就沒有出頭的機會；某些社會常見的主子扈從制(亦稱恩庇制patronage)、論資排輩制(seniority)、裙帶關係制(nepotism)，常常劣幣驅逐良幣，而與英才制形成對比。

9. **seniority** = sen+ior名詞字尾(人、者、物)、形容詞字尾(屬於…的、有…性質的)+ity名詞字尾(性質、情況、狀態、人事時物) = **年資久、資歷深、輩分高、論資排輩制**。

延伸記憶．senior年長者、資深者、高年級班的、大四的，senior citizen老人、資深公民，senior status老資格，senior moment老人關頭、健忘、失憶，senior high school高級中學，senile老邁的、衰老的，senate元老院、參議院，senator元老、參議員，senarchy元老統治；inferior質劣的、低等的、下級的，superior優質的、優越的、高級的，junior年少的、年幼的，prior優先的；priority優先性、優先權，priority seat老弱婦孺優先座(博愛座)，superiority優越性，sorority姐妹會、女性社團

報馬仔．日文漢字的「年功序列」ねんこうじょれつ(nenkôjoretsu)指的就是論資排輩。

10. **veteran** = veter+an名詞字尾(人、者、物)、形容詞字尾(屬於…的) = **老手、老鳥、經驗豐富者、老兵、退伍軍人，老經驗的，老練的**。

延伸記憶．veteran car=vintage car老爺車、骨董車，veteran benefits退伍軍人福利，veteran actor資深演員，veterancy老鳥身分、資深地位，veterascent變老的，inveterate進入久遠狀態的、積習已久的、根深蒂固的，veterinarian=veterinary負責照顧老動物的、獸醫的、動物醫生的，獸醫、動物醫生，veteriniatrics動物醫學、獸醫學；urban都市的，historian歷史

就業謀職

學家，republican共和黨的、共和黨員

 veterinarian獸醫原意為「照顧滿週歲牛馬等動物的人士」；很多動物的壽命比人類短，牛只要滿一歲就算老，英文superannuated=over one year old=超過一歲，意思就是「老弱的，老朽的」。

11. nepotism＝nepot+ism名詞字尾(作風、作為、主張、思想)＝用人唯親、不論智愚賢不肖而只要是親屬即可、裙帶關係用人術。

 nepotist主張或實行用人唯親作法的人，nepotistical=nepotistic=nepotic偏袒親屬的、唯親是用的、搞裙帶關係的，nepotal甥侄的、親屬的，nepotious溺愛甥侄的、過分偏愛親屬的；factionalism派系主義、搞派系的作風，paternalism家長作風、老大作為，patriotism愛國主義、愛國作為

 中古時期羅馬大公教會(Roman Catholic Church，天主教)，有一些包括教宗在內的高層陷入絕對權力絕對腐化的亂局中，某些甚至有情婦與私生子；教會進行拔擢或分封時，教宗偏袒私生子而排除更有能力品德的人，為掩人耳目就誑稱私生子為甥侄，是此字的造字典故。

12. collaborate＝col字首(共同、一起)+labor+ate動詞字尾(從事、進行)＝一起辛勞、共同進行、協力、合作，通敵、勾結、當漢奸。

 collaborator=collaborateur協力者、合作者、通敵者，collaborative協力的、合作的，collaborationist通敵的，labor勞動、勞務、勞工、分娩，labor insurance勞工保險，labor union工會，laborer勞動者、體力勞工，laborious辛苦的、吃力的，laboratory費勁工作的地方、實驗室、檢驗室，elaborate費勁做出來、詳述、精心策劃，elaborate=elaborative精巧的、費功夫的、周延的、詳盡的，belabor一再說明、囉嗦、嘮叨；collateral共邊的、並行的、附屬的、旁系的、抵押的、擔保的，colleague同事，col-lapse一起倒下、坍塌、垮掉、崩潰，collide互撞、相撞

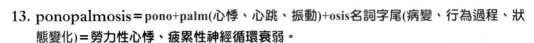

13. ponopalmosis＝pono+palm(心悸、心跳、振動)+osis名詞字尾(病變、行為過程、狀態變化)＝勞力性心悸、疲累性神經循環衰弱。

 ponopathy疲累病、神經耗弱，ponograph疲累度量計、痛覺描記器，pono-maniac勞碌狂，ponophobia勞碌恐懼症、疼痛恐懼症，philoponous勤勞的、愛工作的，hydroponics水耕、利用水來辛勞栽種，geoponics土耕、利用土壤來辛勞栽種；tuberculosis結核病變、肺結核，neurosis神經官能症，metamorphosis變形、變貌、蛻變

「過勞死」かろうし(Karôshi, death from overwork)一詞源自日本，指工作過多、加班過多、身心不堪負荷而死；「責任制」(system of job responsibility)在臺灣被資方濫用，已造成多起類似事件。

14. irresponsible＝ir字首(無、不)+re字首(回復)+spons+ible形容詞字尾(可…的、能…的)、名詞字尾(能夠…的人、者、物)＝不予回應的、不回覆承諾的、不承擔誓言的、不負責的、無責任感的，沒責任感的人、沒有擔當的人。

 irresponsive沒有回應的、無感受的，response作答、回應、反應，responsible負責任的、承擔功過的、應歸咎的、應記功的，responsible負責人，responsibility責任、義務、職責，responsive有感應的、受影響的，sponsor擔保者、資助人、主辦單位，cosponsor共同擔保者、共同資助人、協辦單位，respond回覆、回應、唱和、擔責任，correspond相互回應、通信、聯絡、彼此匹配、符合，correspondent通訊員、特派記者，spontaneous出於自然反應的、不由自主的、自發的，spouse配偶、夫妻、婚禮立誓者，spousal婚誓的、結婚的，espouse嫁娶、結婚、立誓、訂盟、信奉、擁護

15. recruit＝re字首(再次、重新)+cruit＝再次增多人手、招募員工、招聘人手、徵募新兵，新員工、新手、新兵。

 recruiter負責招才的人、負責徵募兵員的人，recruitment agency徵才公司、工作介紹所，graduate recruitment廠商在校園針對應屆畢業生舉行的

徵才活動，employee recruitment員工招聘，military recruitment軍方招募，counter-recruitment反政府招募兵員入伍的行動，recruiting station新兵徵募站，accrete添加生長、依附而生，accrue自然積累、增多，increase增加，decrease減少，crescendo漸強(音樂)

拆字猜義

⑯ dismiss _____ 　解僱

⑰ redundant _____ 　冗員

⑱ conglomerate _____ 　關係企業集團

⑲ president _____ 　總裁

⑳ subsidiary _____ 　子公司

㉑ manager _____ 　經理

㉒ command _____ 　指示

㉓ functionary _____ 　工作人員

㉔ promote _____ 　晉升

㉕ resign _____ 　辭職

㉖ conference _____ 　會議

㉗ subordinate _____ 　部屬

㉘ supervisor _____ 　上司

㉙ unstipulated _____ 　沒講好的

㉚ compensation _____ 　酬勞

就業謀職

16. dismiss＝dis字首(取消、除去、分開、離開)+miss＝請走、拋掉、解僱、遣散、解散、駁回。

 延伸記憶 dismissal=dismission解職令、遣散通知，dismissible可解僱的、可開除的、可拋棄的，emissary派出去的人、特使，admission住院、進場、入場券、入場費、入學許可、入會權，mission任務、使命、派出的代表團，missionary有使命的人、傳教士，message信息、短信、簡訊，messenger信差、信使，demise送走生命(死去)、送走財產(遺贈)、拋棄王位(禪讓)，emit排放、散發，admit讓人進來、入學，permit放人通過、准許，remit寄送回去、匯款，submit由下往上送、呈遞

17. redundant＝red字首(回復、回來)+und+ant形容詞字尾(屬於…的)、名詞字尾(人或物)＝溢流的、湧回來的、過多的、冗員的、被解僱的，冗員、被解僱的人。

 延伸記憶 redundancy=redundance贅詞、冗員現象、人員過剩而當進行的解僱或裁員，abundant充足的、大量的、豐富的，abundancy富裕、富足、豐盛，inundate溢流進來、淹沒、氾濫、塞滿，inundation洪水、淹水，undulate波動、起伏不定，rebound報償、報應、回返的作用，abound湧現、充滿，exude滲出、流出；redeem買回、贖回、救贖，redargue反駁、證明不成立，redhibition拿回、取回、原先交易取消、取消購貨合約

18. conglomerate＝con字首(共同、一起)+glomera+ate動詞字尾(從事、進行、使之成為)、形容詞字尾(有…性質的、如…形狀的)、名詞字尾(人、者、物、職務、職權)＝匯聚成球形、聚合成團塊、集結壯大，聚合的、簇生的、匯集合一的、關係企業集團的，聚合體、混合體、礫岩、關係企業集團。

 延伸記憶 conglomeration混合體、雜燴物、收集、匯聚，conglomerator關係企業老闆，agglomeration成團、凝結、結塊、附聚，glomerate聚成球形的，glomerular傘狀花序的，conglobate聚成球形的，conglobate=conglobulate聚合成球、合成一團，globe球、地球，globe-trot環遊世界，global球狀的、全球的、世界的、總和的，globalize全球化，globalized全球化的，globalization全球化現象、全球化的過程；consortium共同命運體、合夥、聯營、聯合放款，consonance放一起的聲音、協和音程、一致，consolidate合併、鞏固，conspire共謀、互通聲息，constant站在一起的、堅貞的、忠誠的、不變的、恆長的

19. **president**＝pre字首(先、前)+sid+ent名詞字尾(人或物)＝坐在前面的人、先坐下的人、帶頭者、領導人、總裁、總經理、總統、主席、校長。

 preside主導、主控、當領導，presider主導人、主控者、領導人物，presidency總統職位、總經理職位，presidential總統的，assiduous針對目標一直坐著用功的、勤奮的、孜孜不倦的，insidious坐落在內部的、隱伏的、暗中陷害的、狡詐的、陰險的，dissidence座位分開、不和、歧見、爭執，dissident分開坐的人、意見不合的人、異議份子，supersede坐在上面、取代、超越，sedentary需要久坐的、坐辦公室的、固定的，session坐著談事、會議；preposition前面的位置、前置詞、介系詞，preprint預印本、預發稿，prepay預付、墊款，preordain預定、注定

20. **subsidiary**＝sub字首(下方、分支、次要、從屬)+sidi+ary形容詞字尾(具⋯性質的、有⋯特性的)、名詞字尾(匯集處所、場所、地點、人身)＝附屬的、輔助的、次要的、補貼的，子公司、附件、輔助品。

 subsidiary company=subsidiary子公司，subsidiary river支流，subsidy=subsidiary payment補貼金、津貼費、補助款，subsidize資助、補助、買通，subside坐下、躺平、平靜、沉寂、消退；subtotal低於完整的、不到總數的，subtract往下拉、減去、減少，subvert使上方轉為下方、顛覆、搞倒，subtitle副標題、字幕；granary穀倉，insectary昆蟲館，intercalary閏(年、月、日)的、插入曆法的，apothecary藥劑師，piscary漁場、捕魚權

21. **manager**＝man+age名詞字尾(狀態、結果)、動詞字尾(從事、進行)+er名詞字尾(人、者)＝經理、經理人、經營者、掌櫃、總管。

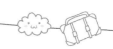

managerial經理的、管理的、有關經營的，manage經營、管理、設法做到，managing有權處理的、管事的，managing committee管理委員會，managing director管事的董事、執行董事、英系公司的總經理或執行長，manageable可以處理的、可以馴服的，management管理人員階層、資方、經營、管理，mano a mano=hand to hand肉搏戰，maneuver=manoeuvre調度、調動、耍花招、策畫，manufacture用手去做、製造，manufacturer製造廠、製造業者，manuscript手稿，manual手的、手冊，bimanual雙手的、用到雙手的，dextromanual慣用右手的，sinistromanual慣用左手的，manicure手部照顧、修手指甲，manipulate操縱、推拿，maintain抓在手裡、守住、保有、堅持、維持、支持、扶養、維護、維修，maintainable可維修的、守得住的；disparager蔑視者、貶損者，massager按摩師，ravager肆虐者、蹂躪者、摧殘者，arbitrager仲裁者

22. command＝com字首(完全)+mand＝完全操控、管轄、指揮、指示，指令、命令、轄區、指揮所。

commander長官、領導、指揮官，commanding統領的、威風凜凜的、擺架子的，commandment戒律、法令，demand要求、需求，demanding嚴格的、要求高的，mandamus訓示，reprimand怪罪的命令、申誡、斥責，countermand相反的命令、後令取消前令，mandatory帶管控力的、強制的、命令的，mandate命令、訓令、授權、託付、委任，mandatary受託者、受委任統治國

23. functionary＝funct+ion名詞字尾(行為、過程、結果、情況)+ary形容詞字尾(具…性質的、有…特性的)、名詞字尾(匯集處所、場所、地點、人身)＝職務的、公務人員的，依職能或用途派任的人、工作人員、公務員。

function職務、職能、功能、機能，functional功能的、官能的，functional illiterate功能性文盲(上過學但讀寫能力低落到不足以處理日常事務者)，functionalism功能主義、功能論(建築、心理學、政治學)，bifunctional雙

功能的，multifunctional多功能的，dysfunction機能障礙、功能障礙，mal-function故障、功能障礙、機能失誤，defunct失去功能的、不能用的、停業的、死去的，functor起功能的東西

24. promote＝pro字首(前方、前頭)+mote＝移到前面、晉升、拔擢、提倡、推廣、促銷、助長。

 promotee被提升者、獲拔擢者，promoter提拔他人者、倡導者、促進者、促銷者，promotional升遷的、晉級的、促進的、推銷的，demote降級、貶職，remote移開、移到遠方，remote遙遠的、偏遠的、偏僻的，commo-tion大家一起動、騷亂、動亂、叛亂，motivate使動起來、鼓勵、刺激、誘引，demotivate使失去動力、使變得消極，remotivate再次使人動起來、使人恢復動力

25. resign＝re字首(退去、離開、放棄)+sign＝登記後離開、登出、註記確認後離去、辭職、放棄、認輸。

 resigned已辭去的、認命的、屈從的，resignation辭呈、辭職書、除去、離去、認輸，assign針對某對象註記確認職務、指派、選派、指定、分配，assignment指派的任務、指定的作業，consign一起蓋印確認後交予對方、交付、託管、託運、託售、寄存，consigner委託人、寄存人、寄件人，consignee受託人、收件人

26. conference＝con字首(共同、相互、一起)+fer+ence名詞字尾(性質、狀態、行為)＝把大家帶到一起的程序、共同產生意見的地方、會議、會談、協商。

 conference call電話會議、多方語音會議，video conference視訊會議，con-ferencier會議演講者、會議主席，conferee與會者、會談者、協商人，ref-erence帶回去看看的東西、參考、參照、查詢資料、推薦信函，difference把大家帶離開的因素、差異、不同、歧見，preference先帶走的東西、偏好、偏袒

27. **subordinate**＝sub字首(次要、從屬、下方)＋ordin＋ate動詞字尾(從事、進行、使之成為)、形容詞字尾(有…性質的)、名詞字尾(人、者、物、職務)＝征服、降服、使人居次、使人隸屬，從屬的、下級的、次要的，部屬、部下、手下。

 insubordinate不順服的、抗命的，subordinate clause從屬子句，coordinate使大家一起有次序、協調、配套，coordinated協調的，coordinator協調人，inordinate無次序的、無節制的、放縱的，ordinary有序的、正常的、一般的，extraordinary超乎一般的、非凡的、特異的、卓越的

28. **supervisor**＝super字首(超越、在上)＋vis＋or名詞字尾(人、者、物)＝居上位而察看的人、監督者、視導者、上司、長官。

 supervisee被盯者、受監督者，supervision監督、督導、管控，advise針對特定事務看看而給意見、建議、告知、勸告，advisor顧問、提供建議者，revise再看看有無問題、修訂、修正，prevision預見、預知、先見，providence看到前方、遠見、未雨綢繆，improvident不顧及未來的、未預作準備的；superscript 寫在上面的字或符號、上標，supernatant浮在上層的，supernational＝supranational超越國家的(例：歐洲聯盟European Union＝EU，是一個超越國家的組織)，supernumerary超過數字的、額外的、編制外的

29. **unstipulated**＝un字首(未、無)＋stipul＋ate動詞字尾(進行、從事)＋ed形容詞字尾(已經…的)＝未說定的、沒講好的、事先沒約定好的、沒有達成協議的。

 stipulated說定的、講好的、事先約定好的、規定的，stipulate說定、講好、約定、規定，stipulation講好的事項、協議、規約、合同、條件、條文，stipulator說定者、講好者、約定者，stipulatory達成協議的、合約的、契約的；unlocked未上鎖的，unchained未鍊住的，unfortunate不幸的，unseemly不得體的

30. compensation＝com字首(共同、一起、相互)+pens+ation名詞字尾(情況、狀態、過程、結果、事物)＝把上班請假等一起核算後給的錢、工資、酬勞，把損傷與復原綜合估算後的金額、補償金、賠償款。

 daily compensation日薪，hourly compensation=hourly wage時薪，damage compensation損害賠償，unemployment compensation失業補助，compensate補償、賠償、抵償、彌補、酬報，compensable應予補償的、可彌補的、有報酬的，compensatory補償的、彌補的、報酬的，compensatory leave補假、補休假

 maternity leave當媽媽的假、產假，paternity leave當爸爸的假、陪產假，parental leave當家長的假、親子假，annual leave年假、年休，sick leave病假，injury leave傷假，paid leave有薪假，unpaid leave無薪假，compassionate leave事假、同情假。

就業謀職

16

外表性情交友

字源線索

英文	中文	字綴與組合形式
plain ; domestic	相貌平平的、居家的	home
fine ; beautiful	精緻、俊美、漂亮	beau ; baux ; bel ; bell ; belles
bend ; crook	曲線、彎、曲	curv ; curvi
great ; generous	偉大、大器、大度、慷慨	magn ; magna ; magni
single ; alone ; only	自個兒、孤單、僅有	one ; lone
alone ; lonely	孤獨、寂寞	sol ; sole ; soli ; solit
fear ; coward	害怕、膽怯	tim ; timi ; timor
fright ; shock ; harm	駭人、驚嚇、損傷	ugli ; ugly
horror ; terror	嚇人、畏懼	hide
pull ; drag ; draw	吸引、拉、引、拖	tra ; trac ; tract ; trai ; treat
struggle ; contest	拚搏、競爭	agon
speech ; plead ; praise	說、演說、祈求、讚美	or ; ora ; orat ; ore ; os
heart ; sincere	心、真心、真誠	cor ; cord ; core ; cour
loving one ; friend ; peace	喜愛的人、朋友、和平	fred ; frid ; fried ; friend

★ 英文	★ 中文	★ 字綴與組合形式
faith ; trust ; true	忠實、信任、真誠	fi ; fid ; fidel
like ; love ; befriend	愛、喜歡、友好	am ; amat ; ami ; amic ; amor
love ; fondness ; tendency	愛、深情、傾心	phil ; philo
household ; family ; close	家戶、家人、親密	famil ; famili
feeling ; perception ; discern	感覺、感受、辨識	sens ; sensi ; senso ; sensu
feeling ; perception ; discern	感覺、感受	sent ; senti
feeling ; suffering ; enduring	感覺、受苦、忍受	passion ; path ; pati
know ; learn	知道、認識、知悉	cogn ; cogni ; cognosc ; quaint
choose ; pick out	選擇、挑選	lect ; leg ; legi ; lit
say ; talk	說話、交談	fa ; fam ; fan ; fat ; fess
see ; something seen	看、景象	sight
show ; present ; visible	顯露、出現、看得到	pare ; pari ; pear ; pert
turn ; change ; bend	變動、翻轉、轉彎	verg ; vers ; verse ; vert ; vorce

外表性情交友

★ 英文	★ 中文	★ 字綴與組合形式
push ; drive ; knock	推	peal ; pel ; pell
I ; myself	我、我自己、我本身	ego

拆字猜義

①	befriend _____	與人交友
②	confidante _____	紅粉知己
③	amiable _____	親切的
④	enamored _____	對…傾心的
⑤	unfamiliar _____	不熟悉的
⑥	acquainted _____	相識的
⑦	extrovert _____	外向的
⑧	solivagant _____	孤單的
⑨	alone _____	孤獨的
⑩	cordial _____	真心的
⑪	unattractive _____	不迷人的
⑫	curvaceous _____	身材曼妙的
⑬	adoring _____	含情脈脈的
⑭	beauty _____	美人
⑮	appearance _____	外貌

外表性情交友

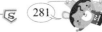

1. **befriend＝be字首(使…成為、使具有…)+friend＝以友相待、與人交友、扶助、支持。**

延伸記憶 friend朋友、支持者、同夥，Society of Friends基督新教貴格會、基督新教公誼會，friendly朋友般的、友善的，friendly society互助會、標會，unfriendly非朋友般的、不友善的，friendship友誼，friendship price友誼價、半買半送的優惠價，friendless沒有朋友的、無助的；becalm使平靜、使不動，becloud使被雲遮住、遮掩，bedevil使見鬼、使發狂，befool使當傻瓜、愚弄

報馬仔. 西方常見男子名字Fredrick、Fredrich、Fredric、Fredrik，意指「和平君王、和平治理者、友善者」，簡稱Fred、Freddie、Freddy。

2. **confidante＝con字首(共同、相互)+fid+ant名詞字尾(人、者)+e名詞字尾(女性)＝可以交流心中祕密的女性、女性知交、紅粉知己。**

延伸記憶 confidant知交、知己、密友、死黨，confide傾吐祕密、交託心事、信賴、託付，confidence信任、自信、私密，confidential機密的、機要的、隱密的，confident確信的、有信心的，confiding輕信的、易於相信他人的，diffident信心散離的、沒有信心的、膽怯的、害羞的，fiancé已有承諾約定者、未婚夫，fiancée已有承諾約定的女者、未婚妻，defy毀信、不理會、違背、違抗、蔑視，defiant毀信的、不屑的、不甩的、違抗的

報馬仔. e在字尾而形成陰性，於法文常見，confidant密友→confidante女密友，fiancé未婚夫→fiancée未婚妻，就是由法文借入的英文；其他例子：président主席、總統→présidente女主席、女總統，cellerier管地窖儲藏室的修士→celleriere管地窖儲藏室的修女，national國家民族的(用於修飾陽性名詞→nationale國家的(用於修飾陰性名詞)。

報馬仔. vote of confidence信任投票，實行議會制(內閣制)國家針對是否由在位首相或總理繼續掌政，由國會進行的表決或投票。

3. **amiable**＝ami+able形容詞字尾(能夠…的、有…能力的)＝和藹可親的、令人喜歡的、親切的。

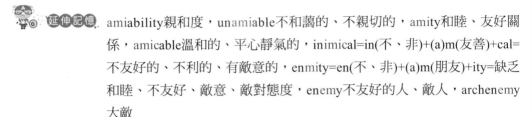

延伸記憶 amiability親和度，unamiable不和藹的、不親切的，amity和睦、友好關係，amicable溫和的、平心靜氣的，inimical=in(不、非)+(a)m(友善)+cal=不友好的、不利的、有敵意的，enmity=en(不、非)+(a)m(朋友)+ity=缺乏和睦、不友好、敵意、敵對態度，enemy不友好的人、敵人，archenemy大敵

報馬仔 同源字，朋友ami(法文)、amigo(西班牙文)、amico(義大利文)、amic-us(拉丁文)，女朋友amie(法)、amiga(西)、amica(義)、amica(拉丁)。

報馬仔 西方常見女子名字Amy、Ami、Amie 、Aimée、Amé、Amada，意指「心所愛的、被愛的」。

4. **enamored**＝en字首(使成為某種狀態、做某事)+amor+ed形容詞字尾(具有…的、有…特質的、如…的)＝對…迷戀的、對…傾心的、對…深愛的。

延伸記憶 enamor=enamour使著迷、使心茫茫，amorous含情脈脈的、求愛的、鍾情的，amorous letter=love letter情書，amorist風月場中人、談情說愛的人，amorism風月作品、愛情文學或戲劇，amorisity情色特質、好色個性、風流，amour不倫、偷情、祕密戀情、情婦、小三，amourette逢場作戲的女子，polyamorist多戀情者、同時進行多場戀情的人、劈腿者，paramour旁側的愛人、情夫、情婦、小三，amatory愛情的、肉體之歡的，amative示愛的、多情的

5. **unfamiliar**＝un字首(不、無、非)+famili+ar形容詞字尾(有…性質的、…形狀的)、名詞字尾(…的人或物、做…的人)＝不算是自家人的、不熟悉的、不常見的，不熟悉的人、不通曉的事務、不親密的人。

延伸記憶 unfamiliarity不通曉、不熟悉，familiar自家人的、親密的、親暱的、熟

外表性情交友

悉的、常見的、知交、密友、伴侶、常客、老手，familiarity通曉度、熟悉度、親暱性、狎玩行為，familiarize=familiarise使人熟悉、使人習慣、使人親近，familial家庭的、家人的、家族遺傳的，extrafamilial家人以外的、家庭之外的，family家庭、家人、家族、自己人；foliar葉子的，peculiar奇特的，pendular擺動的

6. **acquainted＝ac字首(向著、對著、強化、添加)+quaint+ed形容詞字尾(具有…特質的、如…的)＝相識的、熟悉的、了解的、在初識朋友和親密朋友中間層度關係的。**

延伸記憶 A is acquainted with B A認識B，acquaint結交、介紹、認識、了解、熟悉，acquaintance結交、認識，C makes D's acquaintance C結識D，acquaintant=acquaintance相識的人、熟人，acquaintable易結交的，inacquaintance= nonacquaintance不相識、不知道，unacquainted不認識的、不熟悉的，preacquainted早先就認識的，reacquaint重新認識、再度熟悉；acquit釋放、宣告無罪、針對某人卸除控罪，acquiesce針對某事保持靜默、默許、默認，accuse指控、控訴、針對某人某事提出不滿緣由

7. **extrovert＝extro字首(外部、以外、超過)+vert＝翻轉向外者、外向的人、愛社交的人，外向的、愛社交的，外翻、外傾。**

延伸記憶 extroverted翻轉向外的、外向的、愛社交的，introvert內向的人、內省的人、不愛交際者、內傾、內翻，introverted翻轉向內的、內向的、不愛交際的；antevert前傾，retrovert後傾，convert一起轉動、轉化、兌換、改信其他宗教、皈依，avert轉掉、迴避、擋掉，divert轉離開、改道、繞道、轉向，pervert完全變了、變壞、變錯亂、變成顛倒

8. **solivagant＝soli+vag(迷走、漫遊、流浪)+ant形容詞字尾(屬於…的)＝獨自流浪的、孤單的。**

延伸記憶 solitary單獨的、孤獨的、獨居的、偏僻的、獨居者、孤苦無親者，solitude孤獨狀態、獨居性質、寂寞心靈、偏僻地區，solitudinarian隱士、遺

世獨立者，soliloquist自言自語者，soliped單蹄動物，solo獨唱、獨奏，soloist獨唱者、獨奏者，sole獨特的、僅有的、獨占的，desolate使完全獨自一人、使孤苦淒涼、拋棄、遺棄、杳無人煙的、荒涼的、孤苦伶仃的、被遺棄的

9. **alone＝al字首(all的簡縮拼法、完全、全部)+one＝完全一人的、孤獨的、孤零零的、唯一的。**

延伸記憶　lone=alone孤獨的、孤僻的、寂寞的、荒涼的、唯一的，lonely孤單的、寂寞的，lonely hearts寂寞芳心、徵友的人，lonely hearts club覓友俱樂部、徵友社，lonesome孤單的、寂寞的，loner獨立自主者、喜歡自個一人者，lone wolf特立獨行者、自行其是者；almighty=all+mighty全能的、萬能的、無比強大的，almost=all+most幾乎、差不多，already=all+ready已經、早就，altogether=all+together完全、全部，always=all+ways總是、完全一樣、一路走來始終如一

報馬仔　lone=alone的解說：在字首的母音字母若非屬重音節，在拼字或讀音時被略去減縮的情況，在語音學上稱為aphetic shortening「去頭省略」，例：alone→lone、example→sample、especially→specially、avoid→void；如果是略去中間的字母或音節，稱之為syncoptic shortening「去中省略」或「切分省略」，例：symbolology→symbology、madam→ma'am、camera→camra、family→famly、memory→memry；如果是略去末尾的字母或音節，稱之為apocopic shortening「去尾省略」，例：barbecue→barbie。

10. **cordial＝cord+ial形容詞字尾(屬於…的、具有…的)、名詞字尾(動作、過程、狀態、物品)＝熱忱的、熱情的、真心的、由衷的、強心的、刺激心臟的。**

延伸記憶　cordate=cordiform心形的，cordiality誠摯舉動、真誠作為，accord心心相向、配合、符合、和諧、一致、給予、協定，according相符的、一致的、相應的，accordingly相應地、據以作為地、照著做地，concord一起

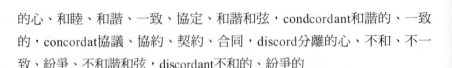

的心、和睦、和諧、一致、協定、和諧和弦，condcordant和諧的、一致的，concordat協議、協約、契約、合同，discord分離的心、不和、不一致、紛爭、不和諧和弦，discordant不和的、紛爭的

11. **unattractive＝un字首(非、否、不、無)+at字首(針對、對著)+tract+ive形容詞字尾(有…性質的、有…傾向的、屬於…的)＝不吸引人的、不嫵媚的、不迷人的。**

延伸記憶 attract吸引、引起…興趣、引發…關注，attractant誘引的物質、引誘劑，attractor=attracter有吸引力的人，attractive引人興趣的、吸引人的、嫵媚的、迷人的，attraction吸引力、魅力、迷惑力、吸引人的東西、讓人想去的地方，distract拉開、分心、轉移、搞亂、困惑，distractive使人分心的、使人困惑的，distracted=distrait感到困惑的、感到煩亂的、精神無法集中的、心不在焉的，distraction煩亂、紛擾、分心、使人分心的事物，tractable可引領的、溫順的、聽話的，tracted沿軌道拖拉的、用履帶拖拉前進的，tractor牽引機、拖拉機

12. **curvaceous＝curv+aceous形容詞字尾(具…性質的、某一類的)＝曲線玲瓏的、凹凸有致的、身材曼妙的。**

延伸記憶 curvy=curvesome=curvacious=curvaceous身材惹火的、身材有曲線美的，curve曲線、女性身材輪廓、曲線圖、曲球，curvature曲線、曲度、曲率，curvous彎曲的，curvulate稍微彎曲的，curvilinear=curvilineal曲線的、曲線形式表現的，curviform曲狀的、彎形的，curvirostral曲喙的、彎嘴的(例：紅交嘴雀Common Crossbill、Loxia curvirostra)，curvicaudate彎尾的(例：曲尾寄蠅 Catapariprosopa curvicauda)；moraceous桑科植物的，olivaceous橄欖綠的，theaceous茶科植物的，bulbaceous有鱗莖的，gallinaceous鶉雞類的，furfuraceous滿是頭皮屑的

13. **adoring＝ad字首(針對、對著)+ore+ing形容詞字尾(具…性質的)＝愛慕的、崇拜的、傾心的、含情脈脈的。**

 adore愛慕、敬愛、傾心，adorer愛慕者、傾心者，adorable值得敬愛的、很棒的、令人愛慕的、可愛的，adoration崇敬、敬愛、仰慕，oral口說的、口頭的、口服用的，orate口沫橫飛、夸夸談論、發表演說，orator演說家、雄辯者，oratory演說術、雄辯招式、夸夸言辭，oratorial=oratorical雄辯的、演說的、高談闊論的，oratory祈禱室、祈神房，oratorio神劇，oracle祈求而得的神示、神喻、聖言、藉以說出神喻的聖使、智者

14. beauty＝beau+ty名詞字尾(性質、情況、狀態、人、者、物)＝美貌、美麗、漂亮、精緻、細膩，美人、美物、美妙之處。

 beauty parlor=beauty salon=beauty shop美容院，beauty contest=beauty pageant選美會、選美比賽，beau美麗的、漂亮的、精美的、優美的，le beau monde=the fine world美麗世界、社交界，beaute du diable=beauty of devil妖魔之美、美魔女、迷死人的身材與臉蛋，beaux-arts=fine arts美術，beautiful=beauteous美麗的、漂亮的，beautify美化，beautician美容師，belle美女、第一美女，belles-lettres=beautiful letters純文學、美文學，embellish使變美、美化、裝飾

15. appearance＝ap字首(向著、對著)+pear+ance名詞字尾(狀態、情況、性質)＝外貌、儀容、外觀、跡象、景象、露臉、現身。

 appear出現、顯露、看似、顯得、出現，reappear再度出現，disappear消失、失蹤；apparent明顯的、清楚的、表面上的、外觀的，apparel外表、外觀、外覆品、服飾、衣著，reapparel再度裝飾、重穿衣服，transparent透過去而明顯的、透明的、清澈的、簡明易懂的，semitransparent半透明的，apparition特殊景象、幻影、顯形；repertoire=repertory收好而可再度出現的東西、劇種或劇團的全套劇目、演奏家或樂器的全部曲目、作曲家或編舞家或文學家的所有作品、庫存、儲藏；appealing推向目標的、吸引人的、動人的，appal使驚嚇、使臉色變白，appease使和平、使平息，appendage對著某物掛上去的東西、附加物、附屬品；affiance婚約、盟誓，ambiance氛圍、周遭氣氛，annoyance煩憂的事，elegance高雅

外表性情交友

拆字猜義

⑯ affable _____		友善的
⑰ elegant _____		優雅的
⑱ unsightly _____		不好看的
⑲ ugliness _____		醜陋的特徵
⑳ hideous _____		恐怖的
㉑ homely _____		相貌醜的
㉒ antagonistic _____		敵對的
㉓ sentimental _____		多愁善感的
㉔ sensual _____		好色的
㉕ sensible _____		合理的
㉖ diabolic _____		凶暴的
㉗ timid _____		膽小的
㉘ egocentric _____		自私自利的
㉙ magnanimous _____		有大氣度的
㉚ incompatible _____		不相容的

外表性情交友

16. **affable** ＝ af字首(向著、對著)＋fa＋ble形容詞字尾(可…的、能夠…的、有…能力的)＝可攀談的、可接近談話的、親和的、友善的、客氣的。

 延伸記憶 affability＝affableness親和性、友善態度，affably客氣地、親切地，effable可說出的、可用言語表達的，ineffable難以言喻的、無法用言詞表達的、說不出來的、無以名狀的，fable故事、寓言、虛構、神話，fabled寓言的、虛構的，confabulate大家一起說話、聚談、閒聊、商量

17. **elegant** ＝ e字首(出、外)＋leg＋ant形容詞字尾(…狀態的、…性質的)＝擇出的、上選的、精美的、高貴的、優雅的。

 延伸記憶 inelegant粗俗的、不高雅的、不精緻的，elegance優雅氣質、高貴性質，inelegance粗俗、鄙陋，eligible有候選資格的、合格的、合宜的，ineligible無候選資格的、不合格的、不合宜的，negligible可以不挑選的、無關緊要的、小到可以忽略的，negligent疏忽的、略去的、馬虎的，diligent挑出來特別集中注意力的、勤勉的、奮發的

18. **unsightly** ＝ un字首(不、無、非)＋sight＋ly形容詞字尾(如…的、有…特性的、屬於…的)＝見不得人的、不好看的、醜的、不悅目的、有傷眼睛的。

 延伸記憶 sightly悅目的、漂亮的、好看的，sight視野、視域、視力、視覺、景象、觀點，sighted有視力的、看得見的，sightless無視力的、目盲的，sightseeing觀光、遊覽，unsight使失去視力、使看不到，unsighted沒看到的、不在視域內的、非視野內的；lovely可愛的，gentlemanly紳士風度的，friendly友善的，cowardly懦弱的，daily每天的，weekly每週的

19. **ugliness** ＝ ugli＋ness名詞字尾(性質、情況、物品)＝可怕的東西、駭人的事情、敗壞的行為、醜陋的特徵、難看的事物。

 延伸記憶 ugly可怕的、恐怖的、有害五官感受的、長相嚇到人的、長相醜的、難看的、難聽的、難聞的、有害倫理道德的、不道德的、不名譽的，ugly

duckling醜小鴨、小時不好看但長大變成美人，ugly as a toad醜如癩蛤蟆、奇醜無比，uglily醜陋地、可怕地，uglify醜化、使變難看、毀損外貌、毀損名聲；happiness幸福，sereness寧靜，aridness乾燥，madness瘋狂，rigidness僵硬，vividness活潑

20. **hideous**＝hide＋ous形容詞字尾(有…性質的、屬於…的、充滿…的)＝恐怖的、嚇死人的、長相恐怖的、醜到讓人受驚嚇的。

hideous appearance醜陋外表，hideousness恐怖性質、駭人特徵、醜陋樣子，hideous monster恐怖怪物，hideous crime駭人罪行，hideously恐怖地、駭人地，hideosity恐怖的東西、醜陋的物品

hide的另一個字源代表的意思是「躲藏」，hide躲藏、hideout藏匿處、hide-and-seek捉迷藏。

21. **homely**＝home＋ly形容詞字尾(如…的、有…特性的、屬於…的)＝賤內的、拙荊的、相貌不好看的、醜醜的、只適合在家而帶不出去的、見不得外人的、沒有野花香的、樸實的、家常的。

homely enough to stop a clock醜到連時鐘都走不動、奇醜無比，homely enough to break a mirror醜到連鏡子都會裂開、醜到可怕，homeliness醜陋、樸實、原始，homework家庭作業，homesick思鄉的、想家的，home-made自製的、家裡做的、本地生產的，Home Office英國或大英國協國家的內政部，homy像家一樣的、舒適的、賓至如歸的，homing引向家的、返回的、導航回去的，homing pigeon信鴿

有些字有來自不同字源或是延伸的意思，除了homely之外，comely美麗的、俊美的、眉清目秀的，becoming好看的、有吸引力的，就是例子。

22. **antagonistic**＝ant字首(阻止、防止、反抗、逆反、反對、相反)＋agon＋ist名詞字尾(某種行為者、某種主義者和某種信仰者)＋ic形容詞字尾(…的)＝不相容的、對抗的、敵對的。

外表性情交友

 antagonist對手、對抗者、競爭者，antagonise=antagonize對立、對抗、抗爭，antagonism敵意、對抗性，agon競賽、拚搏，agonist競賽者、拚搏者，agonistic競賽的、拚搏的、論戰的、爭勝負的，agonize苦鬥、力拚、掙扎、折磨，agonising=agonizing令人痛苦的、折磨人的，agonized感到痛苦的、歷經折磨的，agony痛苦、折磨、拚鬥、掙扎

 anti+母音開頭字時，因為i與母音字母同時存在會影響發音，故略去i而變成ant；例：Antarctic=anti(相反)+Arctic(北極)=南極，antacid=anti+acid=解酸劑，antonym=anti+onym=反義字詞。

23. sentimental＝senti+ment名詞字尾(行為、行為過程、行為結果、事物)+al形容詞字尾(屬於…的、關於…的)＝感受強烈的、深情的、多愁善感的、陷於情緒的。

 sentimentalism濫情作風、感情用事，sentimentality誇張的情感、感情過份表達，sentimentalise=sentimentalize感傷、大感悲悽，sentiment感情、情緒，sentient有感覺力的、有感受到的、有意識到的，sentience感覺能力的具備、意識能力的具有，consent共同感受、贊成、允許、同意，consentient=consentaneous同意的、一致的，dissent分裂的感受、不贊成、反對，dissenter持異議者，dissenting持不同意見的，dissentious愛爭吵的

外表性情交友

24. sensual＝sensu+al形容詞字尾(屬於…的、關於…的)＝引發肉體欲望的、沉溺感官享受的、性感的、肉慾的、好色的、淫蕩的、愛吃喝嫖賭的。

 sensual life酒色人生，sensual desire感官欲望，sensualism肉慾主義、感官享樂主義，sensuality肉慾特質、吃喝嫖賭性質、縱慾、荒淫，sensuous使五官舒適的、悅目的、悅耳的、適膚的，consensual sex雙方都有感覺的性行為、兩相情願的性關係，consensual transaction兩相同意的交易，consensus共識、共同感受

25. sensible＝sens+ible形容詞字尾(可…的、能…的)＝通情達理的、合理的、可以注意到的、可察覺的。

sensibility感受度、辨識力、鑑賞度、靈敏度，sensation感覺、知覺、引起大眾有強烈感覺的事物、轟動的事件、轟動的人物、煽情的報導，sensational轟動的、煽情的，sensationalism腥羶色的新聞作風、聳動的文字或圖片表達方式、語不驚人死不休的作法，sensor感應器、感受裝置，sensory感覺器官的，sensitive敏感的、靈敏的、過敏的、易受影響的，sensitivity敏感度、過敏性，sense感官、官能、感覺、辨識力、理智、理性，senseless不合理的、沒有意義的、愚昧的、沒有意識的、不省人事的

26. diabolic＝dia字首(貫穿、對穿、透過、透徹)+bol(拋、擲、丟、砸)+ic形容詞字尾(…的)＝把各種破壞行為做到徹底的、狠狠砸爛的、凶暴的、凶惡的、魔鬼似的、妖魔般的。

diabolise＝diabolize魔鬼化、妖魔化、使成為魔鬼，diabolology魔鬼研究，diabolism妖魔作為、魔鬼作風、邪惡本質、殘暴本性、魔法、妖術、惡行，diabolist施魔法者、行邪術者，diablotin小鬼、小惡魔、頑童、亂鬧亂搞的小孩，diablery妖魔行為、亂搞、惡搞、惡作劇，symbol拋擲在一起而得出的比較意義、象徵符號，parabolic拋物線的，metabolic新陳代謝的，catabolize分解性新陳代謝，anabolism合成代謝作用；diaphanous透明的、明顯的、看穿的、薄紗的，diameter貫穿的度量、直徑，diathermy透熱療法，diagonal對角線、對穿角的線

27. timid＝tim+id形容詞字尾(具有…性質的、如…的)、名詞字尾(動植物類別、王室、物體)＝羞怯的、害羞的、膽小的、沒信心的、不果決的。

timidly膽怯地，timidness＝timidity膽怯心態、膽小情況、羞怯個性，timorous擔心的、易受驚的、畏縮的，intimidate使人感到害怕、使人膽怯、恫嚇、恐嚇、脅迫，intimidator恫嚇者、恐嚇者，intimidating令人害怕的；valid有根據的、有合法效力的，vapid乏味的、枯燥的，languid無精打采的、懶洋洋的，stupid愚笨的，candid率直的，canid(英文)＝Canidae(拉丁文學名)犬科動物，felid＝Felidae貓科動物，arachnid＝Arachnida蛛形綱動

 292

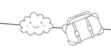

物，hominid=Hominidae人科動物，carangid=Carangidae竹筴魚科動物

表示「恐懼、害怕」的另一個字源是metic，但是其引申的意思是「做事情認真而如臨深淵、如履薄冰般的戒慎恐懼」，meticulous嚴謹的、一絲不苟的、鉅細靡遺的、非常仔細的。

28. egocentric = ego+center(中心、中央)+ic形容詞字尾(…的)、名詞(…物、…人) = 自我中心的、自私自利的，自我中心者、自我主義者。

egoist自我主義信奉者、利己主義者、自私自利者，egoism自我主義、利己主張，egoistic自我主義的、利己主張的、自私自利的，egomania自大狂、利己狂躁，egomaniac利己狂者、極端自私的人，egotism自大、自私、自利、凡事自我為主，egotist自大者、自私者，ego trip自我表現、愛出風頭、追逐個人名利

altruism=altru(其他人)+ism=利他主義、犧牲自我主義，altruist利他者、無私心者、不自利者，altruistic利他的、無私的。

29. magnanimous = magn+anim(靈魂、生命、活力、性情)+ous = 靈魂層次高大的、高尚的、寬宏的、有大氣度的、大方的、慷慨的。

magnanimity高尚的行為、寬宏大度的作風、慷慨大方的作法、恢弘的氣度，magnate大人物、大企業家、權貴人士、要人，magnificent做成大大的、壯觀的、壯麗的、宏偉的、華貴的，magnify放大，magniloquent大言大語的、言詞誇大的、大言不慚的，magnifico權貴人士、大人物，magnitude廣大性、重要程度、強度、廣度、大小的程度、地震震度，magnamycin大黴素，Magna Charta=Magna Carta=the Great Charter大憲章(英格蘭1215年規定國王不得濫權的政治文件)，magna cum laude=with great praise以極大榮譽、以優異成績，magnus opus=great work巨作、偉業；equanimous性情平穩的、個性沉穩的，longanimous具有很長久耐心的、堅忍的，exanimous靈魂跑掉的、死的，flexanimous個性有彈性的、能屈能伸

外表性情交友

的，pusillanimous個性懦弱的，unanimous=un(i)+anim+ous=一種性情的、意見一致的、沒有不同意見的，unanimous vote一致決，表決全部贊成或全部反對

> magnanimous的同義字：generous、big-hearted、high-minded、open-handed、great-souled、munificent、noble；magnanimous的反義字：stingy、grudging、niggardly、scrimy。

30. **incompatible=in字首(不、無、非)+com字首(共同、一起、相互)+pati+ible形容詞字尾(可…的、能…的)、名詞字尾(能夠…的東西或人、有…能力的物品或人)=沒有共同感受的、無法相互忍受的、不能一起受苦的、不相容的、合不來的，合不來的人、不相容的軟體、不可同時服用的藥。**

incompatibility不相容、不合、不和諧、不相配，compatible有共同感受的、可相互忍受的、相容的、合得來的、兼容並蓄的、可以同時使用的，patient有忍耐力的、有耐心的、堅忍的，patience耐心、耐性；compassion一起受苦受難的心情、同情、憐憫，compassionate有同情心的、好憐憫的，incompassionate沒有憐憫之心的、冷漠無情的；pathos傷感性質、引人同苦同悲的要素、藝術表現中的哀婉傷憐特質，pathetic可憐的、可悲的、悲愴的

17

性與婚姻

字源線索

⭐ 英文	⭐ 中文	⭐ 字綴與組合形式
marriage ; sexual union	婚姻、性的結合	gam ; gamo
marriage	結婚、婚姻	mari ; marit ; marri ; marry
wedding ; sexually mature	結婚、婚禮、性成熟、適婚	nub ; nupt
yoke ; link ; unite ; mate	軛、連接、結合、交配	join ; jug ; junct
fit ; suit ; join ; fasten	適合、配套、結合、套緊	ap ; apt ; ept
companion ; pair; suit	夥伴、成雙、適合	match ; mate
pledge ; promise; entangle	誓言、約定、纏住、糾結	gage
truth ; loyalty ; pledge	真實、堅貞、約定	troth
faith ; trust ; true	忠實、信任、真誠	fi ; fid ; fide
love ; fondness ; tendency	愛、深情、傾心	phil ; philo
like ; love ; befriend	愛、喜歡、友好	am ; amat ; ami ; amic ; amor
kiss ; kissing	吻、接吻	philem ; philema ; philemat ; philemato

性與婚姻

⭐ 英文	⭐ 中文	⭐ 字綴與組合形式
little mouth ; little hole ; kiss	小口、小孔、親嘴、接吻	oscul
sexual love ; sexual desire	性愛、性慾、性激情	ero ; eros ; erot ; eroto
lust ; lech ; coition	淫慾、色慾、性交	lagn ; lagneu ; lagneuo ; lagno
male or female ; divide ; coitus	男性或女性、分開、性愛	sect ; sex ; sexo
human ; man	人、男人	homi ; homini ; homo ; vir ; viri ; viril
human ; man ; male ; stamen	人、男人、雄性、雄蕊	andr ; andri ; andro
woman ; female; pistil	女人、雌性、雌蕊	gyn ; gyni ; gyno
woman	女人、婦	gynae ; gynaec ; gynaeco ; gyne ; gynec ; gyneco
husband ; married man	丈夫、已婚男子	marit ; mariti ; vir ; viri ; viril
wife ; married woman	已婚女子、妻子、太太	uxor ; uxori
hate ; disgust	厭惡、嫌惡	mis ; miso
turn ; change ; bend	變動、翻轉、轉彎	verg ; vers ; verse ; vert ; vorce

性與婚姻

★ 英文	★ 中文	★ 字綴與組合形式
other ; another ; change	異物、第三者、變異	alter ; ulter
fresh ; intact	新鮮、原封不動、無性經驗	virg ; virgi ; virgin ; virgo
maiden ; young shoot	少女、幼齒、幼苗、處女	virg ; virgi ; virgin ; virgo
lie ; lie down ; lie asleep	躺臥、躺下、躺睡	cub ; cubi ; cubit ; cumb
live ; dwell	居住、待住	hab ; habil ; habili ; habilit ; habit ; hibit
hold ; occupy	持有、據有	hab ; habil ; habili ; habilit ; habit ; hibit
father	父	pater ; patri ; patro ; patron
mother	母	mater ; matri ; matro ; matron ; metro
action ; result	行為、結果、錢財、狀態、條件	moni ; mony
absence ; lack ; without	缺乏、無、沒有	a ; an
one	一、單一	uni ; mon ; mono
two	二、兩、雙	bi ; di ; dipl ; diplo ; dou ; duo ; twi
three	三、三人組	tre ; tri ; triskai ; trium ; troika

性與婚姻

★ 英文	★ 中文	★ 字綴與組合形式
many	多、眾	multi ; myria ; plur ; poly
above ; over ; more	在上、超越、過多	hyp ; hyper
under ; below ; less	在下、不足、過少	hyp ; hypo
change ; across ; through ; over	變換、橫跨、穿越、越過	tra ; tran ; trans
wrong position ; incorrect ; abnormal	錯誤位置、錯亂、不正常	par ; para
same ; equal ; similar	相同、一樣、近似	hom ; homeo ; homio ; homo ; homoio
different ; other	不齊、別異、雜	heter ; hetero
source ; direction ; sunrise	起源、導向、日出、東方	or ; ori ; orir ; oriri

性與婚姻

① polyandry _____ 一妻多夫制

② sexism _____ 性別歧視

③ trigyny _____ 一夫三妻制

④ monogamous _____ 一夫一妻制的

⑤ transsexual _____ 變性人

⑥ misogamist _____ 厭婚者

⑦ cohabitation _____ 同居

⑧ orientation _____ 定向

⑨ homosexualmisia _____ 厭同症

⑩ conjugal _____ 婚姻的

⑪ prenuptial _____ 結婚前的

⑫ extramarital _____ 婚外的

⑬ mismarry _____ 誤婚

⑭ infidelity _____ 不貞

⑮ heterosexism _____ 異性戀主義

性與婚姻

1. **polyandry**＝poly字首(多、眾)+andr+y名詞字尾(情況、行為、性質、狀態、制度)＝很多男人配一女人的制度、一妻多夫制。

 misandry厭惡男人，androcentric男人為中心的，androcracy以男人為統治者的制度，androgen雄性激素，androgyne=androgyny=androgynism雌雄同體、雌雄同株、陰陽人，andrology男人疾病研究、雄性生殖器病症學，andromania=nymphomania為男人而狂躁、花痴症、慕男狂、女性色情狂，andromaniac=nymphomaniac花痴症患者、慕男狂患者，andropause=andro+(meno)pause男人更年期，octandrious八雄蕊的

 傳統的藏族社會採一妻多夫制，兄弟共妻，避免在農牧資源貧瘠的西藏高原，因為兄弟各自娶妻分家，而陷於資源更加缺乏的苦境。

2. **sexism**＝sex+ism名詞字尾(主義、思想、主張、行為、現象、制度)＝性別歧視、性別差別待遇。

 sexist性別歧視者、性別歧視的，sex act性行為，sex life性生活，sex maniac性愛狂者，sex object性對象，sexblind對性別盲目的、性別平等的、不因性別而有差別的，sex appeal性魅力，sex change變性，sexploit=sex exploit性剝削、性玩弄，sex therapist性療師，sexy性感的、挑發性慾的，sexual性的、性別的、性愛的，sexual commerce=sexual intercourse性交，sexual relation性關係，sexual organs性器官、生殖器，sexual revolution性愛革命，sexual selection性擇、擇偶時選健康俊美有品德有財富等之抉擇而對後代演化產生的影響；racism種族歧視、種族主義，ageism年齡主義、年齡歧視、對高齡者謀職的歧視，lookism外貌主義、外貌歧視

3. **trigyny**＝tri字首(三)+gyn+y名詞字尾(情況、行為、性質、狀態、制度)＝三個女人配一男人的制度、一夫三妻制。

 bigyny一夫二妻制，polygyny一夫多妻制，misogyny厭惡女人，dyscalligynia厭惡美女，digynous二雌蕊的，enneagynous九雌蕊的，endecagynous

十一雌蕊的，dodecagynous十二雌蕊的，calligyniaphobia美女恐懼症、看到美女就害怕，gynephobia=gynecophobia懼女症、女人恐懼，gynecentric以女性為中心的，gynecolatry女性崇拜，gynecoid=gynaecoid女人樣子的、具女性特質的，gyneocracy=gynaecocracy=gynarchy女人統治，gyniatrics=gyniatry=gynaecology婦科、女性疾病科，gynecologist=gyniatrician婦科醫生，gynecomania=gynaecomania追女狂躁、狂愛女人的痴狂症

4. monogamous＝mono字首(單、一)+gam+ous形容詞字尾(有…性質的、屬於…的)＝一夫一妻制的、單配偶制的。

monogamy單偶婚、單配偶制、一夫一妻制，monogamism單偶婚的主張、一夫一妻制的表現，monogamist主張單偶婚的人、奉行一夫一妻制的人，bigamy雙偶婚、重婚、重婚罪、在一夫一妻制法律轄區有兩位配偶的行為，bigamist重婚者、重婚罪犯人，deuterogamy=digamy再婚、二次婚、離婚或喪偶後覓得第二春，pantagamy=pantogamy=coenogamy=cenogamy=group marriage總體婚、共婚、群婚、一群人中丈夫妻子共享公用，anisogamy=dysonogamia年齡差距很大的婚姻，alphmegamia=alphamegamia老牛嫩草婚、老爹嫩妻婚，anilojuvenogamy小狼狗徐娘婚、女長輩男晚輩婚

中國歷史上著名的anilojuvenogamy(anilo=老嫗，juveno=少年郎)，稱之為「烝報婚」、「收繼婚」、「子繼寡母」、「小叔接嫂」。在匈奴與突厥風俗裡，最特別的就是烝母報嫂制度，具體來說，就是「父兄死，子弟妻其群母及嫂」；詳細說，就是父伯叔兄過世，子弟及侄輩可以受納母(親母除外)嫂及伯叔母。漢朝王昭君和親匈奴，侍寢的單于歷經祖孫三代；隋朝義成公主和親突厥，侍寢過的可汗有父子兄弟共四位；唐朝的胡風頗盛，武則天侍寢唐太宗與唐高宗父子；alphmegamia(alphme=alpha male男性之首、酋、老男)的代表人物在古時有唐玄宗與楊貴妃，後者原是前者的兒媳婦。

性與婚姻

5. **transsexual**＝trans字首(變換、跨越)+sex+ual形容詞字尾(…的)、名詞字尾(人、者、物)＝變性的、易性的，變性人、性取向改變者、經手術而更易生理性別者。

 transsexualism變性癖、改性別的欲望、換性別的作為，asexual無性的、沒有性愛的，bisexual雙性戀的、可愛男愛女的，homosexual同性戀的，heterosexual異性戀的，intersexual性際的、兩性之間的，intersexual＝androgynous跨性別的、雌雄莫辨的、陰陽人的；transsexualist變性癖者、變性癖的，transvestite＝transvestitist變換背心者、變換服裝者、男扮女者、女扮男者、變裝癖者、有變更性別打扮慾者、變裝癖的、變換服裝的，transvest穿異性衣服、做異性打扮，transvestic異性打扮的、變裝癖的，transvestism變裝行為、變裝心理、變裝精神狀態

6. **misogamist**＝miso字首(厭惡、痛恨)+gam+ist名詞字尾(某種行為者、某種主義者、某種信仰者)＝厭婚者。

 misogamy厭婚思想、厭婚行為，misopedia嫌惡子女，misogyny厭女思想、厭女行為，misogynist厭惡女人者，misandry厭男，misanthropy厭惡人類、憤世，misanthropist＝misanthrope厭惡人類者、憤世者、離群索居者；opsigamous晚年結婚的，endogamy族內婚、內部婚，exogamy族外婚、外婚，hypergamy高攀婚，hypogamy低就婚，gamomania婚姻狂躁、婚姻痴狂，gamophobia婚姻恐懼，nomogamosis天作之合、兩位非常適配者的結合過程、合於法則定律的婚姻

7. **cohabitation**＝co字首(共同、一起)+habit+ation名詞字尾(情況、狀態)＝同居。

 cohabit共存、同居，cohabitant同居人，cohabitable可同居的，habitat棲息地、生存環境，habitable適於居住的，uninhibitable不適合居住的、不適人居的，uninhibited無人居住的、杳無人煙的，habit固定持有的行為、習慣、習性、癮，habitual習慣的、積習已久的、常見的，habituate成為習慣、成癮；coexist共存，co-education＝coed＝co-ed男女兼收的、男女合校教育，co-ed dormitory男女住同一棟的宿舍，cohere聚合、凝聚

性與婚姻

cohabitation(英文、法文)另指「共治、左右共治」,是法國政局的特色;法國為典型的semi-presidential system半總統制、雙首長制國家,若總統選舉和國會選舉分別由不同政黨獲勝,而出現不同政黨領袖各為總統與總理而共同治理國政的情況,就是「共治」。

8. **orientation=ori+ent名詞字尾(人、者、物)、形容詞字尾(具有…性質的)+ate動詞字尾 (做、從事、進行、造成、使之成為)+ion名詞字尾(行為、過程、結果、情況、物品)= 定向、方向、取向,調整方向、熟悉狀況、新生訓練、新進人員訓練。**

sexual orientation性取向、有關同性異性雙性戀等的態度與行為,religious orientation宗教取向、有關無神有神一神多神等的思想與態度,reorientation重新定向、換方向、新進人員重新訓練,disorientation迷亂、失去方向,orientate=orient導向日出的方向、定方向、給方位、使熟悉環境,orient東方,Oriental東方的、亞洲的,Orientalism東方主義、東方研究、東方習性、東方作為,Orientalist東方研究的學者

美籍巴勒斯坦裔學者薩伊德(Edward Waefie Said)所著《東方主義》(Orientalism)指出,西方國家對東方社會的種種認定與描繪,是憑空想像的,沒有真實根據;該著作非常傑出,而且引發很多論戰。

9. **homosexualmisia=homo字首(相同)+sex(性、性愛、生理性別)+ual形容詞字尾(…的) +mis(厭惡、痛恨)+ia名詞字尾(疾病、症狀)=同性戀厭惡。**

homosexual同性戀者、同性戀的,homosexuality同性性慾、同性愛戀行為、同性愛戀取向,homophile喜愛同性者的人、同性戀者、關心同性戀權益者,homosexualphobia=homophobia同性戀恐懼、同性戀嫌惡、恐同症,homosexualphobiac=homophobiac同性戀嫌惡者,homosexualphobic=homophobic同性戀嫌惡的,homochromous同色的、單色的,homogenous=homogeneous同源的、同質的、同類的,homotherm=homoiotherm保持相同溫度者、恆溫動物,homomorphic同形的

性與婚姻

homophobiac另一個意思：對同樣的東西或事務感到厭惡的人，嫌惡單調乏味事務的人。

10. conjugal＝con字首(共同、相互、一起)＋jug＋al形容詞字尾(屬於…的、關於…的)＝同負一軛的、一起套住的、婚姻的、夫妻的。

conjugal bliss婚姻生活的幸福，conjugal right包括同居、性愛、援助等在內的夫妻權利，conjugal rite夫妻儀式、行房、性交，conjugal visit夫妻關係探視、讓丈夫或妻子可以和身為囚犯的配偶相見並在特別設立的房舍進行親密行為的探監，conjugality夫妻關係，conjugate同負一軛、一起套住、結合、成對、性交，subjugate拿軛套下去、征服、壓制，jugum軛、隆凸，jugal軛的、顴骨的，jugular套軛位置的、頸的、頸靜脈的

報馬仔．
新約聖經哥林多後書六章十四節(6:14, 2 Corinthians)：「你們和不信的原不相配，不要同負一軛；義和不義有甚麼相交呢？光明和黑暗有甚麼相通呢？」(中文和合本譯文)"Be ye not unequally yoked together with unbelievers: for what fellowship hath righteousness with unrighteousness? and what communion hath light with darkness?" (King James Version)。這節經文中的「不要同負一軛」被某些教派解釋為「不要結婚」。

11. prenuptial＝pre字首(先、前)＋nupt＋ial形容詞字尾(屬於…的、關於…的)＝婚禮前的、結婚前的、成親前的、交配前的、交媾前的。

prenuptial agreement婚前協議，antenuptial婚禮前的、結婚前的，antenuptial agreement婚前協議，postnuptial婚後的、成親後的、交配後的，postnuptial journey婚後旅行、新婚旅行，perinuptial婚禮前前後後的，nuptial婚禮的、成親的、交配的，nuptials婚禮，nubile性成熟的、可成親的、適婚的，nubility適婚期、適婚性、性成熟期，connubial婚姻的、夫妻的、結了婚的、成親的，connubiality夫妻關係、婚姻狀況、婚姻生活

性與婚姻

12. extramarital＝extra字首(外部、以外、超過)+marit+al形容詞字尾(屬於…的、關於…的)＝婚外的、夫妻關係之外的。

extramarital affair外遇、婚外情，extramarital relation婚外情、婚外性關係，extramarital sex婚外性行為，premarital sex婚前性行為，premarital cohabitation婚前同居，premarital agreement婚前協議，marital status婚姻狀況、有關未婚已婚離婚等身份狀態的說明，marital problems婚姻問題、夫妻生活的難處，marital discord夫妻爭執、夫妻失和，marital breakdown婚姻瓦解、夫妻關係崩潰，marital deduction報稅時的夫妻扶養扣除額，mariticide殺夫、殺配偶

13. mismarry＝mis字首(誤、錯)+marry＝誤婚、誤娶、誤嫁、與不適合的人結婚。

remarry再婚、再娶、再嫁，intermarry異族異教之間通婚、家族內近親彼此結婚，inmarry家族內近親彼此結婚、族內婚，dismarry毀去婚姻、離婚，unmarry宣布婚姻無效、解除婚約、離婚，married已婚的、使君有婦的、羅敷有夫的、結合的、共有的，marriage婚姻、婚姻生活、結合，marriage licence=marriage certificate結婚證書，mismarriage不適合的婚姻、不匹配的婚姻、問題多多的婚姻

14. infidelity＝in字首(不、無、非)+fidel+ity名詞字尾(性質、情況、狀態、人事時物)＝不忠實、不貞、不精準、失真、無正確宗教信仰、異教信仰。

marital infidelity=conjugal infidelity=connubial infidelity婚姻不忠、婚外情、通姦，financial infidelity財務不忠、對配偶或股東在財務上隱瞞欺騙，sexual infidelity在性關係上對配偶或性伴侶不老實、劈腿、外遇、通姦，infidelity in translation翻譯上不準確，fidelity忠誠、忠貞、信守、精準，hi-fi=high fidelity高保真程度的音響、可靠的人，infidel異教徒、不信正統宗教者，infidelic異教的、不信正統宗教的，fiance未婚夫、訂婚之男、盟誓真誠守婚約之男，fiancee未婚妻、訂婚之女、盟誓真誠守婚約之女，perfidy負心的行為、背信棄義，perfidious負心的、辜負他人託付

性與婚姻

的、不講信用的、不忠實的，perfidious partner背信棄義的股東，perfidious husband負心的丈夫，mala fide=bad faith不真誠、沒信用；inactive不活躍的，inaccurate不正確的，inadequate不夠的、不足量的，inaminate無生命的、了無生氣的

15. heterosexism＝hetero字首(別異)+sex(性、性愛、生理性別)+ism名詞字尾(思想、主張、態度、作為)＝異性戀主義、認為異性戀才有正當性的思想、異性戀者對同性戀的歧視態度。

heterosexist異性戀主義者、歧視同性戀的異性戀人士，heterosexual異性的、性別不同的、異性戀的、異性戀者，heterosex=heterosexuality異性戀情慾、異性戀行為，heterodox異端的、非正統的，heterodoxy異端思想、非正統信仰、旁門左道，heterogeneous各種各類的、形形色色的、混雜的，heterogenous異源的、來源不同的、異質的，heterography異寫法、不同寫法、不同拼字法，heteronomy異族管理、異者統治、他律、受制於別人

性與婚姻

拆字猜義

⑯	philander	_____	花花公子
⑰	paraphilemia	_____	吻遍全身
⑱	osculatory	_____	接吻的
⑲	betrothed	_____	已訂婚的
⑳	disengagement	_____	解除婚約
㉑	concubine	_____	小老婆
㉒	autoeroticism	_____	手淫
㉓	uxorilocal	_____	入贅的
㉔	copulate	_____	交媾
㉕	soulmate	_____	靈魂伴侶
㉖	divorce	_____	離婚
㉗	adulteress	_____	淫婦
㉘	alimony	_____	贍養費
㉙	devirginate	_____	性侵
㉚	algolagnia	_____	受虐淫

性與婚姻

16. **philander** = phil+and(r)(男人)+er動詞字尾(一再、屢屢、連續動作及擬聲動作詞)、名詞字尾(人、者、物、行為的主動者、有關的人)=男子屢屢示愛求歡、玩弄感情、玩弄女性、胡搞性愛，濫情男子、亂愛的男人、花心大蘿蔔、花花公子、性愛玩家。

 延伸記憶

philanderer玩弄感情者、玩弄女性者，philiter=philtre愛之物、春藥、催情劑、施以春藥、使興奮、使迷惑，philanthropy愛人類、慈善，philanthrope=philanthropist愛人類的人、慈善家，philately愛郵票、集郵，philatelist愛郵票者、集郵者，philosophy愛智慧、哲學，philosopher愛智慧者、哲學家

 報馬仔

pedophilia = pedo(兒童)+phil(愛戀)+ia(狀態、病徵)=對未成年者的慾愛症、戀童癖，androphilia=andro(成年男子)+phil+ia=對熟男的戀慾癖，gynephilia = gyne(成年女子)+phil+ia=對熟女的戀慾癖，gynecophilia = gynephilia，gerontophilia = geronto(老年人)+phil+ia = 對老年人(約六十五歲和以上)的戀慾癖，graeophilia = gerontophilia，alphamegamia = alphame(有權有錢的老翁)+gam(婚姻)+ia = 對老男人的戀婚慾癖，alphmegamia = alphamegamia，anililagnia = anili(老嫗)+lagn(色慾、性慾)+ia = 對老婦人的性愛癖。

17. **paraphilemia** = para字首(不在正確位置、錯亂)+philem+ia名詞字尾(情況、狀態)=亂吻一通、吻身體其他部位而非嘴、性嬉戲。

 延伸記憶

philemerotic因接吻而易引發性慾的人，philemalagnia接吻引發的性興奮，philemamania接吻狂痴症，philemamaniac接吻狂痴症者，philematology接吻研究、接吻行為，philematophile愛接吻者，philematophobe嫌惡接吻者、恐懼接吻者，philematophobia接吻恐懼症

18. **osculatory** = oscul+ate動詞字尾(做、從事、進行)+ory形容詞字尾(有…性質的、屬於…的)、名詞字尾(物品、東西、場所、地點)=接吻的、觸嘴的、密切接觸的，宗教儀式中供神職人員或信徒親吻的聖像或聖物。

性與婚姻

 osculate接吻、觸嘴、產生親密關係，osculation接吻動作、觸嘴行為、親密關係，osculant接吻的、觸嘴的、吻合的、抱合的、黏合的、固著不動的，oscular接吻的、觸嘴的、嘴的、出水口的，osculum嘴、出水口、出水孔，osculaphobia接吻恐懼症，inosculate以小孔口插入、接合、接通、互通、密切結合，interosculate彼此以口孔相連、互通、相通、纏結，exosculate徹底打開嘴凸出去狠狠地吻、擁吻、反覆吻，deosculate完全地吻、完整地吻、熱吻、深情吻下去

 喇舌之吻：French kiss法式吻、soul kiss銷魂吻、deep kiss深情吻、erotic kiss性慾吻、baiser amoureux=kiss of love愛之吻、baiser avec la langue=kiss with the tongue用舌之吻；對一般人而言，舌是比嘴更敏感的性慾感生帶(erogenous zone)，因而這種吻屬於情人愛人之吻，而且也是性愛的前戲(foreplay、forepleasure)之一。

19. betrothed＝be字首(使…成為、使具有)+troth+ed形容詞字尾(經過…處置的、被…處理過的)、名詞字尾(經過…處置的人者物、被…處理過的人者物)＝有婚約的、已訂婚的、已許配的，有婚約的人、未婚夫、未婚妻。

 betrothed man=fiancé=groom to be已訂婚之男子、未婚夫、準新郎，betrothed woman=fiancée=bride to be已訂婚之女子、未婚妻、準新娘，betroth與人訂婚、許配某人、與人立婚約，betrothal=betrothment文定之喜、訂婚、婚約、許配，troth堅貞、承諾、誓言、兩相約定、訂婚、盟誓、保證，trothplight婚約、誓約，trothless辜負人的、背信的、不履行婚約的、違背誓言的

20. disengagement＝dis字首(取消、除去、分開、離開)+en字首(置於…之中使成為…)+gage+ment名詞字尾(行為、行為過程、行為結果、事物)＝解除婚約、解除僱傭關係合約、脫離羈絆、離開束縛、脫離糾纏、離開戰鬥。

 disengaged分離的、安閒自在的、不受約束的、脫離戰場的、已解除婚約

的、不受僱傭合約拘束的，engage訂婚、發出承諾、聘僱、從事、忙著、交戰、糾纏，engaged已訂婚的、有約定的、受聘僱的、被使用中的、被纏住的、脫不開身的、忙於做事的、全神投入的，engaged employee全心投入工作的員工，engagement訂婚、婚約、約定、保證、聘僱合約、聘用關係、交戰、投入、忙於做事，engagement ring訂婚戒指，naval engagement海戰，aircombat engagement空戰；preengage預先約定、預先占用，reengage再次約定、重新聘用，degage無拘束的、不受束縛的、輕鬆的、隨意的，gage抵押品、擔保品、以⋯做擔保、拿⋯下賭注

21. concubine＝con字首(共同、相互、一起)+cub+ine名詞字尾(陰性人、者、物)＝一起躺臥者、陪睡者、侍寢者、妾、姨太太、小老婆、情婦、後宮。

延伸記憶 concubinal=concubinary妾的、納妾的、庶出的、姘居的，concubinage妾室的身份、納妾的行為、姘居關係，cubicle小臥室、小躺間decubitus往下躺、臥位、臥姿，decubitus ulcer褥瘡；decumbent俯伏的、匍伏的，procumbency向前平伏姿勢、趴著的樣子、爬地姿勢、匍伏樣態，recumbency向後躺姿勢、斜靠樣子、休息樣態、輕鬆樣子、泰然自若；chorine=chorus girl歌舞劇女演員，heroine女英雄，margravine=markgravine侯爵夫人、女侯爵(神聖羅馬帝國、中古時期日耳曼諸邦)，landgravine伯爵夫人、女伯爵，carmine胭脂紅

22. autoeroticism＝auto字首(自己、本身)+erot+ic形容詞字尾(具有⋯的、屬於⋯的、呈⋯性質的)+ism名詞字尾(思想、主張、行為、現象、特性、疾病)＝自體性慾、自體性行為、自淫、手淫。

延伸記憶 autoerotism=autoeroticism，autoerotic自體性慾的、自體性行為的、手淫的，eroticism=erotism性本能、性衝動、性行為、性慾，erotic性愛的、性慾的、好色的、情色的，erotica性愛藝術作品、情色文學作品，eroticize=eroticise情色化、性愛化、使轉為與性相關，eroticomania性愛狂、色情狂，eroticophobia性愛嫌惡、性愛恐懼，erotology性愛研究、性學、情色

描繪、情色文藝，erotogenous=erotogenic=erogenous產生性慾的、引發性愛衝動的、動情的

 報馬仔

希臘神話Aphrodite愛神，其子Eros被當成情慾或性慾的字源；羅馬神話Venus愛神，其子Cupid的別名是Amor。

23. **uxorilocal＝uxori+loc(地方)+al字尾形容詞(屬於…的、關於…的)＝妻子地方的、從妻居的、結婚後跟隨妻子住的、婚後住娘家的、入贅的。**

 延伸記憶
matrilocal=uxorilocal從母居的、跟隨母系居住的、入贅的、婚後住女方家的，virilocal=maritilocal男人地方的、丈夫地方的、從夫居的、結婚後跟隨丈夫住的、婚後住夫家的，patrilocal=maritilocal從父居的、跟隨父系居住的、婚後住男方家的，avunculocal從舅居的，ambilocal=bilocal跟著男方或女方雙親居住的，parentilocal跟著雙親住的，fililocal跟著子女住的，neolocal婚後住新家的、婚後自立門戶的

24. **copulate＝co字首(共同、相互、一起)+(a)p(套上去、套緊)+ulate動詞字尾(進行、從事)、形容詞字尾(進行…的、從事…的)＝一起配套、交媾、交配、配合、結合，結合的、接合的。**

 延伸記憶
copulative=copulatory交媾的、交配的、結合的，copulin=copulate+in=交配激素、交配信息、雌性動物散發來吸引雄性動物進行交配的氣息，copula=copulation交配行為、交媾動作、連接、結合，couple成雙、成對、情侶、伴侶、夫妻、交配、性交、連接；aptitude與未來學習路線或就業方向的結合性、適合性、恰當性、習性，adapt針對某人某事配合、適應，adaptable可配合的、有適應力的，inept不合適的、兜不起來的，ineptitude不當、不適、無能；triangulate畫三角形、進行三角測量，circulate循環、繞圈圈，ejaculate射精

25. **soulmate＝soul(靈魂、心靈)+mate＝情投意合的夫妻、心靈投合的伴侶、心心相印的情人、靈交之友。**

性與婚姻

 bedmate同床者，playmate玩伴、性愛玩伴，bodymate肉體伴侶、性伴侶、砲友，cellmate牢友、同牢者，inmate同住裡面者、監獄犯人、住院病人、管制型病房的精神病患者，roommate室友，housemate屋友、戶友、同屋者，tourmate旅伴、同行者，crewmate機艙或船艙服務組員同事，floormate同一層樓的樓友，classmate同學，schoolmate同校者，workmate同工、同事，teammate隊友；soulful深情的、熱情的，soul-searching徹底反省的、反躬自省的，soul-stirring振奮人心的

26. divorce＝di字首(分開、離開)＋vorce＝轉變成分開、離婚、分離。

 divorced已離婚的、已不相干的，divorcé離婚的男人，divorcee離婚的女人，fault divorce過失離婚、因為通姦虐待等過失而離婚，no-fault divorce無過失離婚、單純因個性不合或不再相愛而離婚，unilateral divorce片面離婚，divorce by mutual consent兩願離婚，efficient divorce有效率離婚、離婚比維持婚姻有利，inefficient divorce無效率離婚、離婚比維持婚姻有害，divorce rate離婚率，divorce settlement離婚協議，divorce recovery離婚復原、走出離婚傷痛

 職業高爾夫名人Tiger Woods因為爆發多次婚外情而至離婚，屬於過失離婚，他必須付出大筆贍養費。好萊塢明星夫妻檔Jennifer Aniston與Brad Pitt離婚，在法院提出的理由是「無法化解的歧見」(irreconcilable differences)，就屬無過失離婚；這表示即使Brad Pitt與Angelina Jolie在拍攝電影Mr. & Mrs. Smith時已經勾搭，Jennifer Aniston也沒有拿來當成訴請離婚的理由，而是傷心地認清丈夫已經離情別戀的事實，希望平和分手並早日走出陰霾。

27. adulteress＝ad字首(對著、傾向、添加、摻入)＋ulter＋ess名詞字尾(女人、從事…行業的女子、做…的女性)＝心中傾向他者的女人、把愛情摻入異物的女人、女通姦者、姦婦、淫婦。

 adulter通姦、摻假、汙染，adulterate摻假、混入偽劣物質，adulterate摻假的、摻混的、混有異物的，adulterated摻雜的、摻假的，adulterant摻雜劑、摻混的異物，adulterator假酒商人、假貨製造者、摻雜異物的人、使物品品質不純的人，adulterer使愛情摻入雜質的男人、姦夫、男通姦者，adulterous通姦的、不正當的，adulterine通姦所生的、通姦成孕的、私通的，adultery通姦行為

 除了adultery之外，亦可用liaison、affair、amour、criminal conversation表示類似的行為，但時下年輕一代亦常用free love這種不帶道德批判的中性字眼來代表這種愛情。liaison除了私通、幽會之外，另有「聯絡、聯繫」的意思，liaison office意指兩國或兩地之間的「聯絡辦事處」，而非男女之間的「私通『辦事』處」。

 adult源自adultus，該字是adolescere長大成熟(拉丁文)的過去分詞，adult=ad+ult=添加營養而長大、成人、成熟的人，adulthood成年身分，AV=adult video成人影片，與adulter通姦的字源不同。

28. alimony＝ali(提供營養、扶養)+mony＝供養的行為、贍養所需財物、有婚姻關係者的分手費、離婚金、生活費、撫養金。

 palimony=pal+alimony=密友分手費、性伴侶分手費、無婚姻關係但有婚姻之實者的分手生活費，patrimony與父親或祖先有關的狀態條件、繼承權、繼承的財產、遺產，matrimony依母親定條件而做的行為、婚姻、婚禮、婚姻關係，testimony當見證者的作為、證言、證詞、證據，parsimony惜財省錢的作為、吝嗇、小氣，acrimony尖酸刻薄的行為、尖銳、刻薄、劇烈、不饒人，acrimonious尖銳的、刻薄的，sanctimony聖潔模樣、神聖狀態、望之儼然、道貌岸然

 是否支付alimony，與離婚官司有關；是否支付palimony，與當事者之間有無口頭或書面約定為準，視同為契約行為，由民事法庭裁決。

性與婚姻

29. devirginate＝de字首(除去、取消、毀)+virgin+ate動詞字尾(做、從事、進行、造成、使之成為)＝奪去貞操、毀人貞潔、性侵。

延伸記憶 devirginator奪人貞操者、性侵者，virgin處女、未有性行為的女性、未交配過的雌性，disvirgin＝devirginate性侵，virginal貞潔的、未被觸碰的、處女的，virginity貞潔、童貞、純潔，Virgo處女座，Virgin Mary童貞女瑪利亞(聖經所述以處女之身受孕而生下耶穌的聖母)，Virgin Queen處女女王(終身未婚的英國女王伊莉莎白一世)，Virginia處女之邦、處女女王之地(紀念英國女王伊莉莎白一世的家邦、維吉尼亞州)

 奪人貞操除了可用devirginate、disvirgin表示，還可用「摘花」(deflower、deflorate)做比喻，或是「施暴、用暴力侵犯、以暴力強迫」(violate)，或是「強姦、蹂躪」(rape)，這些行為都是「性侵、妨害性自主」(sexual assault)。

30. algolagnia＝algo(疼痛)+lagn+ia名詞字尾(情況、狀態、病症)＝痛淫、施虐淫、受虐淫。

延伸記憶 active algolagnia＝sadism主動式痛淫、施虐狂淫、性虐，passive algolagnia＝masochism被動式痛淫、受虐狂淫、性受虐，algolagniac痛淫者、淫虐者，titillagnia＝titallagnia搔癢引發的淫慾，scopolagnia偷窺他人隱私引發的性慾，vernalagnia春季到來而增添的性慾；algophilia嗜痛癖、愈痛愈爽的性變態症，algophobia疼痛恐懼，algometer痛覺計

性與婚姻

使用方法建議：

1. 先閱讀正文，再以祕笈當成總複習，感受學習的成果
2. 先閱讀祕笈，再閱讀正文，享受說文解字的快樂
3. 正文與祕笈交替閱讀與查詢，編結圍殲字彙的交叉火網
4. 增補祕笈內容，使之更加完備，選輯出自己的隨身祕笈

A

a- 無、不、非、否(若接母音字母則為an-)

a- 在…之上

a- 向著、對著

a- 強化、添加

a- 使…展開、使…進行

ab-, abs- 離開、脫出、斷開

abio- 無生命

ac- 向著、對著(接c, q, t)

acro- 高點、高處、肢端

acu- 針、尖、銳、急性

ad-, af-, ag-, al-, an-, ap-, ar-, as-, at- 向著、對著

ad- 強化、添加、參入

ad- 鄰近、附近

aer-, aeri-, aero- 空氣、大氣、空中、飛機、航空

ailuro- 貓

al- 完全、全部(all簡縮而成)

alb-, albin-, albino- 白色

album-, albumi-, albumin- 白色

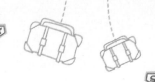

all, allo- 別的、另外、異常的(all- 接母音; allo- 接子音)

ambi- 二、二者、兩者、兩邊、兩類、雙方、周圍

amphi- 二、二者、兩者、兩邊、兩類、雙方、周圍

an-, ana-, anal-, ano-, anu- 圓圈開口、肛門

ana- 由下往上、逆流而上、回向、再次

andr-, andro- 男人、人

angei-, angi-, angio- 血管

angui- 蛇、哺蛇

aniso- 不等、不相等

anser- 鵝、雁形類動物

ante- (時間)前、先,(空間)前面、前方

anth-, antho- 花、精華、精選、繁盛、繁榮

anthrop-, anthropo- 人類、人

anti- 阻止、防止、反抗、逆反、反對、相反(若接h或母音字母則為ant)

aort-, aortico-, aorto- 主動脈

anti- 對付、緩治、解除、減輕、取消(若接h或母音字母則為ant)

api- 蜂、蜜蜂

apo- 遠離、分離、脫離、離開、遙遠

apo- 形成、造成、變成

append-, appendic-, appendix- 盲腸

aqua-, aque-, aqui-, aquo- 水

aquil-, aquili- 老鷹

arachn-, arachni-, arachno- 蜘蛛

arbor-, arbore-, arbori- 樹

arch- 主要、重要、首領、最早、遠古、原始、極度

arct-, arcti-, arcto- 熊、大小熊星座、北方

arter-, arteri-, arterio- 動脈、血管

字首詞綴祕笈

arteriol-, arteriolo- 小動脈

atri-, atrio- 心房

aur-, auri-, auro- 金色、金黃色、黃金

aur-, auri-, auro-, auricul-, auriculo- 耳朵、聽

auto- 自己、自動、本身

avant- 先、前

avi- 飛禽、鳥、鳥禽、鳥飛

B

bar-, baro- 重量、重、壓力

bathy- 深的、深海的

be- 加…裝飾、加…點綴、使…顯得

be- 使…成為、使具有…特質

be- 使…失去、使…被取走

bell- 戰爭、戰鬥

bene- 好、善、良、美

bi- 複、雙、二、兩、聯(若接的是母音字母，則是bin)

bio- 生命、生物、活物

bov-, bovi-, bu- 牛

brachi-, brachio- 臂

brady- 慢

brev-brevi- 短

bronch-, bronchi-, bronchio-, broncho- 支氣管

by- 旁、邊、側、副、附屬、附帶、次要

字首詞綴祕笈

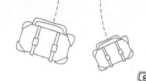

caco- 惡、差、拙、劣、爛、醜

caec-, caeco-, cec-, ceco- 盲腸

calyc-, calyci- 花萼、萼、萼片

can-, cani- 犬

cancer-, cancr- 螃蟹、橫行、癌、巨蟹座

capri- 山羊

carcin-, carcino- 螃蟹、橫行、癌、巨蟹座

card-, cardi-, cardio- 心、心臟

card-, cardi-, cardio- 胃賁門

carn-, carni-, carno- 肉

cata- 由上往下、順流而下、順向、完全、完整、通過、朝向、針對、反對

celest- 天空

cen-, ceno- 新、新近

ceno- 空、洞、穴

ceno-, coeno- 共同、普遍

cent-, centi- 百、百分之一

cer-, cere-, ceri- 蠟

cerv-, cervi- 頸、子宮頸、脖子、鹿

cet- 鯨

chol-, chole-, cholo- 膽

chrom-, chromo-, chromat-, chromato- 顏色

chrys-, chryso- 金色、金黃色、黃金

circa- 大約、接近

circum- 周圍、環繞

cirrh- 黃褐色、器官硬化顏色

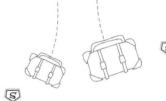

cis- 繼⋯之後的

cis- 在這邊的

cis- 順式的

co-, col-, com-, con-, cor- 與、和、共同、相互、一起、完全

col-, colo- 結腸

cole-, coleo- 陰道、鞘狀物

colp-, colpo-, kolp-, kolpo- 陰道、鞘狀物

conch-, concha-, concho- 蚌、貝

contra-, contro-, counter- 反對、相反、相對

cor-, cord-, cour- 心、心臟

cost- 肋骨

cry-, cryo-, kry-, kryo- 冷、凍、寒

cyan-, cyano-, kyan-, kyano- 藍、青、氰

cycl-, cyclo- 環、圓、輪、循環

cyn-, cyno- 犬、狗

D

de- 否定、非、相反、

de- 除去、取消、毀

de- 離開、脫離

de- 向下、降低、減少

de- 完全、完整、徹底

deca– 十

deci- 十分之一

deliri- 發狂、說譫語、精神狂亂

demi- 半

dendr-, dendri-, dendro- 樹

字首詞綴祕笈

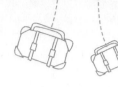

dent-, denta-, denti-, dentin-, dentino-, dento- 牙齒

dextr-, dextro- 右

di- 二、雙

di-, dif-, dis- 不、無、相反

di-, dif-, dis- 取消、除去

di-, dif-, dis- 分開、離開

dia- 貫穿、對穿、透過、透徹

dif- 不、無、相反

dis- 不、無、相反

disc-, disco-, disk- 盤狀的、唱片

diurn-, journ- 日、天

duoden-, duodeno- 十二指腸

dys- 惡、爛、困難、不良、故障

E

e- 加強或引申詞義

e-, ec-, ecto- 出去、外部、外面、離開

e-, ec-, ecto- 除去、拿掉、去除

ed- 吃、食

ef- 出、離去

ef- 徹底、完全

ef- 前任的、以前的

el- 置於…之內

eleg- 哀悼、輓歌

em- 置於…之內(接b, p, ph)

em- 添加…、飾以、配以(接b, p, ph)

en- 置於…之中、登上

字首詞綴祕笈

en- 成為某種狀態、做某事

endo-, ento- 內部、裡面

enter-, entero- 腸、消化道

entom-, entomo- 昆蟲

eo- 初始、最初、開始、黎明、曙光

ep-, epi- 接近、趨近、附加、在上

equ-, equi- 馬

equi- 平等、相等、均等

erub-, erysi-, eryth-, erythr-, erythro- 紅色、紅

eu- 順、優、美、善、好、易

ex- 出、外、離開、消除、由…中弄出

ex- 徹底、完全

ex- 前任的、以前的

ex- 使…、做…作，加強意義

exo- 外、外部

extra-, extro- 外部、以外、超過

F

faci-, facio- 臉、面

fel-, feli- 貓

flav-, flavi-, flavio- 黃色

flor-, flori-, flora- 花、精華、精選、繁盛、繁榮

foli- 葉子、小葉

for- 分離、離開、禁止

fore- 前面、先、預先

G

gall-, galli- 雞

gam- 婚姻、交配

gaster-, gastero-, gastr-, gastri-, gastro- 胃、肚

gen- 種族、基因、生長、生成

germ- 芽、菌、胚

gest- 帶有、懷有、孕育

gingiv-, gingiva- 牙齦、牙床

gloss-, glosso-, glot-, glotto- 舌頭

glut- 喉

goni-, gonio- 角

gono- 種子、生殖、起源

gran-, grani- 穀、穀物、穀粒

gutturo- 喉、顎

gymn-, gymno- 裸

gyn-, gyno-, gynaec-, gynaeco-, gynec-, gyneco- 女人

H

haemat-, haemato-, haemo-, hemat-, hemato-, hemo- 血、血液

hal-, halo- 鹽、鹵

hect-, hecto- 百、多數

helic-, helici, helico- 螺旋、蝸牛

hemi- 半

hepar-, hepat-, hepatico-, hepato- 肝臟、肝

hept-, hepta- 七、庚

herb-, herbi- 芳草、牧草、草本植物

字首詞綴祕笈

heter-, hetero- 異、異種

hipp-, hippo- 馬

hist-, histo- 組織、器官

holi-, holo- 完全

homeo- 類似、等同

homo- 同

homo- 人類、人

hover- 氣墊、墊高、飛騰、盤旋

hygr-, hygro- 潮溼、潮

hyl-, hyli-, hylo- 木材、木料

hyper- 上方、超過、過高、過多

hypo- 下方、不足、過低、過少

I

i- 不、無、非(用在gn之前)

ichthy-, ichthyo- 魚

igni- 點火、引燃

il-, im-, in-, ir- 不、無、非

il-, im-, in- 使成為…、使從事…

il-, im-, in- 內、入、加強意義

infra- 低

insect-, insecti- 昆蟲

inter- 相互、在…之間、在…之際

intra-, intro- 在內、入內、向內

iso- 同、相等、類似

it- 走、去、進行

字首詞綴祕笈

K

kilo- 千

L

laevo, levo- 左

lago- 兔

laryng-, laryngo- 喉

later-, latero- 側、邊

leuc-, leuco-, leuk-, leuko- 白色、白

lev-, levi- 輕、飄

libra- 秤、天平、公平、均衡

lign-, ligni-, ligo- 木、木材、木質

lingu-, lingua-, linguo- 舌頭

loco- 地方、地方之間的移動

log-, logo- 言詞、思想、推理

M

macro- 大的、長的、宏觀的

magn-, magni- 大、廣大、宏偉

magnet-, magneto- 磁

mal-, male- 惡、不良、失

mamm-, mammi-, mammo-, mast-, masto-, mazo- 乳房

mammill-, mammilli- 乳頭、乳頭狀物體

mecon-, mecono- 鴉片、罌粟

medi- 中間、中等

字首詞綴祕笈

mega- 大、百萬

meio- 較少

mela-, melan-, melano- 黑色

meri- 中間

meridi- 中午的、向南方的

mero- 部分

meso- 中間、之間

meta- 超越、變化、在…之間、繼…之後

metr-, metra-, metro- 子宮

micro- 微、小、百萬分之一

mid- 中間

mill-, milli- 千、千分之一

mini- 小、微

mio- 較少

mis- 誤、錯、缺少

mis-, miso- 厭惡

mon-, mono- 單一、獨

multi- 多、多方面的

myco- 蘑菇、真菌

myriad- 萬、很多

N

nas-, naso- 鼻子

neg- 否定

neo- 新的、新型的、晚近的

nephr-, nephri-, nephro- 腎臟

nerv-, nervi-, nervo- 神經

字首詞綴祕笈

neur-, neuri-, neuro-, neuron- 神經纖維
nihil- 空無、空虛、虛無、寂滅
noct-, nyct- 夜晚、晚上
non- 不、非、無
noto- 背部
nov-, nova- 新
nox- 傷害、危害

O

ob-, oc-, of-, op- 朝、向、針對
ob-, oc-, of-, op- 逆、反、抗、阻
oct-, octa-, octo- 八
ocul-, oculo- 眼、視
odon-, odont-, odonto- 牙齒
ole-, olei-, oleo- 油、油精
olig-, oligo- 寡、少數幾個
omni- 全、總、泛
onco- 瘤、腫瘤
oophor-, oophoro- 卵巢
op-, opsi-, opso-, opt-, optico- 眼、視、見
ophi-, ophio- 蛇
ophthalm-, ophthalmo- 眼、視、見
ops-, opsi- 晚年、遲暮、老
or-, ora-, orat-, ori-, oro-, os- 嘴巴、入口
orchi-, orchid-, orchido- 睪丸、蘭花
ornith-, ornitho- 鳥
orth-, ortho- 正、直

字首詞綴祕笈

ot-, oto- 耳朵

out- 勝過、超過、過度、太甚、外、出、去除

ova-, ovi-, ovo-, ovu- 卵

ova-, ovary-, ovaro- 卵巢

over- 過度、太甚、在上面、在外、越過、顛倒、反轉

ovi- 羊

P

pac-, paci- 和平、平靜

paleo- 古、史前

pan-, panto- 全、泛、總

pancre-, pancreat-, pancreato-, pancreatic- 胰臟

pantiso- 全等、最相等

papill-, papilli-, papillo- 乳頭、乳頭狀物體

par-, pari 相等、比較

par-, para- 並行、在旁、靠近、輔助

par-, para- 不在正確位置、錯亂、迷亂

par-, para- 就緒、備妥

par-, para- 保護、防範

part-, parti- 部份

path-, pathe-, patho- 疾病、受苦、感覺

pavo-, pavon- 孔雀

pelag-, pelago- 海、海洋

pen-, pene- 幾乎、接近、相似、相近

pen-, peni-, peno- 陰莖、陽物

penn-, penni- 羽毛

pent-, penta- 五

字首詞綴祕笈

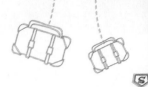

per- 貫穿、透過、完全、徹底

per- 過、高，加強意義

peri- 周圍、環繞、接近、鄰接

periss-, perisso- 奇數

petal- 瓣、花瓣

petr-, petro- 石頭

phall-, phalli-, phallo-, priap- 陰莖、陽物

phanta-, phanto- 幻影、幻覺、鬼魂

phleb-, phlebo- 血管、靜脈、流動

phlo- 樹皮

phoc- 海豹

phyll-, phyllo- 葉子、大葉

phyt-, phyto- 植物

pisc-, pisci- 魚

pithec-, pitheco- 猴

plac-, placi 高興、快樂、不生氣

placenta-, placento- 胎盤、胎座

plagi-, plagio- 斜、歪頭、偷看、剽竊、抄襲

plat-, plati-, platy- 扁平、寬闊、平凡

pleio- 更多、較多

pleisto- 最多

plen-, pleni- 滿全 充滿

pleur-, pleuro- 胸膜、肋、側、邊

plur-, pluri- 多個、幾個

pnea-, pneo- 氣體、呼吸

pneum-, pneuma-, pneumato-, pneumo-, pneumon- 氣體、呼吸、肺

pollen-, pollin- 花粉

字首詞綴祕笈

poly- 多、多種、眾

porc-, porci- 豬

post- 後、在後

pre- 前、預先、先於

pri-, prim- 第一、最先、最重要

pro- 向前、在前面

pro- 支持、贊成、擁護

pro- 代理、代替、按照、比照

proch-, prop-, proxim-, proximo- 鄰近、接近、趨近

proct-, procto- 肛門、直腸

prosop-, prosopo- 臉、面

proto- 原始

pseud-, pseudo- 假、疑似

psych-, psycho- 心智、精神、心靈

pub-, puber-, pubio-, pubo- 性徵、陰部、陰毛、恥骨

pulmo-, pulmon-, pulmoni-, pulmono- 肺

Q

quadri-, quadru- 四

quasi- 類似、幾乎、准、半

quinqu- 五倍

R

re- 向後、往後

re- 退去、離開、放棄

re- 再次、重新

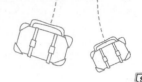

re- 回、返、回復、回報、相互
re- 反對、反抗、否定
rect-, recto- 直腸
red- 回、返、回復、回來、相互
ren-, reni-, reno- 腎臟
retro- 向後、倒退、追溯
rhin-, rhino- 鼻子
rub-, rube-, rubi-, rubr-, rud- 紅色、紅

S

sal-, sali- 鹽、鹵
salie 跳出、躍出、凸出、
salping-, salpingo- 輸卵管、咽鼓管、喇叭狀管道
saltat- 跳躍、跳舞
sans- 無、沒有
sarc-, sarco- 肉
sarcoma-, sarcomat- 肉瘤
schi-, schist-, schisto-, schiz-, schizo- 裂、分裂
sci-, scia- 影、影子、影相
sci- 知道、知識、
se- 離開、分開、拉開
se- 沒有、不存在
semi- 半、部分的、一段時間內發生兩次的
semper- 永恆、永遠
sen-, sene-, seni- 年老
sepal- 花萼、萼、萼片
sept-, septi- 七

字首詞綴祕笈

seri-, seric- 絲、蠶

sero- 血清、血漿

sex-, sexa- 六

silvi- 林

sine- 無、沒有

sinistr-, sinistro- 左

splen-, spleno- 脾

step- 後、繼、異、同父異母、同母異父

stere-, stereo- 立體的、實體的、堅固的

styl-, stylo- 尖標、柱、標竿、樣態、風格

sub-, sur- 下方、往下

sub-, sur- 接續、接替

sub- 亞於、近於

sub- 分支、次要、從屬

sucr-, sucro- 糖、

sui- 自己

super- 超過、更大範圍的、過、過分

supra-, super- 超越、在上

sur- 在上、超級、額外的

sym-, syn-, syl-, sys- 共同、相同、一起

T

tabl-, tabul- 書寫版、表格、平板、平臺、桌子

tacho- 速度

tachy- 快速、加速

tact-, tacti- 手動、動手處理、手法、戰術、策略

tang-, tangi- 碰觸、觸摸

字首詞綴祕笈

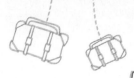

taph-, tapho- 埋葬

tard-, tardi 遲緩

taur-, tauro- 公牛

tauto- 同一個

tax-, taxo- 分類、排列

techni-, techno- 技術、工藝、專業能力

tectono- 地殼構造

tel-, tele-, teleo-, telo- 遠方、遠距離、末端、電視、電傳

tel-, telo- 終極、目的

tellur- 地球

tempor-, temproro- 時間

tempor-, temporo- 顳、顳骨

ten- 據有、占用、守住

teno- 腱

terat-, terato- 怪物、畸胎

term-, termin- 限期、終止、終絕、末端

terr-, terra-, terri- 陸地、土地，泥土

terr-, terri- 驚嚇、恐怖

terti- 第三

tetra- 四

text- 紡織、編造、紋理、文本

thalass-, thalasso- 海洋

thanato- 死、死亡

thaumato- 奇蹟、奇事、奇聞

the-, theo- 神

thel-, thele-, thelo- 乳頭、乳頭狀物體

therap-, therapeu- 治療

therm-, thermo- 溫、熱

thoraci-, thoraco- 胸、胸廓

thren-, threno- 悼哀、悼殤

thromb-, thrombo- 血栓、血凝塊

thur-, thuri- 點香、燒香

thym-, thymo- 胸腺

thyr-, thyreo-, thyro- 盾牌、盾甲、甲狀腺

tim- 害怕、膽怯

titan-, titano- 巨大

to- 處於(時間)、在(時間)、朝著、傾向

toc-, toco- 分娩、生產

tom-, tomo- 切、分割、分層

tonsill-, tonsillo- 扁桃腺、扁桃體

top-, topo- 地方、位置

torp-, torpi- 呆、鈍、麻木、沒反應

tors-, tort- 彎曲、扭曲、折磨

tot-, toti- 全部

tox-, toxi- 毒

trachelo- 頸部

trache-, tracheo- 氣管

trachy- 粗糙的

tract- 拉、拖動、牽引

trans- 橫過、超越

trans- 變換

trans- 在那邊的、在⋯的另一端

trans- 反式的

trem- 發抖、抖動、震動

字首詞綴祕笈

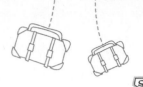

tri- 三、三次、三倍、每三⋯一次

trib-, tribo- 摩擦

trico-, trich-, tricho- 毛髮

trigon-, trigono- 三角形

trop-, tropi-, tropo- 迴轉、旋轉、向性

troph-, trophi-, tropho- 營養

tuber- 結節、突起物

tum- 腫脹、愈來愈大、瘤

tum-, tume- 情緒或事態愈來愈大、動盪、動亂

turb- 胡亂捲動、搞亂、擠在一起、搞混濁

turb-, turbo- 渦輪

twi- 二、兩

tych- 機遇、偶然、幸運

tyrann-, tyranno 暴虐主子、暴君

U

ubiqu- 到處

ulcer- 潰瘍

ultim- 最後、末尾、終結、最幼小

ultra- 過度、極端、超、在⋯之外

umbr- 蔭、陰影

un- 不、無、非

un- 作相反的動作

un- 除去、使喪失、使分離

under- 在下、次於、不足

uni- 單一、一

ur-, ure-, urini-, urino-, uro- 尿、泌尿

字首詞綴祕笈

urb- 都市、城市
ureter-, uretero- 輸尿管
urethr-, urethra-, urethro- 尿道
urs-, ursa-, ursi- 熊
util- 用處、使用
uter-, utero- 子宮

V

vac-, vacu- 空蕩蕩
vacc-, vacci- 牛、牛痘、疫苗
vagin-, vagino- 陰道、鞘狀物
van-, vani- 空虛、枉然
vapor- 蒸氣
var-, vari 變化、多樣
vas-, vaso- 輸精管、血管、淋巴管
vascul-, vasculo- 血管、管、道
ven-, vene-, veni-, veno- 靜脈、血管
vent-, venti- 風
ventricul-, ventriculo- 心室
ver-, veri 真實
vesper- 晚上
vesic-, vesico- 膀胱、疱
vibr- 震動
vice- 副的、代理的、次的
vin-, vini- 釀酒的葡萄、葡萄釀的酒
vir-, viri-, viro 病毒
vir-, viri- 男性、雄起起

字首詞綴祕笈

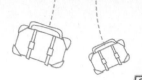

virg- 處女、處男
virtu- 美德、精湛
vis- 看、視、到訪
vit- 活力、生命
vit-, viti- 葡萄、藤本植物
vitri- 玻璃、試管
viv-, vivi- 活力、生命
voc-, voci-, voco- 喊叫、喉部發聲
voli- 希望、意願
volunt- 意願、志願
vomi- 吐
vor- 吃、食、貪婪
voy- 航程、行程、路程
voy- 淫窺、窺視、注視
vulcan- 火、火山
vulga- 庸俗
vulner- 傷、弱點
vulp- 狐狸
vulv-, vulvo- 外陰部

X

xan-, xanth-, xantho- 黃色
xen-, xeno- 外來者、陌生人
xer-, xero- 乾燥、乾
xyl, xyli-, xylo- 木、木頭

字首詞綴祕笈

z

zoo- 動物

zyg-, zygo- 接合、相對、軛

zym-, zymo- 酶、酵母、發酵、釀造

字首詞綴祕笈

索 引

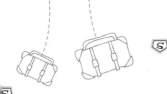

索
引

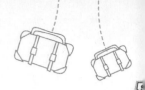

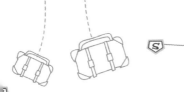

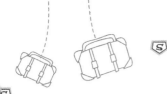

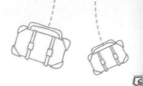

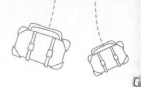

索引

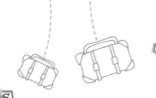

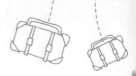

C

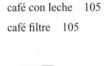

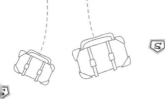

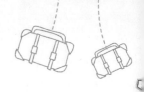

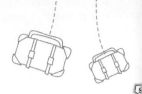

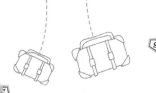

索引

索引

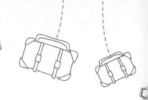

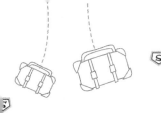

索引

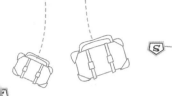

D

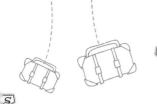

索引

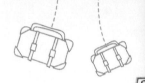

索
引

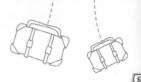

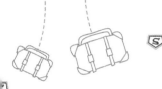

E

索引

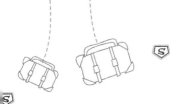

索引

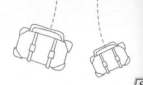

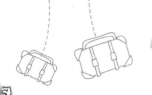

索引

F

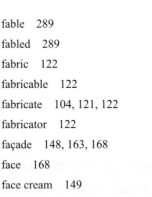

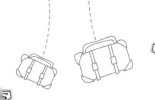

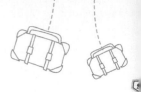

索
引

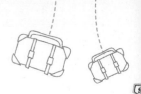

G

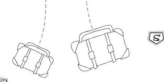

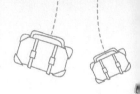

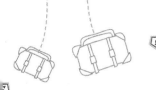

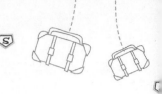

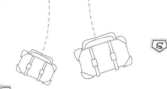

索引

索
引

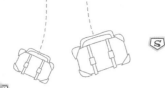

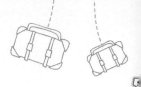

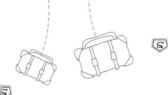

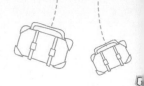

J

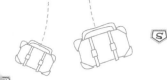

索引

L

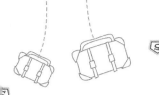

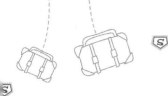

M

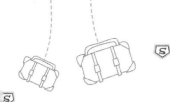

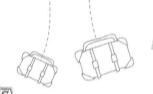

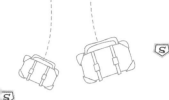

N

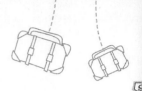

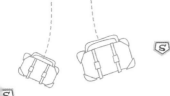

索引

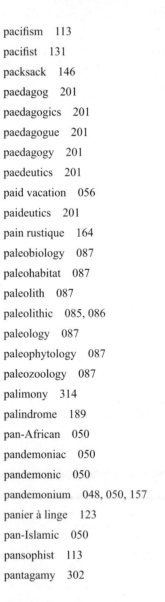

索引

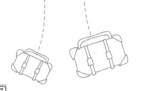
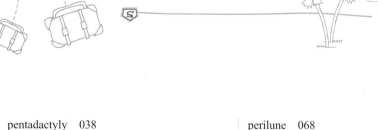

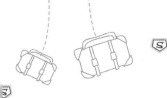

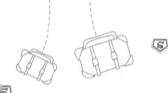

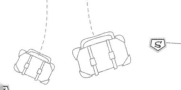

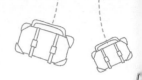

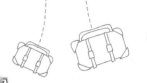

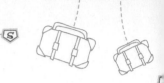

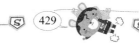

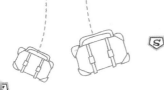

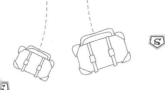

索
引

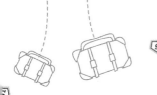

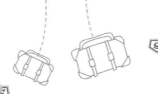

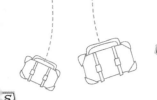

索引

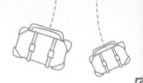

tea bag   106

tea ceremony   106

tea garden   106

tea meal   106

tea party   106

teammate   313

tear duct   161

tearduct   161

technic   209

technician   209

technics   209

technique   209

technocracy   050

technocrat   209

technology   209

technomania   209

technophobia   209

Teebrett   106

tee shirt   132

Teh See   106

Teh Talua   106

Teh tarik   103, 105

telecommunication   206

telecourse   204, 206

telegraph   069

telemeter   219

telepathy   219

telephone   044, 206

telephotography   219

telescope   044, 206

televise   219

televised   219

televised speech   219

television   217, 219

television commerce   253

television program   219

televisionless   219

telfer   167

telpher   167

temperament   124

temperature   147

tempestuous   246

tempo   071

temporal   071

temporal sequence   071

temporary   067, 071

temporary leader   071

temporise   071

temporize   071

tenacious   159

tenacity   043

tenancy   159

tenant   156, 159

tenantless   159

tenement   159

tenet   159

tension   219

tentative   041

tenure   159

teraampere   024

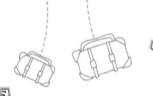

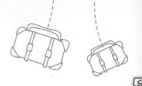

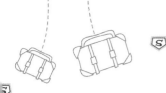

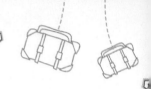

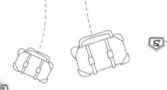

U

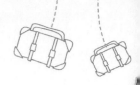

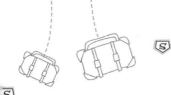

V

索引

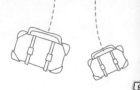

W

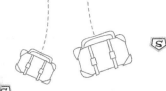

X

Y

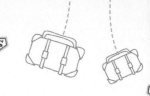

Z

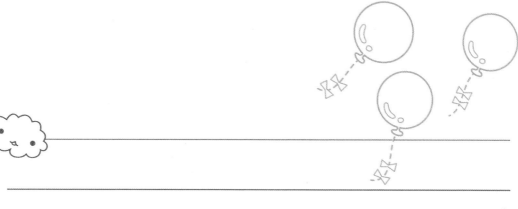

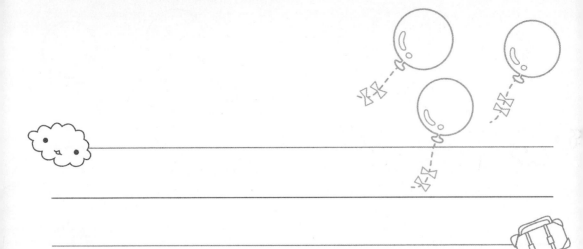

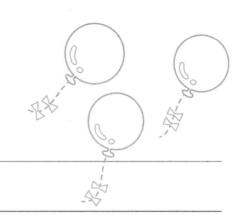

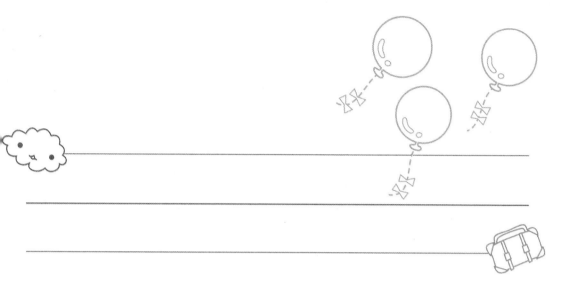

國家圖書館出版品預行編目資料

WOW!字彙源來如此——生活篇／丁連財著.--
初版--.--臺北市：書泉,2013.08
　面；　公分
ISBN 978-986-121-843-4（平裝）
1.英語　2.詞彙
805.12　　　　　　　　102012268

3AA6

WOW！字彙源來如此
——生活篇

作　　　者— 丁連財

發 行 人— 楊榮川

總 編 輯— 王翠華

主　　編— 溫小瑩　朱曉蘋

文字編輯— 溫小瑩　吳雨潔

封面設計— 吳佳臻

內頁插畫— 吳佳臻

出 版 者— 書泉出版社

地　　址：106台北市大安區和平東路二段339號4樓

電　　話：(02)2705-5066　　傳　　真：(02)2706-6100

網　　址：http://www.wunan.com.tw

電子郵件：shuchuan@shuchuan.com.tw

劃撥帳號：01303853

戶　　名：書泉出版社

經 銷 商：朝日文化

進退貨地址：新北市中和區橋安街15巷1號7樓

TEL：(02)2249-7714　　FAX：(02)2249-8715

法律顧問　林勝安律師事務所　林勝安律師

出版日期　2013年8月初版一刷

定　　價　新臺幣480元

※版權所有‧欲利用本書內容，必須徵求本社同意※